«Wer schon früh in die Lektüre einstieg, konnte sich daran freuen, wie dieses Buch als Outperformer durch die Decke ging und nun eine stabile Spitzenposition im internationalen Literaturranking eingenommen hat.»

Business Magazine

«Wenn euch ‹Sommerhaus später› gefallen hat, dann werdet ihr dieses krasse Buch hassen.»

Gorilla Girl

«Lesen. Lachen. Staunen.
Lieben. Fühlen. Gruseln. Denken.
Wieder lesen. Noch mal kaufen.
Weiterverschenken.»

Lancaster Evening Star

«Okay, David Foster Wallace hat sich erhängt und Hunter S. Thompson zum Gewehr gegriffen. Na und? So lange dieser crazy Dr. Hollenbach lebt, wird große Literatur camp, kinky und komisch sein können – und mehr kann man nicht erwarten. Schon gar nicht von einem Deutschen.»

The New York Standard Book Review

«Ein stilles, beeindruckendes Buch, das lange im Gedächtnis bleibt. Wie Hollenbach mit Action und Suspense Hoffnung und Wärme in die Herzen der Leser bringt – das könnte sogar dem Papst gefallen.»

Il messaggero di Roma

«Wer hätte gedacht, daß es möglich ist, so disparate Themenfelder wie Politik, Familie, Fahrpreiserhöhungen, Magie, Kochen, psychisch kranke Tiere und Wandern zu amalgamieren, zu dekonstruieren? Und das alles um eine rauschhafte Liebesszene in einem Stadtbus herum zu inszenieren? Der Debütant Hollenbach, vor Wochen noch ein Nobody, ist heute ein Weltstar. Virtuos betreibt er ein raffiniertes Spiel mit Realität und Fiktion, voll unvorhersehbarer Wendungen, komisch und brillant. Wir ziehen den Hut vor Jo Hollenbach.»

Frankfurter Zeitung

rowohlt
BERLIN

BRAZ

Oliver Maria Schmitt

DER BESTE ROMAN ALLER ZEITEN

Rowohlt · Berlin

Für Claudia,
die Albanerin

1. Auflage Januar 2009

Satz aus der Adobe Caslon PostScript bei
Pinkuin Satz und Datentechnik, Berlin
Druck und Bindung CPI – Clausen & Bosse, Leck
Printed in Germany
ISBN 978 3 87134 622 4

Wer wird das lesen wollen!
Gott weiß es nicht, ich auch nicht.

Friedrich Nietzsche, 1880

Man nehme sich die Mühe und sammle durch längere Weile unsere Buchbesprechungen und Aufsätze … Man wird nach einigen Jahren mächtig darüber erstaunt sein, wie viele erschütterndste Seelenverkünder, Meister der Darstellung, größte, beste, tiefste Dichter, ganz große Dichter und endlich mal wieder ein großer Dichter im Laufe solcher Zeit der Nation geschenkt werden, wie oft die beste Tiergeschichte, der beste Roman der letzten zehn Jahre und das schönste Buch geschrieben wird.

Robert Musil, 1926

Erster Teil

Eins

Rumms! Ein dumpfer Schlag, ein Beben. Die Erde zitterte leise nach. Da lag er vor mir, in stabiler Rückenlage, schrie und ruderte mit Armen und Beinen in der Luft herum wie ein verunglücktes Insekt. Was hätte ich tun sollen? Einfach weitergehen? Wären Sie weitergegangen? Tut mir leid, daß ich Sie so mit Fragen überhäufe – aber ich habe mir diesen Moment ja auch nicht ausgesucht, als der beste Autor aller Zeiten ohne Vorwarnung in mein Leben fiel. Er zappelte vor mir auf dem Boden, ein riesiger Kerl, und sah zu mir auf. Ich schaute auf ihn herab. Keine gute Gesprächssituation. Wenn ich mit Dialogpartnern nicht auf Augenhöhe kommunizieren kann, muß ich Veränderungsstrategien einleiten, sagt Professor Pelz. Der Mann hatte eine Motorradlederjacke an, trug keinen Sturzhelm, wirkte überrascht und verwirrt, aber auch verärgert. Ich sah mir das eine Zeitlang an, dann handelte ich. Atmete tief durch, ging in die Knie und legte mich neben ihn auf den kühlen, feuchten Gehsteig.

«Bleiben Sie einfach entspannt liegen.»

«Du hast Nerven», sagte der Mann.

«Ist Ihnen schlecht?»

«Schön wär's. Die Arschlöcher haben mich rausgeschmissen.» Er deutete hinter sich auf das schwarze Loch, aus dem er gefallen war: der Eingang zum Cabaret Pik-Dame. Er schwieg. Wahrscheinlich reflektierte er seine Situation. Drei langgezogene Schnaufer, dann hatte er sich gefaßt.

«Hast du Zigaretten?»

«Leider nicht.»

«Na, super.» Er durchsuchte seine Taschen. «Zum Glück hab ich selber welche.» Er fand aber keine. «Rauchen», murmelte er, «rauchen». Kurz schien er zu überlegen, vielleicht reflektierte er sogar schon wieder, dann aber ballte er beide Fäuste, reckte sie empor, öffnete seinen riesigen Schlund und schrie: «Diese Pottsäue! Diese Nichtraucher! Rauchen! Rauuuuuuu-chen! Ich will endlich rauchen, ich will dampfen, schmöken, schloten, ich will quarzen und qualmen, ich will rußen und brennen, wie es Mannesart ist! Ich will verdammt noch mal eine paffen, ich will eine beschissene Zigarette rauchen!»

«Entspannen Sie sich», sagte ich und legte den Kopf in den Nacken. «Keine Hektik. Wir werden schon wieder hochkommen, ganz sicher. Wir müssen nur den richtigen Zeitpunkt finden.» Ich sah in den nachtschwarzen Himmel.

«Das Ziel ist immer ein bißchen weiter entfernt, als man denkt», sagt Professor Pelz. Auch ich war mal sehr weit von allem entfernt. Als ich selbst noch richtig fett unten war und nichts als der Sklave von Professor Pelz, am Anfang meines ersten *LifeTime*-Moduls, da gab mir der Professor den Rat: «Sei der Herr deiner Lebenszeit, nicht ihr Sklave – entschleunige dich!» Das klingt vielleicht einfach, ist es aber gar nicht. Trotzdem hab ich's geschafft. Und schon wenige Jahre später, am Abschlußtag meines letzten *LifeTime*-Moduls, hatte ich das sichere Gefühl, der unumschränkte Herrscher über mein Schicksal zu sein, der Diktator meines Lebensglücks. Und was soll ich sagen? Dieses Gefühl, mein Leben voll und ganz in der Hand zu haben, das war gar nicht so übel. Es war neu für mich. So wie der Mann, der neben mir lag. Sein Atem ging rasselnd.

Heute nachmittag hatte mir Professor Pelz das Abschlußdiplom überreicht, jetzt hatte ich es schwarz auf weiß: Ich durfte mich «Coach, Mediator und Dipl.-Entschleuniger» nennen. Alles lief perfekt! Ich hatte seit Jahren keinen Saufausfall mehr, war frisch geerdet, bestens drauf und hoch motiviert – nun war Schluß mit dem dauernden Briefeschreiben. Ab sofort würde ich nur noch das tun, was meinen wahren Fähigkeiten entsprach. Ich fing sofort damit an. Kaum hatte ich mich vom Professor verabschiedet und sein MindBlasterInstitute im Westend verlassen, führte ich eine erste Fallsupervision bei mir selbst durch und rief Ira an.

«Ich hab das Diplom!» sagte ich stolz. «Jetzt hab ich wieder Zeit für unsere Beziehung. Wir können lösungsorientierte Konfliktarbeit machen und deine Beziehungsdefizite rausarbeiten. Sollen wir heute abend?»

Irgendwie war sie aber angespannt und legte auf. Na, wenn schon. Ich hatte sowieso was Besseres vor, und Hektik bringt uns auch nicht weiter, sagt Professor Pelz. Außerdem möchte ich niemanden überfordern, auch Sie nicht! Erst recht nicht so früh, gleich zu Beginn. Nein, Sie sollen sich ebenfalls in aller Ruhe entschleunigen, damit ich Sie da abholen kann, wo Sie sind. Hektisch und unübersichtlich wird es noch schnell genug. Also hübsch gemächlich und vor allem: total locker.

Der Mann neben mir war nicht locker. Noch nicht. Ich sagte: «Schauen Sie nach oben. Sehen Sie das? Sehen Sie die Sterne?»

«Da ist nichts.»

«Weil es bewölkt ist. Das ist normal bei diesem Wetter. Dann muß man eben nach vorne schauen.»

«Größe vierundvierzig», sagte er. Er hatte den Kopf angehoben und besah seine Schuhe.

«Im übertragenen Sinne natürlich! Immer nach vorne! Erst

wenn man ganz unten ist, kann es wieder aufwärtsgehen, sagt Professor Pelz.»

Er ächzte, wandte sich zur Seite, versuchte sich abzustützen – vergeblich. «Hilf mir hoch, Mann!»

«Ich kann Ihnen nur helfen, sich selbst zu helfen. Sie müssen Ihre eigenen Energiefelder pushen. Schauen Sie!» Ich deutete nach oben, dahin, wo es hell war. «Schauen Sie sich den Mond an. Der Mond braucht nur achtundzwanzig Tage, um die Erde zu umkreisen. Wir brauchen dafür ein ganzes Menschenleben, und selbst das ist oft zuwenig.» Das klang ziemlich professionell, fand ich.

«Das ist absoluter Quark», fand der Mann. «Ich brauch dafür genau achtundzwanzig Stunden. Ich nehm den Flieger nach Los Angeles, dann nach Auckland, weiter nach Kuala Lumpur und wieder zurück nach Frankfurt. So geht das. Außerdem ist das nicht der Mond, sondern eine Straßenlaterne, Amigo.»

Ich hatte mich freundlicherweise auf Augenhöhe meines Gesprächspartners begeben – da hatte ich es wirklich nicht nötig, mich anschnauzen zu lassen. Ich bin nämlich –

Oh, ich glaube, ich habe mich noch gar nicht vorgestellt. Sie kennen mich aber. Bestimmt haben Sie schon Post von mir erhalten. Ganz sicher. Hundert Pro. Falls nicht, können Sie jederzeit reklamieren. Wo und bei wem, da bin ich leider überfragt. Ich habe viele und häufig wechselnde Auftraggeber, die ich aber nicht kenne. Finden Sie komisch? Ich auch, massiv komisch sogar. Gern würde ich darüber lachen, aber das Lachen ist mir vergangen. Dafür habe ich einfach zuviel Merkwürdiges erlebt. Überhaupt hätte das ja alles ganz anders laufen sollen. Nur deshalb habe ich doch so viele Module absolviert. Bei Professor Pelz, der mir helfen sollte, aus mir Mick Rademann zu machen – einen freien, selbständigen und erfolgreichen Menschen, der seine Klienten selbst aussucht.

Genau. Und nur weil das blöderweise geklappt hat, war mein erster echter Auftraggeber zugleich mein letzter. Wäre er mir doch nur nicht vor die Füße gefallen! Wahrscheinlich ist er längst wieder frei. Denn damit endet diese seltsame Geschichte, die … – aber halt, stop! Ich wollte doch nicht vorgreifen, kein hektisches Holterdiepolter, keine Hast, Leute – erst mal durchatmen. Und dann immer schön der Reihe nach: ganz ruhig, total entspannt, von Anfang an …

Eine feuchtkalte Frühlingsnacht im Frankfurter Bahnhofsviertel. Ich war viel zu dünn angezogen, trug nur Kapuzenshirt und Sporthose, doch das paßte zu meiner Stimmung. Ich fühlte mich leicht, easy, war einfach gut drauf. Wer konnte schon ahnen, daß ich gleich den erfolgreichsten Autor der Welt kennenlernen, daß ich sein persönlicher Coach, ja im Prinzip sogar Manager werden würde? Konnte doch keiner wissen, daß so was passiert. «Was auch passiert», hatte mir Professor Pelz eingebleut, «du mußt dich immer sofort entscheiden: Top oder Flop, nur dann ist es dein Leben.»

Gerade stand ich wieder vor einer solchen Entscheidung: «Heißer Table-Dancing-Act mit der sensationellen Olinka aus Kiew!»

Top? Oder Flop? Das sind so Fragen. Die vergilbten Fotos im Schaufenster des Cabaret Pik-Dame ließen erkennen, daß Olinka vor vielen Jahren eine rustikale Schönheit gewesen war. Sie sah phantastisch darauf aus. Sollte ich spontan zu ihr reingehen? Oder lieber Eva's Bistro auf der anderen Straßenseite checken?

Die Eingangstür war nur angelehnt, Klaviergeklimper quoll heraus. Hinter Glas klebte ein graviertes Messingschild: «Eintritt nur in gepflegter Kleidung!» Das konnte vielleicht ein Problem werden. Ich hatte ja noch meine Jogginghose an, ein sehr preisgünstiges Modell von Woolworth, elf Euro. Leider kein stylisches Marken-Beinkleid mit Druckknöpfen an der Seite, wie es die Leute hier auf der Straße trugen. Ich kam direkt vom Kieser-Training, wo ich meinen Schreibtischrücken stärkte, das machte ich einmal die Woche, weil es mir guttat: diese langsamen, konzentrierten Bewegungen an schweren, stählernen Maschinen. Massiv gut sogar. Ich fühlte mich immer so jung zwischen all den ächzenden Rentnern.

Neben dem Eingang zur Pik-Dame bot ein abgenagtes Plastikdach Schutz vor dem Nieselregen. Leute hetzten vorbei. Ich sah ihnen nach. Manche huschten geduckt durch die Nacht, andere schlenderten und blickten suchend umher. Ein Mann fragte nach meinem Namen: «Schnelles? Schnelles?» Ich hieß aber nicht Schnelles, und als ich ihm das gerade erklären wollte, zog er weiter und verschwand nebenan in einem Etablissement namens Riz. Wohnte dort dieser Schnelles? Woher sollte ich das wissen? Ich kannte mich ja nicht aus.

In Frankfurt war ich zwar schon ewig, aber immer woanders. Bevor ich bei Ira einzog, hatte ich bei Susanne gewohnt, davor kurze Zeit bei Fee, etwas länger bei Johanna, und davor ziemlich lange bei Katja, und die wohnten seltsamerweise alle in den Randgebieten, weit draußen, in irgendwelchen Sossen- oder Rödel- oder Born- oder Bockenheimen. In die Innenstadt kam ich nie. Wozu auch. Dort gab's nur Kneipen, die ich nicht brauchte, und Läden, in denen ich nichts verloren hatte. Die Enge dieser umsatzhungrigen Gassen machte mich nachhaltig krank und konfliktaktiv.

«*Well, you've got to be stronger now / Than them, now you've got to be strong*» – RRRRRrringrring! Ausgerechnet an der schönsten Stelle von «Mystical Machine Gun» schepperte ein altes Telefon. Ira? Wahrscheinlich wollte sie sich bei mir entschuldigen. Auf die Nummer hatte ich jetzt aber keine Lust mehr, massiv keine Lust. Am Ohrstöpselkabel riß ich meinen Blackberry aus der Hosentasche. Ich wußte immer noch nicht, wie man ihn so einstellte, daß er im Walkmanbetrieb nicht klingelte. Nachdem mein altes Handy zu groß geworden war, legte ich mir einen Blackberry zu. Mir war klar, daß ich als angehender Geschäftsmann so ein Ding dringend brauchte. Ein iPhone kam nicht in Frage, so was hatten nur miese Angeber mit Seidenkrawatten und andere zu kurz Gekommene, das hatte ich mal in einem Blackberry-Werbeprospekt gelesen. Dann endlich erwischte ich die Rufannahmetaste, hörte aber nicht Ira, sondern eine erotische Frauenstimme, die verkündete, daß ich die Möglichkeit zur Teilnahme an einer Vorausscheidung zu einem Wettbewerb für das Casting zur Verlosung eines Audi TT gewonnen hätte und jetzt nur noch die Nummer – –

Ich drückte sie weg, aktivierte wieder meine Lieblingsmusik und schaute mir das Frankfurter Bahnhofsviertel mit dem Soundtrack von Kula Shaker an. «*Watch the skies / For the mystical machine gunfire …*» Das kam sehr gut. Positive Vibrationen, ganz so, wie sie diese freundlichen Damen ausstrahlten, die mir aus einem roterleuchteten Haus in der Moselstraße zuwinkten. Ich winkte zurück und schlurfte schnell weiter. In der fleckigen Nacht war alles geschäftig.

Seit Stunden war ich im Bahnhofsviertel unterwegs, kreuz und quer im Karree aus Mosel-, Elbe- und Weser-, aus Taunus-, Münchner- und Kaiserstraße, mal ging ich auf das stählerne Gewölbe des Hauptbahnhofs zu, mal hatte ich es im Rücken und blickte auf stramm erigierte Bankentürme. Sie konnten mich nicht einschüchtern. Ich konzentrierte mich wieder auf das *InteraktionsTarget*, das ich mir für heute abend gesetzt hatte: Ich wollte Alkohol trinken.

Nicht weil es mir schlechtging, sondern weil es mir ab heute beneidenswert gutgehen würde. Dieser Tag war wichtig in meinem Lebenszeitfenster, deshalb wollte ich mich darüber aussprechen – mit mir selbst. Das hatte ich lange nicht mehr getan, weil … das war irgendwie nicht gut für mich. Eher schlecht. Massiv schlecht sogar. Ich hatte aufgehört zu trinken, weil die Saufausfälle einfach zu gefährlich geworden waren. Ich schrie dann herum, hatten mir Zeugen hinterher berichtet, stritt mit mir selbst und predigte laut, ohne ein Schlußwort zu finden.

Doch jetzt war die beste Gelegenheit, mir zu beweisen, daß ich alles souverän im Griff hatte. Ich mußte nur überlegen, wie ich das konkrete Handlungsziel, den Kanonenrausch, so zügig erreichen konnte, daß ich das Endstadium noch im wachen Zustand erlebte. Ich war ziemlich aus der Übung, hatte keine aktuelle Erfahrung mit dem Komasaufen, da waren ganz neue Techniken auf dem Markt, die ich nicht kannte und die mir auch zu anstrengend, zu kompliziert waren. Ständig mußte man darauf achten, die richtigen Mixgetränke zu bestellen, sie in der korrekten Reihenfolge einzunehmen und ihre Wirkungsweise genau einzuschätzen – all das erforderte Übung und Fachwissen, das mir längst fehlte.

Bei den letzten Selbstversuchen, an die ich mich noch halbwegs erinnern kann, vergaß ich während des Betrinkens, was ich zuvor bestellt hatte, irgendwann verdoppelten sich plötzlich die Getränkereihenfolgen, und am Ende beschwerte ich mich bei Gott, weil ich nicht mal mehr in der Lage war, das nächste Getränk vorauszuberechnen. Das würde mir heute nicht passieren. Ich hatte mich im Netz informiert, in anonymen Alki-Chats gefragt, und überall riet man mir, einfach nur auf den Durst zu hören, das Richtige zu trinken, in kleinen Einheiten, und davon sehr viel. Die Empfehlungen wichen zum Teil stark voneinander ab. Die einen schworen auf Kleine Feiglinge und

Pils, andere arbeiteten nur mit Whisky-Cola und einer sogar ausschließlich mit Champagner und Jägermeister.

Im Moseleck hatte ich um achtzehn Uhr mit einem kleinen Pils den Anfang gemacht; ganz langsam, ganz entspannt holte ich das Pils da ab, wo es herkam: am Tresen. Als ich es orderte, hatte sich der Wirt über die unverhofft eingegangene Bestellung halb kaputtgefreut. Er rief: «Leck mich fett, ein kleines Pils! Achtung, alle mal herhören, dieser Herr hier verzehrt jetzt gleich vor unseren Augen ein kleines Pils!»

Danach wechselte ich in Heidi's Bierstube und sagte: «Leck mich fett, ich verzehre jetzt vor Ihren Augen ein kleines Pils und zusätzlich einen Schnaps!» Der Wirt sagte gar nichts und schob mir ein Pils und einen Klaren hin, der nicht schmeckte. Der zweite war schon besser, blieb jedoch so wirkungslos wie der erste – und wie die Biere im Kakadu und die zwei Schnäpse im Pils Express. Wie ich vermutet hatte: Ich war gefeit.

Ich streunte weiter durchs Gestein Frankfurts, nach rechts, nach links oder umgekehrt, ich weiß es nicht mehr, ich fragte irgendwelche Leute, oder die fragten mich, egal, jedenfalls waren die Leute auf einmal wieder weg, und ich stand vor diesem Schaufenster des Cabaret Pik-Dame. Und überlegte: ob ich reingehen sollte; ob ich mich dadrin wohl fühlen würde; ob die dadrin auch Getränke verkauften und in welcher Reihenfolge; ob das komische Geräusch von mir kam oder von dadrin oder von sonst woher. Nämlich: Es rummste. Den Rest kennen Sie ja: Ich lag neben dem Typen.

«Der ideale Zeitpunkt ist gekommen», sagte ich. «Jetzt stehen wir auf.»

«Meinetwegen.»

Ich stand wieder auf. Was nicht einfach war, denn der Mann klammerte sich derart an meinen Beinen fest, daß ich ihm, um nicht selbst umzufallen, aufhelfen mußte, was ziemlich tricky war, denn er schwankte gleichzeitig in alle Richtungen und war schwer wie ein amerikanischer Gastronomiekühlschrank. Als er sich endlich an mir hochgezogen hatte, stellte sich heraus, daß er größer war als ich – und ich nun zu ihm aufschauen mußte. Das fand ich nach allem, was ich gerade mitgemacht hatte, ungerecht. Doch ließ ich keine negativen Emotionen in mir aufkommen.

Der Kühlschrank sah empört an sich herunter, klopfte den Straßenschmutz von der speckigen Jeans, hustete, wandte sich zum Eingang der Pik-Dame und schickte sich an, die Bar, aus der er gefallen war, wieder zu betreten. Und ich kannte noch nicht mal seinen Namen.

«Entschuldigen Sie bitte, wir haben uns nicht bekannt gemacht. Hey, ich wünsche Ihnen einen wunderschönen guten Tag, ich heiße Mick Rademann und freue mich sehr, Sie endlich kennenzulernen!»

Erst schaute er verwirrt, dann reichte er mir seine Pranke. Sie war kalt. «Ganz meinerseits, Mann. Ich heiße Dr. med. Destruction. Angenehm und Wiedersehn. Einen Rat gebe ich dir noch: Laß dich nicht ansprechen! Und wenn, dann nimm Geld.» Er drehte sich um und verschwand in der Bar.

Ich sah ihm nach.

Komischer Typ, massiv komisch sogar. Aber nicht unsympathisch. Für einen Arzt trug er allerdings einen unpassenden Namen. Recht hatte er trotzdem: In Zukunft sollte ich auf jeden Fall Geld nehmen, wenn ich jemanden coachte. Ich sah mir noch einmal die Fotos von Olinka an. Rockmusik, schrill und blechern, dudelte von irgendwoher. Ich schaute mich um. Die Geräuschquelle lag auf dem Boden, blinkte und vibrierte zum Klang der Musik. Ich hob das Handy auf und drückte die Rufannahmetaste.

«Hey, ich wünsche Ihnen einen wunderschönen guten Tag,

mein Name ist Mick Rademann, und ich freue mich sehr, Sie endlich kennenzulernen. Was kann ich für Sie tun?»

«Hollo?»

«Negativ, hier ist Mick Rademann.»

«Hier ist Nigel. Hallöchen. Wo ist Hollo?»

«Ein großer, langhaariger Herr mit Lederjacke?»

Der Anrufer lachte. «Genau, das ist er. Ich will ihn sprechen, und zwar sofort!»

«Ich muß Sie enttäuschen. Das ist das Handy von Dr. med. Destruction.»

«Ich sage doch: Das ist Hollo. Ist er da?»

«Nein.»

«Wo ist er?»

«Im Moment jedenfalls nicht erreichbar.»

«Dann sorgen Sie gefälligst für seine Erreichbarkeit. In fünf Minuten rufe ich wieder an.»

Das Gespräch war beendet. Was für ein unhöflicher Mensch! Total negative Energiepotentiale, wenn Sie mich fragen. Ich schaute auf die Uhr. Halb elf. Eigentlich schon Cut-off-time, aber es schien eine wichtige Geschäftsangelegenheit zu sein.

Eine schummrige Plüschbar. Blutrote Wände, vergoldete Spieglein, Spieglein an der Wand, dazwischen einige Séparées, abgetrennt durch rote Vorhänge mit applizierten Goldborten. Tischlein, klein und rund. Irgendwo im Raum schwebten zwei Karussellpferdchen, durchspießt von stählernen Haltestangen. Es roch nach Wunderbaum. Ein langhaariger Nachtpianist nötigte dem Pianoforte unvergeßliche Schlagermelodien ab, eine sehr große, fette Frau schaute ihm dabei über die Schulter. Sie war zum Glück nur gemalt, sonst wäre sie sofort aus ihrem goldenen Bilderrahmen gefallen.

Gepflegte Herren saßen vereinzelt an kleinen, weiß eingedeckten Tischen mit kleinen Getränken drauf und schauten zu einer kleinen Bühne mit Leuchtboden, auf der sich nicht das geringste abspielte. Warteten sie auf Olinka? Dr. med. Destruction war nirgends zu sehen.

An der Bar waren alle Stühle frei, eine Thekerin spülte Gläser. Alles an ihr war schön: die hochgesteckte Frisur mit dem kecken Partyhütchen, ihr schimmerndes Paillettenkleid, ihre drahtigen Oberarme mit der Ankertätowierung, ihr lustig angeklebter Schnauzbart. Sie sandte hocherotische Schwingungen im Supermegahertzbereich aus, die ich noch gar nicht kannte.

Entschlossen sprach ich sie an und fragte nach dem großen Lederjackenmann. Sie schaute nicht auf. «Der ist dadrin», seufzte sie heiser und deutete mit dem Kopf in Richtung eines dunklen Ganges. «Im Raucherzimmer, wo er hingehört. Wenn der BRAZ noch einmal hier vorne an der Bar qualmt, dann fliegt er endgültig raus.» Ihre Stimme war voluminös und sexy tiefergelegt.

Das Raucherzimmer trug seinen Namen zu Recht. Mehrere auspuffartig qualmende Männer waren darin, das vermutete ich jedenfalls, denn ich konnte sie nicht sehen. Nur hören. Ihre Stimmen drangen von nah aus dem dichten grauen Dunst. Ich tastete mich vorwärts. Als ich nach «Dr. med. Destruction» fragte, zog mich jemand tief in den trüben Raum hinein, ich hustete, eine Hand packte meinen Unterarm und zerrte mich runter auf einen Stuhl. Mir wurde schwindlig.

«Setz dich!»

Es war seine Stimme. Und noch bevor ich irgend etwas fragen oder sagen konnte, klingelte das Handy in meiner Hand. Ich hielt es dorthin, wo die Stimme herkam.

«Sie haben Ihr Handy verloren. Der Typ hier hat gerade

schon mal angerufen, total unhöflich, ein Herr Neitschel oder so ähnlich.»

Im Nebelplasma materialisierte sich sein Antlitz, direkt vor meinen Augen. Es blickte unduldsam und starr wie eine exotische Göttermaske. «Geh ran. Sag ihm, daß ich verschwunden bin und daß du von nichts weißt.»

Ich drückte die Rufannahme und sagte: «Hallo? Der gewünschte Gesprächsteilnehmer ist zur Zeit nicht erreichbar, und ich darf ausrichten, daß ich von nichts weiß.»

«Jogi? Was soll denn das, Jogi?»

Es war die Stimme einer älteren Dame. Sie behauptete, «Jogis Mutter» zu sein und seit Tagen auf Medikamente zu warten, sie habe nicht mehr lange zu leben, es sei «immer das gleiche Theater mit dem Jogi», niemand helfe ihr, die Pharmakartelle hielten die Medikamentenpreise künstlich hoch, um bei den Rentnern und in der Dritten Welt abzukassieren, die Globalisierung sei ein «Irrweg», die Jugend ungebildet und hedonistisch und die Ehe mit ihrem Mann letztlich ein Irrtum gewesen, unter Willy Brandt hätte man nachts noch auf die Straße gehen können, heute sei da aber niemand mehr, und wenn der Jogi nicht bald mit den Tabletten käme, würde sie sich umbringen, «der Jogi wird schon sehen, was er davon hat».

Während des recht einseitig verlaufenden Telefonats schaute Dr. Destruction in panischer Angst aus den Rauchschlieren und deutete mit der rechten Hand schnelle Schnittbewegungen durch seine Kehle an. Da mir in nonverbaler Kommunikation so schnell keiner was vormacht, erkannte ich sofort, daß er nicht zu sprechen war. Ich erklärte der jammernden Dame, daß ich die Angelegenheit bearbeiten und mich bald bei ihr melden würde.

Kaum hatte ich aufgelegt, dudelte es erneut. Diesmal war es

der avisierte Herr Nigel. Daß Dr. Destruction nicht erreichbar war und ich noch immer die Verhandlungen führte, nahm er genervt hin, dann kam er wieder mit seiner alten Leier: «Paß auf: Der Mann heißt nicht Destruction, er heißt Hollo, also Hollenbach.»

«Sie können mir viel erzählen.»

«Das tu ich ja gerade. Der Mann ist Jo Hollenbach, egal was er sonst behauptet.»

«Hollenbach? Wie dieser Schriftsteller?»

Um mich herum wurde Gelächter laut. Ich war definitiv nicht allein in der Räucherkammer.

«Nicht *wie* der Schriftsteller», brüllte der Anrufer, «das *ist* der Schriftsteller! Ich weiß genau, daß er in der Nähe ist, ich hör ihn doch geiern. Er schuldet mir Geld, und wenn du mir hilfst, dieses Geld zu beschaffen, wird es dein Schaden nicht sein.»

«Wieviel schuldet er Ihnen denn?» fragte ich. Wenn konkrete Zahlen vorlagen, würde ich die Gesprächssituation viel besser einschätzen können.

«Hundertachtzigtausend Euro!» sagte Nigel.

«Hundertachtzigtausend?» rief ich verblüfft. Schlagartig tauchten andere Gesichter neben mir auf.

«Hundertachtzigtausend?» fragte eines.

Ein anderes erwiderte: «Hundertachtzigtausend!»

Ich schaute sie fragend an.

«Hallo, ich bin Bardhyl», flüsterte Bardhyl.

«Hallo, ich bin Genc», flüsterte Genc.

«Ich muß das Gespräch jetzt beenden, ich krieg keine Luft mehr», röchelte ich ins Handy und legte auf. Jemand schob mich nach draußen. «Komm, wir gehen an die Bar, frische Luft schnappen», sagte der Mann, der angeblich Dr. med. Destruction, vielleicht aber auch Jo oder Jogi Hollenbach hieß und irgendwelchen Leuten irgendwelche Mengen an Geld und Medikamenten schuldete.

Es bereitete ihm offenbar keine Schwierigkeiten, sich Menschen gefügig zu machen. Wir kannten uns nicht mal eine Viertelstunde, da schuldete er mir bereits fünfzig Euro. Ich hatte ihm was leihen müssen, damit er mir ein Getränk ausgeben konnte. Er winkte das Barfräulein heran, ich zwinkerte ihm zu, es zwinkerte zurück – so sehr, daß mir fast schwindlig wurde. Die körperliche Auseinandersetzung mit Frauen war für mich lange Zeit kein Thema gewesen, ich hatte mich in erster Linie für meine Karriere aufsparen müssen – aber nun, da ich praktisch alles im Sack hatte, war ich bereit, mich wieder in erster Linie um Frauen zu kümmern. Das fiel mir nicht schwer, ich kam bei der Damenwelt gut an, hatte einen sogenannten Schlag, das haben mir viele Menschen, darunter auch Frauen, bestätigt.

Der angebliche Arzt war gerade dabei, einen Streit mit der Bardame anzuzetteln.

«Wo ich bin, wird geraucht», verkündete er apodiktisch.

«Wo ich bin und geraucht wird, da fliegst du raus», entgegnete sie.

«Sie hat recht», flüsterte ich ihm zu und zwinkerte synchron. «Sie ist eine wunderschöne Frau, und Schönheit siegt immer.»

«Du hast Tomaten auf den Augen. Sie ist ein wunderschöner Mann und heißt Kurt», entgegnete er. «Das weiß hier jeder. Kurt ist krankhaft herrschsüchtig, und das wird ihm noch mal das wunderschöne Genick brechen.» Er sah mich verschwörerisch an. «Ich bin Raucher, mußt du wissen, und ich bin nicht allein. Wir sind viele, überall auf der Welt. Ich habe Hintermänner, und die sind in der Lage, *alles* durchzusetzen, glaub mir.» Er deutete mit dem Kopf in Richtung Hinterzimmer.

«Sie meinen Genc und Bardhyl?»

«Genc und Bardhyl. Genau.»

«Das sind ja auch Männer. Männer neigen zur Gewalt. Aber sie hier» – ich deutete unauffällig auf Kurt –, «sie hier ist echt *heiß*.»

«Sie ist ein Mann, Amigo. Finde dich damit ab.»

Ich lachte. «Sie sind wohl so einer, der nur das sieht, was er will. Ich bin da anders. Ich will das, was ich sehe.»

Bevor er mich wieder unterbrechen konnte, verlangte ich als Gegenleistung für die geliehene Summe endlich Aufklärung, andernfalls, warnte ich ihn, sei die Gesprächssituation für mich extrem unbefriedigend. Ob er denn wirklich Dr. med. Destruction heiße. Der Befragte fixierte mich direkt von vorn. «Sach mal – kennst du The Hives?»

«Nein.»

«Ist die derzeit beste Band der Welt. Ihr letztes Album hieß ‹The Black And White Album›, verstehstu? Wenn die Beatles ein ‹White Album› und Metallica ein ‹Black Album› gemacht haben, und beide Alben Ikonen sind, dann ist doch logisch, daß ein ‹Black And White Album› mindestens doppelt so gut ist wie diese beiden Meilensteine zusammen. Und genau das haben die Hives gemacht, Mann, und der Bassist der Hives heißt Dr. Matt Destruction, klar? Dr. Matt, nicht Dr. med.» Diesen Namen habe er sich nur ausgeliehen, sein richtiger Künstlername laute Jo Hollenbach, unter dem sei er auch berühmt geworden, geboren sei er jedoch als Jürgen Hollenbach, in seinem Paß stehe sogar «Dr. Jürgen Hollenbach», er sei nämlich praktischer Arzt, ja «Allgemeinmediziner mit Tipptopp-Approbation, verstehstu?»

Jo Hollenbach – na klar! Den Namen hatte ich in letzter Zeit etliche Male gehört oder gelesen, wußte aber nicht mehr, wo. «Müßte ich was von Ihnen kennen?»

«Da gibt's nicht viel, was du kennen kannst. Ich habe nur den einen gemacht: den BRAZ.»

«Den BRAZ?»

«Den Besten Roman Aller Zeiten – BRAZ. Wer Bücher liest, weiß davon. Totaler Welterfolg mit allem Drum und Dran. Vier Millionen Verkaufte in Deutschland in sechs Monaten, weltweit schon sechsundzwanzig. Gibt's bis jetzt in sechzehn Sprachen, einundvierzig weitere Übersetzungen sind in Arbeit, in drei Monaten bin ich noch vor den Brüdern Grimm der meistübersetzte Deutsche, obwohl die Grimms zu zweit waren. Das Buch wird demnächst verfilmt mit Sean Connery, Bully Herbig und Witta Pohl. Steht auf Platz eins der Bestsellerlisten in sieben europäischen Ländern, außerdem in den USA, Kanada, Australien, Bhutan und nächste Woche sogar in China. Das ist ganz selten!»

Er nannte den Titel seines Buches – und ich kannte ihn tatsächlich! Es war einer dieser Titel, die man nicht vergißt, wenn man sie mal gehört hat, so ähnlich wie «Der Fänger im Weizen» oder «Naßgebiete» oder wie die Bestseller alle hießen. Doch es half nichts, jetzt mußte ich ehrlich zu ihm sein. «Ehrlichkeit ist keine Hexerei», das war auch die Maxime von Professor Pelz.

Ich sagte: «Es tut mir schrecklich leid, aber ich habe Ihr Buch nicht gelesen.»

Er wechselte ruckartig in einen anderen Modus; streng, sehr streng schaute er mich an: «Du hast mir aufgelauert, stimmt's?»

«Wie kommen Sie darauf?»

«Da draußen, da hast du zu mir gesagt: ‹Ich freue mich, Sie *endlich* kennenzulernen.› Du hast also auf mich gewartet.»

«Das sage ich zu jedem, den ich kennenlerne. Ich sage: Hey, ich wünsche Ihnen einen wunderschönen guten Tag, ich heiße Mick Rademann und freue mich sehr, Sie endlich kennenzulernen. Das ist mein neuer Begrüßungssatz, den Professor Pelz für mich persönlich entwickelt hat. In dem ist einfach alles von mir drin: was sympathisch Burschikoses, was Direktes und Emotionales, auch Spontaneität und Hilfsbereitschaft. Und durch das ‹endlich› erzeugt man eine vorteilhafte Gesprächsatmosphäre, sagt der Professor, weil es dem Adressat das Gefühl gibt, er sei begehrt und erwünscht.»

«Was man von dir nicht behaupten kann. Aber Schwamm drüber.»

«Das ist Ihre Sicht der Dinge. Jede Ansicht ist wandelbar, das ist das *LifeTime*-Prinzip Nummer eins. Kennen Sie die *LifeTime*-Lehre nach Professor Pelz?»

«Nie gehört.»

«Prinzip eins lautet: Das Leben ist wandelbar. Und Prinzip zwei: Das Leben ist Timing. Das ist nachgewiesen. Ich will nur ein Beispiel nennen: Hätte man das Auto schon zu Goethes Zeiten erfunden, wäre diese revolutionäre Neuerung zum Scheitern verurteilt gewesen, weil es nirgends Tankstellen gab. Als man das Auto aber Anfang des 20. Jahrhunderts wirklich erfunden hat, konnte man damit von Tankstelle zu Tankstelle fahren, der Siegeszug um die Welt war nicht mehr aufzuhalten, und heute haben fast alle eins.»

«Ich habe zwölf.»

«Sehen Sie!» rief ich. «Weil es Tankstellen gibt! Alles im Leben braucht passend synchronisierte Zeitfenster, und das ist nur eine Frage des Timings.»

«Ist ja schon gut.» Er sah also ein, daß ich recht hatte. Das lief optimal für mich, ich hatte im Gespräch eindeutig gepunktet.

Mit bleichen Gesichtern kamen zwei Männer aus dem

Raucherzimmer gewankt – Genc und Bardhyl. Sie zogen eine Qualmwolke hinter sich her, keuchten und schnappten nach Luft. Der kleinere, Bardhyl, stopfte Hollenbach eine Zigarettenpackung in die Lederjacke. «Ist für dich, Mik, kriegst du geschenkt. Aber ich schwör: Ist konkret letzte Geschenk, wir haben unseren Auftraggeber, der will kein Streß, du weißt es, Mik.»

«Ich bin Mick», sagte ich. Genc, der mich immerhin um einen Kopf überragte, legte seinen linken Arm um meinen Hals, ein wenig zu intensiv, wie ich fand. «Halt dich raus, Kollega, das ist 'ne Familiensache», brummte er durch seinen gepflegten Bart.

Bardhyl gab Dr. Hollenbach Bruderküßchen auf beide Wangen. «Du darfst uns nicht enttäuschen, Alda, ich hab schon voll viel Streß. Du weißt, wir brauchen die Auto und du wirst uns geben die Auto, Alda! Und du wirst uns geben die Geld, konkret, echt jetzt, kein Scheiß.» Ohne seinen Begleiter anzusehen, deutete Bardhyl auf die markante Wölbung unter Gencs Lederjacke. «Du weißt, Genci hat kleinen Freund, der versteht keinen Spaß.»

Hollenbach drückte den wanzenhaften Mann von sich weg. «Mensch, noch so'n Spruch, Kieferbruch mein Lieber!» rief er. «Da krieg ich ja echt 'n Rohr bei deinen Angeboten!» Er schnaufte.

Die beiden zuckten zusammen, schauten sich um, aber der Barbetrieb hatte keine Notiz genommen. Die Aufmerksamkeit der gepflegten Herren konzentrierte sich auf etwas anderes. Bardhyl hob noch einmal verwarnend den Zeigefinger, stieß Zischlaute aus, dann verschwand er mit seinem Kumpel nach draußen.

«Scheiß Albaner», murmelte Hollenbach.

Fräulein Kurt grinste zufrieden hinter der Theke hervor.

«Das ist also deine Schutzmacht. Da gratuliere ich aber, Herr BRAZ.»

Hollenbach war ungehalten: «Wie lange sollen wir denn noch warten! Pils und 'n Bausatz, du Penner, aber flotto!»

Erst als ich bar bezahlte, erhielten wir die Bestellung: ich ein Pils, Hollenbach ein Glas Sekt und irgendwas Braunes im Schnapsglas. Das sei ein «Bausatz», erklärte er, «Champagner und Jägermeister». Im Reich der Getränke ein «totaler Klassiker», wie er anfügte. In dieser Kombination hätten das schon «die ganz Großen» getrunken, sagte er, ohne allerdings genauer zu werden. Er goß sich mit der linken Hand das eine, mit der rechten Hand das andere Glas in den Schlund, und als ich ihn anstaunte, meinte er: «Stereo – geht schneller!» Und bestellte das gleiche noch mal.

Das schöne Frl. Kurt vertröstete Hollenbach, es müsse sich gerade um die anderen Gäste kümmern. Die Stimmung an den Tischen war schlecht. Vereinzelte Herren wurden unruhig, Fragen nach Olinka kamen auf. Kurt wiegelte ab, erklärte, es sei bald soweit, und gab dem Mann am Klavier Anweisung, die Schlagerbeschallung zu verschärfen.

Der Bestsellerautor nahm einen Anruf auf seinem Handy entgegen, sagte so etwas wie: «Nein, Herr Budny, der Studebaker kommt erst nächste Woche … Ja … Der ist noch nicht fertig, die Felgen, Sie verstehen … Genau, nächste Woche. Tschüs.»

Er wirkte auf einmal müde, seine Bewegungen wurden langsamer, die Augen hingen auf halbmast. Wahrscheinlich vertrug er Alkohol nicht so gut wie ich. Er fuhr sinnlos durch die fettigen Haare und checkte wie in Zeitlupe die um sein Kinn drapierte Bartfusselgirlande. Jetzt sah ich, daß er ein antikes schwarzes Shirt unter der Jacke trug, der Schriftzug «Clash» war gerade noch erahnbar. Er tastete seinen Brustbereich ab. Suchte er Karzinome? Plötzlich hellte sich sein Gesicht auf, er strahlte mich an, nahm meine Hand und führte sie an seine Jacke. Dorthin, wo Menschen ein Herz haben. Eine verräterische Schwellung. «Hier, fühl mal!» sagte er und ließ mich mal fühlen. Die Schwellung war hart, massiv hart sogar. Und kalt.

«'ne echte Luger, 7.35er, absoluter Klassiker, mit so einer hat sich der Rommel erschossen.» Er kam näher. «Das ist das Geilste, was es gibt! Da müssen die Albaner sich schon 'n bißchen mehr anstrengen. Bis jetzt haben sie mich nicht beeindruckt.»

Ich war es hingegen. Doktor Zerstörung machte auf mich den Eindruck eines gehetzten, zutiefst unberatenen Mannes. Er war, wie Professor Pelz sagen würde, eine klassische Patientenpersönlichkeit. Ich mußte nur noch herausfinden, ob er *für mich* als Patient, als Coaching-Kunde geeignet war. «Coach und Klient müssen passen wie Arzt und Patient», sagt Professor Pelz.

«Ich möchte Sie mal was fragen: Wenn Sie den erfolgreichsten Roman aller Zeiten geschrieben haben, dann sind Sie doch bestimmt auch der wohlhabendste Autor aller Zeiten, oder nicht?»

Der Erfolgsautor lachte herb. «Im Prinzip schon. Aber weißtu, ich bin momentan nicht wirklich flüssig, ich hab da einen Liquiditätsengpaß. Um offen zu sein: Ich hab Scheiße gebaut. Gewaltige Scheiße, erzähl ich dir ein andermal.» Er schaute mich freundlich an und tat mir ein bißchen leid, ich bekam plötzlich ganz großzügige Gefühle.

«Ich kann Ihnen helfen», sagte ich, «das ist mein Beruf.»

«Das nenn ich ein Wort. Du gefällst mir. Wieviel?»

«Wieviel was?»

«Wieviel du mir leihen kannst.»

Ich zeigte ihm ein verblüfftes Gesicht. «Gar nichts, ich bin auch nicht flüssig, im Gegenteil. Ich meinte, daß ich Ihnen ganz praktisch helfen kann, Ihre Situation zu verbessern.»

«Das kannst du? Issja geil!» Er stieß mit mir an, stereo gegen mono, dann stützte er seinen Kopf gedankenschwer in beide Hände. Er seufzte.

Eine junge Frau kam in die Bar und lief an uns vorbei, direkt in den Raucherraum. Sie trug ein neonfarbenes Top und eine dunkle Jogginghose, über ihrem Arsch stand in Frakturlettern «fröhlich sportlich süß athletisch». Auf Englisch natürlich. War das Olinka? Ihre Hose gefiel mir, vielleicht sollte ich auch so eine tragen. Natürlich mit einer etwas anderen Aufschrift: «erfolgreich, charmant, super drauf und unbetrinkbar», oder so ähnlich. Aber vielleicht war dafür mein Arsch nicht breit genug.

«Weißtu, eigentlich bin ich ja gar kein Schriftsteller», sprach es aus Hollenbach. «Nein, eigentlich überhaupt nicht. Strenggenommen bin ich nur Leser, ich bin bücherverrückt, ich liebe Bücher! Ich sammle sie, verkaufe sie, schmeiße die wertlosen auch wieder weg, kein Problem, Hauptsache Bücher. Aber welche *schreiben*? Wozu das denn? Es gibt doch genug. Niemals habe ich daran gedacht, ein Buch zu schreiben. Dieses dauernde Rumgesitze, nur um mir irgendwas aus den Ganglien zu wringen … Nee, das war nie mein Ding. Doch dann, eines Tages – da kam es auf einmal über mich. Da hab ich's versucht. Einfach so.»

«Sie schrieben Ihr Buch?»

«Am Arsch die Räuber, mein Lieber. Es ging nicht. Gar nix, niente. Totalblockade. Da hab ich die Schriftstellerei direkt aufgegeben.»

«Eine konsequente Entscheidung.»

«Du sagst es.»

Wir schwiegen ergriffen.

«Aber dann», sagte er, aus seinem Sekundenschlaf wieder hochgeschreckt, «dann klappte es plötzlich!» Er klatschte mit der flachen Hand auf die Theke. «Mit CZwo-TZwo!»

«RZwo-DZwo?»

«Quatschi, Mann: CZwo-TZwo!» rief er, und ob ich das nicht kennen würde. Das sei ein «astreines Dimethoxy-Ethylthionphenylethylamin-Präparat», das man aus Polen, Holland oder anderen Ländern mit traditionsreicher Hinterhof-Pharmazie beziehen könne. Er zog ein durchsichtiges Plastikröhrchen aus der Innentasche seiner Lederjacke – es war noch halbvoll. «Das stimuliert und frappiert, das öffnet dich emotional und macht alles schön lustig. Wenn du das in der Birne hast, kannst du noch geiler formulieren als der Willemsen und der Papst zusammen. Das Zeug ist zum Schreiben *absolut super*!» Er nahm eine Tablette aus dem Röhrchen, zerbröselte sie, ließ das Pulver auf seine ohnehin schon üppig belegte Zunge rieseln, schmatzte und schluckte es weg. «Schmeckt schlechter, als es aussieht. Aber dafür wirkt es sofort, dein Hirn wird zur schnellsten Monster-Festplatte der Welt.»

«Kein Wunder», entgegnete ich, «in Ihnen schlummern Potentiale! Wie in jedem Menschen. Jeder Mensch ist *potentieller Potenzator* und kann die Energie der Kreativität freilegen!»

«Schon recht, Mann. Jedenfalls – ich hab das gar nicht gezielt geschrieben, glaub mir, Welterfolge kann man nicht planen.»

«Wem sagen Sie das.»

«Dir sag ich das. Ich also eines Tages abgerauscht nach Gomera. Meine Lieblingsinsel. Allein. Ratlos. Gelangweilt. Was weiß ich. Ich wohnte im Valle Gran Rey, wie alle Penner, die da hinfahren. Ich nahm mir ein Zimmer in der Casa Maria, wo sonst. Und da, in diesem ranzigen Hippiehotel, da war dann diese Ferienbibliothek.»

«Eine ganze Bücherei für Gäste?»

«Na ja, die Überbleibsel eben. Du kennst das doch: diese abgewichste Ferienlektüre. Das olle Zeugs, was Urlauber so liegenlassen, weil sie's nicht mehr interessiert oder nicht mehr in die Koffer kriegen; was sie ausgemustert haben, mal geschenkt bekommen und nicht verstanden haben; was sie schon immer mal lesen, aber nicht mitnehmen wollten. Das sammelt sich da so an: zerfledderte Taschenbücher, von der Sonne verbrutzelt und aufgequollen, Rotweinflecken drin, rausgerissene Seiten. Manchmal gibt's auch Hardcover, richtig gute Dinger. Ich hab dann wie verrückt gelesen, diese ganzen Erfolgssachen: Dan Brown, Ken Follett, Patrick Süskind – den ganzen Scheiß. Und ‹Harry Potter›, klar. Und ‹The Beach›, das liegt sowieso überall rum, das ist das einzige Buch, das die Backpacker kennen. Und natürlich die Bibel, die war ja eh in der Nachttischschublade, 'ne deutsche sogar, in Paderborn gedruckt.»

Mir schien auf einmal, daß er rauchte. Immer wieder führte er die rechte Hand zum Mund, sog diskret ein und stieß dann eine Art feinsten Nebel aus, kaum sichtbar, wenn man nicht direkt daneben saß. Oder war es eine Sinnestäuschung? Ich hatte von seinen Tabletten doch gar nichts genommen.

«Eines Tages hab ich plötzlich angefangen.»

«Mit dem Rauchen?»

«Mit dem Schreiben, Mann.»

«Na endlich.» Ich wandte mich Kurt zu, die sich hinter dem Tresen gerade die Lippen nachzog. «Noch ein Pils bitte!»

«Drei! Und noch eins für den jungen Mann hier!» Er deutete auf mich. «Der zahlt auch gleich! Und dann: Ende Gelände.»

«Sie gehen schon?»

«Nein, mit dem Schreiben war wieder Ende. Ich bastelte ratlos an dieser Manuskriptscheiße rum, aber es wurde kein Schuh draus. Ich hatte keinen Plan. Das war übertragisch.»

Wir schwiegen betroffen, bis sein Handy klingelte. Kommentarlos reichte er es mir rüber. «Mach du das.»

Seine Mutter schon wieder. Ich hörte mir alles an, bestätigte ihr, daß Egon Bahr in Wahrheit ein KGB-Spion und die Mondlandung nur ein Fake gewesen sei, daß ich mich weiterhin um Jogi und die Medikamente kümmern würde, daß Jogis Freunde mehrmals angerufen hätten, daß es wirklich sehr spät sei – wir hatten zwei Uhr alter (und neuer) Zeitrechnung – und höchste Zeit für die Falle.

Nein, um den Roman zu schreiben, dozierte wie getrieben der Doktor, brauchte er – und das habe er erst auf Gomera gemerkt – eine «absolut trostlose», ja «feindselige» Umgebung. Im Paradies könne man nicht auf erschütternde Gedanken kommen, auf gute schon gar nicht. Er, Hollenbach, «bis oben hin voll mit Inspriration», habe also dringend einen «Ort der Vernichtung» benötigt. Und den habe er, damals noch bei seiner Mutter in Hellingen hausend, auf Empfehlung eines Freundes bereits nach kurzer Suche gefunden: in Erftstadt-Liblar, einer scheußlichen Trabantenstadt, nur wenige Autominuten von Köln. Klaro, im Prinzip sei ja Köln an sich ein «Ort der Vernichtung», aber Erftstadt-Liblar habe das eben noch «getoppt».

«Erftstadt-Liblar, das ist das Omsk der Kölner Bucht.»

«Sie waren schon mal in Omsk?»

«In Omsk? Stell mir die Frage lieber nicht, denn sonst müßte ich dir eine für uns alle unangenehme Wahrheit mitteilen.»

Ich zog die Frage zurück und stellte eine andere: «Erftstadt-Liblar – warum hab ich das Gefühl, den Namen schon gehört zu haben?»

«Weil du ein mitfühlender Mensch bist. Wie heißt du überhaupt?»

«Mick Rademann. Hey, ich freue mich –»

«Alles klar, Mick. Weil du dich erinnerst. Ich kann dir nur nicht sagen, an was. Wenn das rauskommt, dann werde ich massakriert.»

«Verstehe», sagte ich, verstand jedoch nichts.

«Und genau da – da hab ich ihn dann geschrieben: den BRAZ.»

Die letzten Worte ließ er wie Eiskonfekt auf der Zunge zergehen. Ja, seine gesamte Körpersprache teilte mit, daß er an diesem schrecklichen Negativ-Ort einen bemerkenswerten Selbstorganisationsprozeß durchlebt hatte. Professor Pelz würde staunen, wenn ich ihm davon erzählte.

«Ja, mein Lieber, da ging das mit dem Schreiben dann ab wie die Luzie. Am Ende hatte ich fünf Kapitel, die inhaltlich einwandfrei aufeinander aufbauten.»

«Wahnsinn.»

Mit der rechten Hand zeichnete er eine Wellenlinie in die Luft. «Und ich hab das später erst rausgefunden: Das ist ja der Aufbau des klassischen Dramas – die fünf Akte! Die Griechen haben für diese Form sieben Jahrhunderte und siebenhundert Stadtstaaten gebraucht. Ich bin da ganz allein draufgekommen! Das ging alles wie von selbst, war total einfach, ich mußte nur noch die Übergänge hinkriegen, Namen und Orte angleichen, aber das war reine Fleißarbeit. Das habe ich von polnischen Studenten machen lassen, und dann» – es schien schon wieder, als ob er rauchte, diesmal sogar mit beiden Händen –, «dann wurde das Ding innerhalb weniger Monate zu einem raketenmäßigen Welterfolg. Tja.»

Wütend starrte er mich an.

«Es gab eine Zeit, da hatte mich das Feuilleton unter Maschenverdacht, da haben die mich richtig gehaßt.»

«Massenverdacht?»

«*Maschenverdacht*, Mann. Die haben unterstellt, daß ich nach Maschen schreiben würde. Weißtu, Fantasy, Crime, Humor, Bildungsroman, Horror, Stream of consciousness, daß ich das alles voll als Masche abgegrast und lediglich vermischt hätte. Völliger Blödsinn natürlich, weil – es gibt ja gar keine Maschen, es gibt nur Genredebatten, in denen autonome Erzählkonzepte kaputtdiskutiert werden.»

«Genau.»

«Ja, wahrscheinlich hast du recht. Jedenfalls hab ich mich von den Arschlöchern nicht unterkriegen lassen. Als der Roman dann mit zweihunderttausend verkauften Exemplaren *pro Woche* explodiert ist, bin ich in jede beschissene Talkshow gelatscht. Ich war bei der Böttinger, bei der Maischberger, bei der Herman.»

«Die Herman? Ist die nicht Nazi?»

«Nein, die will nur nachdenklich machen, aber sie weiß nicht, was Nachdenken ist. Jedenfalls war ich bei der, bei noch so einer und bei der Kerner.»

«*Dem* Kerner! Es muß heißen: Bei *dem* Kerner!»

«*Der* Kerner, heißt es – ich war bei *der* Kerner-Show. Ich hab dem gesagt, daß ich mir die blödsinnige Fragerei verbitte, weil er noch schlechter nachdenkt als die Herman, da haben sie mich erst aus der Sendung geschmissen und dann auch noch rausgeschnitten. Deswegen weiß keiner was von meinem Kerner-Auftritt.» Er blickte mich scharf an. «Außer dir.»

Das ehrte mich. Er kannte also alle Großen. Aber kannte er – jetzt wollte ich ihn testen – auch den Größten aller Großen? Den absolut Allergrößten? Kannte er –

«Auch den Wickert?»

«Den wen?»

«Den Wickert! Ulrich Wickert, die Tagesthemen-Legende, den Autor und Philosophen!»

Er atmete durch und leerte sein drittes Pils. Mono. «Den? Den kenn ich auch. Ich war mal in seiner Büchersendung, da hat er mich schlecht behandelt, er war neidisch auf meinen Erfolg.»

«Echt? Ohne Scheiß? Bei Wickert persönlich?»

«Ohne Scheiß, Mann, ich hab ja seine Mobilnummer.» Sein Blick glühte auf. «Und genau diesen Wickert werden wir jetzt mal anrufen, und du wirst mir zeigen, wie gut du telefonieren kannst.» Er nahm sein Handy vom Tresen und begann darauf herumzudrücken. Angst kroch in mir hoch. Vom Magen kommend durch die Speiseröhre, immer weiter nach oben. Wickert, Wickert, Wickert, schoß es durch meinen plötzlich irgendwie vibrierenden Kopf. Ich war aufgeregt. Wickertwickertwickert, dachte ich. Was, wenn er dranging? Was sollte ich dann tun? Ihn etwas ganz Konkretes fragen, vielleicht:

«Hallo, ist dort Wickert?»

«Ja, hier ist Wickert.»

«Wickert persönlich?»

«Nein, Wickert Ulrich.»

«Hören Sie, Wickert, ich kenne Sie nicht persönlich, aber Sie kennen mich, das heißt, Sie kennen Dr. Hollenbach, was jetzt jedoch zu weit führt. Ich wollte Ihnen nur mitteilen, daß ich die Zeitrechnung revolutioniert habe, und da könnten Sie ja mal drüber berichten.»

«Bitte wenden Sie sich an Anne Will, die ist meine Nachfolgerin.»

«Ich glaube nicht, daß diese Frau das dafür notwendige technisch-physikalische Verständnis hat, Herr Wickert.»

«Ich glaube, daß unser Gespräch jetzt beendet ist. Auf Nimmerwiederhören.»

«Hallo? Herr Wickert? Sind Sie noch da?»

Nein, das wäre kein gutes Gespräch. Wickert würde mich nicht weiterbringen. Hoffentlich ging er nicht dran. Mir war sowieso schlecht. Alle möglichen Dinge waren auf einmal in mir hochgekrochen, auch richtig negative. Ich bückte mich vom Barhocker runter und kotzte ein bißchen unter den Tresen.

«Du gefällst mir», lachte lallend Dr. Hollenbach. «Wie heißt du eigentlich?»

«Rick Rademann. Mick. Mick Rademann. Ich kann jetzt nicht mit Wickert telefonieren.»

«Geht eh nicht ran. Die Ratte schläft.»

Hollenbach legte das Handy wieder hin. Mir ging es deutlich besser. Zum Glück hatte Frl. Kurt nichts von meinem kleinen Aussetzer bemerkt. Sie war zu sehr mit den gepflegten Gästen beschäftigt, die immer noch ratlos auf die leere Bühne starrten und den versprochenen Tanz-Act einforderten. Sie waren laut geworden, riefen nach Olinka, und die wunderschöne Kurt hatte Mühe, jeden einzelnen zu vertrösten.

Ich sei ja auch immer ziemlich erfolgreich gewesen, sagte ich, aber jetzt sei ich noch erfolgreicher, weil ich umgesattelt hätte vom klassischen *Coaching* auf *Personal Life Assessment* beziehungsweise, um genau zu sein: auf *Downslowing* und *Downshifting*, darauf hätte ich als Mentaltrainer mein Unternehmen spezialisiert, finanziell laufe es sehr gut, ich würde auch etliche Prominente coachen und hätte alle Hände voll zu tun, die Namen dürfe ich natürlich nicht nennen, in der Branche wisse man aber Bescheid, ich sei ja schon ewig im Geschäft, worauf er dann meinte, während er einen neuerlichen Bausatz in seinem leeren Pilsglas zusammengoß, so daß ich dachte, ich sollte vielleicht auch mal in den Bausatzhandel einsteigen, er also sagte, und dies mit einer funkelnden Entschlossenheit in seinem riesigen Gesicht, die mich nachhaltig beeindruckte, oder jedenfalls ziemlich: «Hör zu! Ich brauche jemanden, der meine Geschäfte regelt, jemanden, der richtig gut telefonieren kann.» Er sah konzentriert durch mich hindurch. «Bist du dieser Jemand?»

«Ja, ich bin es.»

«Super. Du bist gebucht, du machst das!»

«Danke», sagte mein Mund. Ich war vor Glück wie vom Schlag getroffen, perfekter hätte es nicht laufen können. Telefonieren war genau mein Ding! Darin war ich genausogut wie im Mailen.

Ich hatte ziemlich lange darüber nachgedacht, welche Kommunikationsform am besten zu mir paßte, hatte mit Professor Pelz darüber gesprochen, hatte überlegt, ob ich nun eher Brieftyp war oder E-Mail-Typ oder Handytyp. Als Brieftyp habe ich angefangen. Schon von klein auf schrieb ich Briefe, viele Briefe, den lieben langen Tag nichts als Briefe an die Mächtigen dieser Welt, denen ich anbot, in meine Geschäftsidee zu investieren. Es war ein gutes Angebot: Ich hatte vor, im großen Stil ins Süßwarengeschäft einzusteigen. Mir war aufgefallen, daß man meist keine passenden Münzen hatte, wenn man vor einem Kaugummiautomaten stand. Da wollte ich ansetzen, und zwar mit neuartigen Geräten, in die man keine Münzen mehr einwerfen, sondern nur noch eine Zahlenkombination eintippen mußte. Eine Kombination, die natürlich nur ich kannte. So hätte ich unbegrenzten Zugriff auf die Ressourcen gehabt und meine Investoren am Erfolg beteiligen können. Es schrieb aber nie einer zurück. Telefonisch konnte ich diese Leute erst recht nicht erreichen. Vielleicht war ich auch gar kein Telefontyp. Als Jahre später die

Faxgeräte aufkamen, war ich sofort begeistert und kaufte mir eines. Ich trat das Telefon in die Tonne, schloß das Fax an und faxte die Durchschläge der Briefe, die ich an die Mächtigen dieser Welt geschickt hatte, an deren Faxnummern. Wieder keine Antwort. Aus Rache faxte ich an alle Faxnummern, die ich kannte, das immer gleiche schwarze Blatt Papier, so lange, bis mein Gerät kaputtging.

Erst mit dem Einzug der Computer fand ich meine ideale Kommunikationsform: E-Mail. Ich mailte, was das Zeug hielt. So viel wie möglich, zwischen zehn- und vierzigtausend Mails pro Tag. Dafür bekam ich von meinen Auftraggebern kleinere Eurobeträge überwiesen. Ich arbeitete als selbständiger Spammer, konnte so die Kursgebühren bei Professor Pelz abstottern und war insgesamt zufrieden. Es war eine kreative Tätigkeit, ich war Herr über meine Zeit und kommunizierte regelmäßig mit Abertausenden von Menschen. Spamming ist eine der wenigen Wachstumsbranchen, die es überhaupt noch gibt, wir haben jährliche Zuwachsraten von über fünfzig Prozent! Jeder Mensch erhält Spam, fast jeder außer mir. Um mich vor Müllpost zu schützen, habe ich meine eigene Mailadresse nämlich schon lange abgeschafft. Ich bin, wie ich festgestellt habe, kein E-Mail-Typ mehr. Ich verkehre nur noch per Mobiltelefon. Und zwar per Blackberry, denn mit diesem coolen Tool kann man nicht nur telefonieren, sondern auch, falls ein Blitzauftrag reinkommt, von unterwegs mit der Lawinenfunktion massig Mails verschicken.

Das fand ich ungeheuer praktisch, und Professor Pelz war derselben Ansicht. Er riet mir, bei meiner künftigen Arbeit als Coach überhaupt verstärkt auf Telefonberatung zu setzen, auf *Mobile coaching*. So könnte ich «jede Menge Fahrtkosten sparen», sagte er, als er noch mal über meine Abschlußrechnung ging. Insgesamt hatte ich sechzehn *LifeTime*-Module bei ihm belegt und damit endlich den *Delta-t-Status* erreicht, der mich zum *Systemischen Coaching* berechtigte. Das sei schon ganz ordentlich, hatte Professor Pelz gesagt, bis zum *Alpha-t-Status* sei es zwar noch ein weiter Weg, aber auf *Delta-t* könne man als Einunddreißigjähriger gut aufbauen, da sei er «rundheraus positiv». Klar, daß ich dann auch rundheraus positiv drauf war.

Abgesehen von der Spammerei war ich ja bislang hauptsächlich als Controler meiner persönlichen Strategiekonzepte tätig gewesen. Ich hatte regelmäßig geprüft, ob ich aufgrund meiner situativen Lebenserfahrung überhaupt für die Coachingbranche geeignet war. Ich prüfte dies über längere Zeitfenster, praktisch über Jahre hinweg immer wieder, ein Jahrzehnt mindestens, vielleicht sogar länger, ja, wenn ich ganz ehrlich bin, habe ich mein ganzes Leben nichts anderes getan, als zu überprüfen, ob ich genug Lebenserfahrung besaß, um *lösungsfokussierte Interventionsstrategien* für Dritte entwickeln und händeln zu können. Und nun war ich so weit und hatte bereits meinen ersten Klienten.

Obwohl … Ich brauchte erst das Okay des Professors, so war das vertraglich mit ihm geregelt.

«Ich würde Ihnen wirklich gerne helfen», sagte ich, «aber ich weiß nicht, ob Professor Pelz das genehmigt. Ich darf ohne seine Einwilligung keine Coaching-Beziehungen eingehen.»

«Schreib mir seine Nummer auf. Ich regle das morgen. Du bist mein Mann, Rademann!»

Ich notierte Pelzens Nummer auf einem Bierdeckel und steckte sie meinem neuen, meinem ersten richtigen Klienten zu – dem erfolgreichsten Autor der westlichen Welt.

«Scheiß drauf», brüllte der Klient, «ich ruf ihn gleich an, deinen Professor!»

«Nein!» schrie ich. «Es ist Cut-off-time! Das geht nicht!»

Ich wollte den Professor auf keinen Fall reizen, er war sowieso schon schlecht auf mich zu sprechen, denn ich hatte noch nicht alle meine Module bezahlt. Abzüglich aller Abschläge schuldete ich dem Frankfurter «MindBlasterInstitute of Professor Pelz» zweiunddreißigtausend Euro. Eigentlich war das zuviel, dachte ich. Um genau zu sein: zweitausend zuviel, wie mir gerade auffiel, denn zweitausend hatte ich Pelz letzte Woche in bar gegeben. Ich mußte ihn noch mal darauf ansprechen. Aber nicht jetzt.

«Es ist zu spät zum Telefonieren», sagte ich.

«Paperlapupp! Ich regle das jetzt, du Pfeife.»

Mühevoll tippte er die Nummer in sein kleines Gerät, und ich konnte ihn nicht hindern, weil ich schon wieder unter den Tresen sank und dem Boden Magensaures gab. Mit beiden Pranken hielt Hollenbach sein Handy und zischte hinein, daß «hier Hollenbach» sei, daß ein gewisser Mick Mademann «mit sofortiger Wirkung» freizustellen sei, daß er, Pelz, als «komischer Professor» sich das mal «hinter die Professoren-Löffel» schreiben könne, und im übrigen sei dieses Gespräch, von dem er, Hollenbach, ja nicht mal wisse, ob es sich nicht um ein «teures Ferngespräch» handle, sei dieses Gespräch jetzt beendet. Punkt, Knopfdruck.

In Siegerlaune reichte er mir seinen Kommunikator: «Leider nur Anrufbeantworter. Aber die Sache ist geritzt.»

Ich war begeistert. Wer so einnehmend, so eloquent war, von dem konnte sogar ich kommunikationstechnisch noch profitieren. Dieser Mann hatte Charme wie Heu, er war Charmemillionär, und er setzte sein Vermögen schamlos für seine – und ab jetzt auch meine – Zwecke ein. Von einem solchen Mann konnte ich wirklich nur lernen. Professor Pelz, das war mir jetzt bewußt geworden, hatte nichts wirklich Neues mehr zu bieten.

Aus Dankbarkeit berichtete ich meinem Klienten von meiner neuen Entdeckung, mit der ich die Welt verändern würde: «Was glauben Sie denn, wie viele Stunden wir zusammen sind?»

«Stunden? Mir kommt das seit Stunden schon wie Tage vor.»

«Sehen Sie – das ist genau, was ich sage: Die Zeit ist hauptsächlich ein gefühltes Phänomen. Und deswegen sollte man es meinem Gefühl nach neu bewerten und unterteilen. Unsere Zeitrechnung», schrie ich, «ist nicht mehr zeitgemäß! Jawohl, da liegt der Hase im Pfeffer! Wir leben in einer Zeit, die gegen uns eingestellt ist, obwohl wir alle zusammen das leicht ändern könnten! Wir müßten lediglich meine neue Zeitrechnung anwenden, die ist ganz einfach!»

Es dauerte eine Weile, bis ich Hollenbach mein Prinzip der «dynamischen Zeit» anhand verschiedener komplizierter Rechenbeispiele klargemacht hatte. Manche Beispiele funktionierten nicht auf Anhieb, weil ich beim Umrechnen durcheinanderkam oder sich Zahlendreher in die Kalkulation einschlichen. Schließlich fand ich aber doch einige gute Exempel und beendete stolz mein Referat.

Der Romancier schaute mich ernst und konzentriert an, offenbar ahnte er die Tragweite meiner Entdeckung. «Das ist wirklich eine sehr komplizierte und ungewöhnliche Sache, die du da entwickelt hast. Insgesamt würde ich sogar sagen: Das ist ziemlich sicher der allergrößte Schwachsinn, den ich je gehört habe.» Er leerte seine Cuvée aus Champagner und Jägermeister, zählte sich vier Tabletten auf die Zunge und fragte mich, wer ich eigentlich sei.

Ich verstand nicht, warum er auf einmal so bockig war. Das sei ja immer so mit neuen Ideen, tröstete ich ihn, die verstünden die Leute erst mal nicht, aber alle echten Umwälzungen hätten mit einer neu eingeführten Zeitrechnung begonnen: das Christentum, der Islam, die Nordkoreaner, das sei ja überhaupt die Grundlage für jeden Erfolg. Aber keines dieser Zeitrechnungsmodelle würde das von mir entdeckte Prinzip der variablen Stundendauer kennen, obwohl das doch das Naheliegendste von der Welt sei.

Mein Vortrag wurde durch rhythmische Schnarchgeräusche unterbrochen. Der Autor des besten Romans aller Zeiten war friedlich auf seinem Barhocker eingeschlafen.

Da saß ich nun mit meinem neuen Kunden. Ich konnte ihn unmöglich so zurücklassen, so hilflos. Außerdem schuldete er mir Geld. Ich rüttelte an ihm herum – ohne Ergebnis. Wo er wohnte, wußte ich auch nicht. Es half nichts, ich würde ihn mit zu mir nach Hause nehmen müssen, also genaugenommen zu Ira nach Hause. Zum Glück hatte sie gestern vergessen, mir den Schlüssel abzunehmen. Und wenn ich ihr meinen ersten Klienten vorstellte, würde sie mich keinesfalls abweisen. Können. Nicht Ira, das gute Herz. Ich begann zu weinen, weil alles so traurig war und so schön aufregend.

Die Klimperkiste des Alleinunterhalters gab unglaubliche Laute von sich. Der allgemeine Lärmpegel stieg, überall herrschte helle Unruhe, es gärte was in der Pik-Dame. Die gepflegten Herren an den vielen Tischchen waren eindeutig ungehalten, sie hatten auf ihre Getränke einen stattlichen Olinka-Aufschlag bezahlt, jetzt wollten sie Olinka endlich auch sehen.

«Oooo-linka! Oooo-linka!» riefen sie.

Frl. Kurt bebte vor Empörung. «Olinka ist krank, ihr Barbaren!» keifte sie, gab dem Pianisten ein Zeichen und stapfte zur schummrigen Bühne. Zwei Strahler leuchteten auf, eine Discokugel trat quietschend die Reise um sich selbst an, der Klavierkünstler verstärkte den Schmalzbelag auf seiner Schlagertapete, Kurt riß sich die Kleider vom Leib, rief noch: «Euch geb ich Olinka, ihr Mistkerle!» – und fing tatsächlich an, mit erstaunlich lasziven Bewegungen auf der Bühne herumzutanzen.

Ich war fasziniert von Kurts Gespür für perfektes Timing. Sie brachte ihre Darbietung zum absolut richtigen Zeitpunkt. Hätte sie früher damit angefangen, niemals hätte sie die angemessene Aufmerksamkeit erhalten. Die Herrschaften waren außer sich, sie maulten, pfiffen, schrien. Doch eisern gab Frl. Kurt weiter die verhinderte Olinka, beschimpfte das Publikum, rief «Hottentotten!» und «Ignoranten!», schwenkte sacht das schmale Becken, ließ die Servierschürze sinken und schlenkerte die stark behaarten Stachelbeerbeinchen. Sie zog sogar die Socken aus. Das besah ich mir aus der Nähe.

Die Tischherren tobten und brüllten, sie hatten die Schnauze voll, wollten ihr Geld zurück, sie wollten Olinka! Da ertönte mitten im Tumult ein verzweifelter, gellender, markverflüssigender Schrei:

«Oooooooooooooooooooo-linka!»

Er kam – ich traute meinen Augen nicht – von Dr. Hollenbach! Schwankend und taumelnd fiel er langsam in sich zusammen, wie ein gefällter Mammutbaum, mit kunstvoll verzögertem Schwung. Direkt am vorderen Bühnenrand, wo ich stand. Noch einmal hob er den fettig besträhnten Kopf, stierte Frl. Kurt an, blinzelte, glotzte mich an, oder das, was er für meinen Anblick hielt, und schaute schließlich an mir herunter.

«*Das* sind keine Schnellfickerhosen, mein Lieber!» keuchte er, verdrehte die Augen und erlosch.

Zwei

Ein Handy rockte los. Meins war es nicht. Ich drehte mich noch mal rum. Mit einem langen, tiefen Seufzen ließ ich Luft aus mir raus. Doch es half nichts – ich war wach und lag in einem See aus Schweiß. Alles klebte. Merkwürdig, dachte ich, warum ging mir ein tobender Zwerg im Kopf herum? War das ein gutes Zeichen? Mein Mund war trocken, wie ausgeleiert, als hätte ich die ganze Nacht geredet. Aber ich konnte mich an nichts erinnern. Bestimmt war das kein gutes Zeichen. Wenigstens war ich zu Hause gelandet. Wo war Hollenbach abgeblieben? Ich wußte es nicht und war sogar ein bißchen froh darüber.

Das Handy rockte erneut. Mein Blackberry hatte keine Gitarrenakkorde als Klingelton, dafür hatte ich mein Smartphone viel zu smart individualisiert, es läutete mit dem schönen und seltenen Klang eines alten Telefonapparats. Den hatte ich im Netz entdeckt und für viel Geld runtergeladen. Das Gerocke kannte ich aber irgendwie. Es kam, wie ich nach kurzem Kramen herausfand, von einem Handy in meiner Jakke, die vor dem Bett lag.

«Du schon wieder», sagte das Handy. «Wo ist Hollo?»

«Keine Ahnung. Wer spricht?»

«Nigel. Hallöchen. Wir kennen uns. Wenn du das Handy hast, weißt du auch, wo Hollo ist.» Dann fing er mit einer Geldgeschichte an, die mir vertraut vorkam. «Paß auf, ich hab mir das überlegt mit den hundertachtzigtausend. Ich biete dir ein sauberes Geschäft an. Ich habe gehört, du bist flüssig. Überweise mir einfach roundabout vierzigtausend, dafür bekommst du von mir eine Option auf fünfzig Prozent von Hollos Schulden, das ist für dich ein astreines Hebelgeschäft, weil Hollo dir dann neunzigtausend schuldet. Du machst also fünfzig Mille gut, das sind hundertfünfundzwanzig Prozent Gewinn, das ist super, ich gratuliere dir.»

«Muß ich sofort bezahlen?»

«Das wäre in deinem Interesse, glaub's mir, sonst schnappt dir noch jemand die Option weg.»

Ich versprach, das Hebelgeschäft im Auge zu behalten, jetzt hätte ich aber keine Zeit mehr zum Plaudern.

Meine Beine wackelten noch unschön, doch startete ich auch diesen Tag mit den Meditationsübungen, die ich speziell für mich entwickelt und auf meine Bedürfnisse zugeschnitten hatte: erst das langsame Ausatmen im Sitzen, dann konzentriertes Einatmen. Dabei das Hochfahren der Blutzirkulation nicht außer acht lassen. Sehr ruhig wieder ausatmen. Einatmen. Das Ganze vierundzwanzigmal. Aufstehen, dann wieder hinsetzen. Abermals aus- und wieder ein- und wieder ausatmen. Bis vierundzwanzig zählen. Und jetzt das Ganze rückwärts. Über viele Jahre hinweg hatte ich diese Sitzmeditation entwickelt und perfektioniert. Sie wirkte nur, wenn man die einzelnen Phasen genau einhielt. Manchmal war ich nach der Meditation vom vielen Konzentrieren derart erschöpft, daß ich vor Ende der Übung wieder auf dem Bett einschlief. Die totale Entschleunigung. Die war auch bitter nötig. Mein Schädel brummte.

Mir fiel wieder ein, was ich geträumt hatte: Wie ich Hand in Hand mit Dr. Hollenbach über eine grüne Wiese ging, der Arzt lachte diabolisch, er war bewaffnet, hielt ein langes goldenes Krummschwert in Händen, von der blitzenden Klinge tropfte Blut, ja der ganze Mann war über und über besudelt, was ihn jedoch nicht zu stören schien, er trug weiße Gummihandschuhe und einen Mundschutz, was seltsam wirkte, denn er war ja, wie er mir selbst versichert hatte, praktischer Arzt und kein Chirurg, ich sah Rot und Grün und flashige Farben, sah hörbare Lichtblitze, das Mündungsfeuer mystischer Maschinenpistolen, *Alien identities / Don't hide that special place from me / You walked through a fire with a ten headed lion / And turned on your destiny / Open up, forget your life / Breathe in, breathe out / Retain a sense of suicide,* klang es wie von Kula Shaker gesungen, all das konnte ich hören und sehen, und plötzlich war da auch dieser Zwerg, ja, tatsächlich, ein Zwerg, der wütend und wild mit den Armen ruderte, er sah so ähnlich aus wie der Zwerg Tito in ‹Living in Oblivion›, meinem Lieblingsfilm, und der Zwerg war stinksauer, er fluchte und fragte, warum er denn ausgerechnet ein Zwerg sein müsse, das sei ja wohl wieder typisch, man setze da einfach irgendwo einen Zwerg rein, und schon habe man die tollste Traumsequenz, und ob ich denn schon jemals einen Traum gehabt hätte, in dem ein Zwerg vorkam, ob ich denn überhaupt nur *einen* Menschen kannte, der jemals von einem Zwerg geträumt hätte, na eben, so sei es nämlich, niemand träume von Zwergen, nicht mal er, der Zwerg, träume von Zwergen, der einzige Ort, wo Zwerge überhaupt noch vorkämen, seien doch so beschissene Träume, wie sie in blödsinnigen Büchern wie diesem hier passierten, weil dem Autor nichts anderes einfiele als ein Zwerg, na super, tun wir einen Zwerg in den Traum, da werden die Leute staunen, Ohhh! und Aaaah! werden sie rufen, was für ein toller Traum, da spielt ja ein beschissener Zwerg mit, Mannomann, rief er, ich habe die Schnauze voll von diesen dämlichen Zwergenträumen, du kannst dir deinen Traum in den verdammten Arsch schieben, das ist ja wohl der beschissenste Traum aller Zeiten, schrie der Zwerg, ruderte mit den Ärmchen und verschwand in einem negativ ionisierten Luftloch, das er selbst geschaffen hatte und in dem, kaum daß er verschwunden war, ein Handy rockte.

Im Badezimmerspiegel beobachtete ich einen etwas bleichen, aber doch ziemlich gutaussehenden jungen Mann. Ich kannte ihn, er hatte mir seinen Körper zur Zwischennutzung überlassen. Jetzt war es an mir, etwas Neues damit zu machen. Besonders mit der Bettfrisur. Sie paßte nicht mehr zu mir. Entschlossen griff ich nach Iras Gel und stylte die Haare nach hinten. Sah gar nicht schlecht aus!

Es war schon kurz vor neun. Ira mußte gleich zur Arbeit und war vermutlich gerade dabei, mir das Essen für den Tag herzurichten. Ich wollte mit ihr unbedingt noch alles ins reine bringen. Einzig und allein auf meine Performance kam es an, und heute war mein Tag, soviel war klar. Ich ging runter. Auf Iras verdutztes Gesicht freute ich mich schon, wenn sie erfahren würde, daß ich meinen ersten Klienten hatte. Und was für einen!

Stimmen! Ich hörte Stimmen. Das war an und für sich nichts Ungewöhnliches. Man mußte nur darauf achten, daß andere sie auch hörten. Seltsam war es trotzdem. Normalerweise verrichtete Ira die Hausarbeit schweigend. Jetzt lachte sie aber, hell und eine Spur zu aufgeregt, das kannte ich gar nicht von ihr. Ein Mann rief irgendwas Belustigendes dazwischen, was Ira zu immer neuen Lachstößen hinriß. Ich kannte die männliche Stimme.

«Du bist ja immer noch hier», sagte Ira, als ich eintrat.

Neben ihr, am Küchentisch, saß in voller Montur, in Lederjacke und Jeans, der Welterfolgsautor, rauchend und Faxen machend. Ira hatte ihren Pyjama an, saß mit angezogenen Beinen auf einem Küchenstuhl und hielt eine Schale Milchkaffee in den Händen. Sie schauten erst mich an, dann wieder sich, grinsten und kicherten kindisch – so, als hätte man sie bei etwas Unanständigem ertappt.

«Hey», lachte Hollenbach, «deiner Frau geht's gut. Und mir? Mir geht's bombe. Und dir? Alles fit im Schritt»?

Beide lachten über den grandiosen Scherz, dann stellte Ira, auf mich deutend, klar: «Wir sind nicht verheiratet. Ich habe mit diesem Typen nichts zu tun.» Sie steckte sich die Haare hoch und sah gut dabei aus. «Ich habe ihm gestern fristlos gekündigt.» Sie mußten schon wieder lachen. Ira schien ihre Arbeit vergessen zu haben, und Hollenbach wirkte wie ein Pauschalurlauber, dem man gerade eben die lebenslange Gratisnutzung von Minibar und Pornokanal zugestanden hatte.

Ich sei nicht zu Scherzen aufgelegt, sagte ich, öffnete den Kühlschrank und holte meine Magenkur heraus. Während ich nacheinander acht Fläschchen japanischer Milchsäurebakterienplörre leerte, fiel mir plötzlich alles wieder ein: die Taxifahrt nach Hause, ich vorne, der schnarchende Hollenbach hinten im Fond; die Rechnung, die ich bezahlte; der zentnerschwere Romancier, den ich aus dem Wagen wuchtete, in Iras Wohnzimmer schleppte und auf der Couch verstaute; die lange Ansprache, die ich mit ausgebreiteten Armen im Wohnzimmer hielt … Scheiße, es ist also doch wieder passiert.

Die beiden ignorierten mich völlig, redeten über Hollenbachs Buch, das Ira anscheinend kannte. Typisch, daß sie mir nichts davon erzählt hatte.

«Ich habe es sogar zweimal gelesen», sagte sie.

«Ich auch», sagte Hollenbach.

«Vor allem die geile Stelle mit dem entführten Linienbus.»

«Meines Wissens ist es das erste Mal, daß ein entführter Linienbus in einem Bestseller eine tragende Rolle spielt. Nach Gladbeck hat das keiner für möglich gehalten.»

«Ja, ‹*Linie N112 – die Linie der Liebe*›.» Sie lachte.

«Genau so ist es.»

«Ich fand das Ende überraschend, so phantastisch, obwohl es ganz einfach war.»

«Einfach, aber simpel.»

«Ich fand nur schade, daß der Held stirbt.»

«Opfer müssen gebracht werden.»

«Ich glaube, das Mädchen hat ihn wirklich geliebt.»

«Wen sonst?»

«War es nicht schwer, sich das alles auszudenken?»

«Überhaupt nicht.»

«Ist das Buch autobiographisch?»

«Von vorne bis hinten.»

Die beiden lachten, bald giggelnd, bald glucksend, und Ira seufzte: «Ja, es ist wirklich der beste Roman aller Zeiten, das kann man nicht anders sagen.»

«Bester Roman, bester Roman», maulte ich. «Das kann jeder behaupten – es gibt viele beste Romane. Die Welt ist voll davon!»

Hollenbach wurde hellhörig. «Aha. Welche denn?»

«Sehr viele. Ich kann sie unmöglich alle aufzählen.»

Ira stellte die Schale auf den Tisch und schaute mich an. «Halt du bloß die Klappe, Mick Rademann!» fauchte sie. Es machte ihr keine Mühe, die Tonlage abrupt nach oben zu wechseln. «Du hast hier überhaupt nichts verloren. Ich habe dir gestern gesagt, daß dein Wohnrecht bei mir beendet ist. Und alles andere sowieso. Und dabei bleibt es. Punkt.»

«So? Ich finde, da herrscht aber noch Klärungsbedarf. Ich hatte gestern überhaupt keinen Kopf für deine komischen Grillen. Ira, ich hatte Diplomprüfung!» Und nach einer dramatischen Kunstpause fügte ich hinzu: «Ich habe mit ‹sehr gut› bestanden.»

Obwohl sie nicht rauchte, zog sie eine Zigarette aus Hollenbachs Päckchen, ließ sich von ihm Feuer geben, saugte und blies den Qualm durch die Nase aus.

«Toll! Und vor lauter Freude hast du sofort wieder das Bechern angefangen. Na fabelhaft, danke für den Saufausfall! Du hast heute nacht im Wohnzimmer gepredigt wie ein Irrer.»

«Das ist jetzt nicht das Thema.»

«Typisch!» schnaubte sie. «Männer scheuen Konflikte. Immer nur schön am eigenen Erfolg feilen, da dürfen die Frauen nicht stören und keine Rolle spielen. Immer nur schön die Ego-Nummer fahren!»

«Das hat mit Ego-Nummer gar nichts zu tun, hier geht es einzig und allein um mein *Resettlement* vom klassischen *Personal Coach* hin zum *Integrativen Entschleunigungsberater*!»

«Pah.» Sie tat so, als wenn das alles nichts wäre.

«Und das ist erst der Anfang! Sobald Professor Pelz das *gegreenlightet* hat, werde ich ein Firmenkonglomerat von mehreren Ich-AGs aufziehen, ich habe schon vier Firmennamen im Handelsregister vormerken lassen: *LifeScan*, da werde ich Selbstorganisationsprozesse für die *Targets* Zeit, Streß, Krisen und Konflikte anbieten; bei *LowSpeed* geht es um körperbezogene und mentale Entschleunigungsstrategien; bei *WorkLifeBalance* kann man die Gewichtung von *Targets* und Strategien neu *triggern*, also Stichwort Zwickmühlenlogik und Dilemmata-Konstellationen; und dann mache ich noch den Coachingservice *FreiZeit*, wo ich mit den Klienten *Recover-Konzepte* vom Entschleunigungsstreß erarbeite. So ein breites Spektrum bietet sonst keiner!»

Sie war nicht beeindruckt. «Das sind doch alles Luftnummern, Mick! Und ich komme in deinen Plänen überhaupt nicht mehr vor. Du kümmerst dich nur um dich selbst, du verhedderst dich!»

Iras Spitzfindigkeit erschreckte mich immer wieder. Und vor lauter krankhafter Ichbezogenheit verlor sie das große Ganze aus dem Blickfeld. Sie war ein hoffnungsloser Fall. Nicht zuletzt deshalb hatte ich ja beschlossen, von nun an nur noch mich selbst in den Mittelpunkt meines Lebenskonzepts zu stellen und die anderen Module drumherum zu bauen, so wie Professor Pelz mir das empfohlen hat. Ist doch klar, daß ich da bei der Durchsetzung meiner Coaching-Pläne auf nichts und niemanden mehr Rücksicht nehmen konnte – koste es mich oder Ira, was es wolle.

«Außerdem bin ich Mediator, Konfliktmoderator und Schiedsgerichtsassessor.»

«Das weiß aber keiner außer dir.»

«Man wird von mir hören. Schon allein weil ich eine neue Zeitrechnung entwickelt und zum Patent angemeldet habe.»

«Ich wundere mich wirklich, daß du immer noch an diesen Schwachsinn glaubst.»

«Ich glaube, es ist höchste Zeit, daß du ins Büro gehst.»

«Ich mache krank. Und soll ich dir mal sagen, was mich krank macht? Du machst mich krank!»

«Ich kann mich jetzt nicht um deine negativen Energien kümmern», sagte ich mit belegter Stimme. «Ich bin gerade dabei, meine Visionen mit meinen konkreten Zielen in Einklang zu bringen. Ich muß meine *Work-Life-Balance* neu justieren, und das ist kein Pipikram, den man mal so eben nebenbei erledigt.» Ich schmierte mir ein Nutellabrot.

«Im Prinzip stimmt deine *Work-Life-Balance*: Du arbeitest nichts, und das Leben läuft an dir vorbei. Die perfekte Balance.» Ira lachte schrill. «Du schaust nur zu, wirst alt und fett und züchtest Geheimratsecken und ein Doppelkinn.» Sie schaute den irgendwie höchst zufrieden wirkenden Hollenbach an und deutete mit dem Zeigefinger auf mich. «Er ist überhaupt kein Mann, er ist eine Null. Drei Dinge sind es, die einen Mann ausmachen: Er muß es bringen, er muß was wollen, und – er muß es auch können. Nichts davon trifft auf diesen Typen zu!»

«Ich glaub, es hackt», rief ich und zeigte mit dem Nutellamesser auf Ira: «Diese Person nimmt sich im Ernst das Recht heraus, mein Leben zu bewerten!» Sie hatte sich eindeutig verrannt. Ihre Argumentation war wahllos und in sich nicht schlüssig. Zum Beispiel wollte ich ja so einiges, und können konnte ich auch so manches, aber das würde sie, überdreht wie sie war, sowieso nicht verstehen. Sie tat mir ein bißchen leid. Ich schluckte.

«Paß auf, Jo, jetzt flennt er gleich wieder», keifte die Verrannte. «Weil der Herr sich so leid tut.»

«Diese Frau kann einem wirklich leid tun», zischte ich und machte einen Schritt auf den Küchentisch zu. «Weil sie die einfachsten Argumente nicht versteht. *Sachliche* Argumente.»

«Bis jetzt hab ich noch keine gehört», sagte der Erfolgsautor und goß sich Kaffee nach.

«Sie läßt mich ja nicht zu Wort kommen.»

«Ich brauche keine Worte mehr, Rademann, zwischen uns ist alles besprochen!» Sie schrie fast. «Pack deinen Scheiß und hau endlich ab!»

«Wie?» Ich deutete auf den Schriftsteller. «Und er darf bleiben?»

Sie schaute Hollenbach an. «Der? So lange er will! Im Gegensatz zu dir hat der nämlich schon was geleistet: Er hat mein Lieblingsbuch geschrieben!»

Es konnte nur Neid sein, der sie so verblendet hatte. Sie konnte es offenbar nicht ertragen, daß ich nun auf der Siegerstraße war, daß ich meinen eigenen Weg erfolgreich gehen würde, hinein in eine goldene Zukunft. Und von dort, das ahnte sie wohl, würde ich gewiß nicht wieder in ihre vermuffte Wohnung zurückkehren, um sie abzuholen und mitzunehmen. Dazu war es jetzt zu spät. Und das beste war: Ich hatte *vor* ihr zugeschlagen. Ich hatte bereits einen festen Kontrakt mit dem Autor Jo Hollenbach, daran war nichts mehr zu rütteln. Das ahnte sie wohl, und das raubte ihr den Verstand.

«Wenn du wüßtest, Ira», sagte ich triumphierend. «Ich habe nämlich schon einen Klienten!» Mehr sagte ich aber nicht und zwinkerte Hollenbach diskret zu, der so tat, als habe er nichts bemerkt.

«Na toll», rief sie und fing wieder von vorn an: daß ich ihr «nichts bieten» könne, daß ich nur «Hirngespinste» hätte, daß es mit mir nie ein «eigenes Haus und eigene Kinder» geben würde, nicht mal ein «eigenes Auto», daß mein Höchsttempo der «Leerlauf» sei – als ob ich diese Platte nicht längst auswendig kennen würde!

Für meine Projekte, die vor allem auf Nachhaltigkeit angelegt waren, hatte sie als typische *Dispatcherin* einfach keinen Sinn. Und für mein revolutionäres System der dynamischen Zeit fehlte ihr jedes Verständnis. Professor Pelz äußerte mal die Vermutung, daß Frauen generell kein Sinnesorgan für die Zeit hätten, sonst müßte man ja auch nicht so oft auf sie warten. Und deshalb hatte ich Ira gestern klipp und klar gesagt: Entweder du gehst, oder ich gehe! Und da sie keine Anstalten machte, aus ihrer Wohnung auszuziehen, würde ich jetzt eben gehen. Erhobenen Hauptes. Sollte sie mal schön sehen, wie sie alleine zurechtkam mit dem neuen Induktionsherd, dem billigen Breitband-Router und dem teuren Digitalbilderrahmen. Sollte sie doch sehen, wer den Stromanbieterwechsel weiter vorantrieb, wer die Werbezettel auf die Briefkästen der Nachbarn verteilte, wer die Telefonmarketing-Anrufer anbrüllte – ja, da würde sie noch staunen, die Frau Tochter aus supergutem Hause. Sie hatte sich nicht alles selber aufbauen müssen, so wie ich. Sie hatte letztlich nie an meine *creative power* geglaubt, die ganzen vier Jahre nicht, die ich bei ihr wohnte. Das hätte mich gleich stutzig machen sollen.

Hollenbachs Handy, das ich noch immer bei mir hatte, rockte los. Auf dem Display stand «Mammi ruft an». Als ich es ihm reichen wollte, blockte er mit ausgestrecktem Arm ab: «Du bist dran, Rademann.»

Ich drückte das grüne Knöpfchen.

«Jogi?»

«Jogi kann gerade nicht. Darf ich was ausrichten?»

«Sie sind das wieder? Ich möchte endlich meinen Sohn sprechen. Ich warte immer noch!» Hollenbachs Mutter brauchte nur wenige Sekunden, um ihre desolate Situation zu erläutern: «Ich habe doch nicht das Zweite Vatikanische Konzil und die Rasterfahndung überlebt, die Volkszählung und sechzehn Jahre Helmut Kohl, nur damit ich auf meine alten Tage an Medikamentenmangel zugrunde gehe! Der Jogi soll sich endlich in Bewegung setzen, ich habe nichts mehr, ich brauche von allem die doppelte Dosis!» rief sie.

Ihr Sohn habe alles im Griff, sagte ich, meinte damit aber nicht das, was ich soeben mit ansehen mußte: Wie der zufrieden grinsende Arzt seine behaarte Pranke erst über Iras Bäckchen gleiten ließ und sie dann auf ihrem linken Knie parkte, als gehöre sie da hin. Er lehnte sich zurück, die Rechte schien schon an Ira festgeklebt, mit der Linken hängte er sich eine Zigarette an die Lippen, eröffnete das Feuer und schaute, als ich das Gespräch beendet hatte, uns beide an.

«Meine Mutter übertreibt. Aber was ich sagen wollte: Respekt, Kinders! Das ist wirklich eine total beeindruckende Schmierenkomödie, die ihr hier abzieht. Ich bin schwer begeistert.» Er stand auf, stellte sich vor den Küchentisch und betrachtete Ira. «Aber jetzt hör bitte mal auf, auf diesem Mann hier herumzuhacken, Babe. Das ist schließlich mein neuer Manager!»

Sie ließ die Kaffeeschale fallen. «Der da? Im Ernst?»

«Ja, der», sagte Hollenbach.

«Ja, genau der», sagte ich cool.

Sie sprang auf, ihr Näschen zitterte vor Wut, und mit einer wie aus dem Nichts auftauchenden linken Hand schallerte sie Dr. Hollenbach eine mitten durchs Gesicht. «Ich weiß nicht, wer von euch beiden der größere Idiot ist», schrie sie und war im Grunde viel zu emotional. «Aber eins ist klar: Hier haben sich zwei Topidioten gesucht und gefunden. Ohne mich! Raus! Alle beide!»

Drei

Es ließ mir keine Ruhe. «Wird Ihre Mutter wirklich bald sterben?» fragte ich, als wir durch die Straßen irgendeines dieser Born-, Bens- oder Bockenheime irrten, irgendwohin, wo ich eine U-Bahn vermutete.

«Nicht heute und nicht morgen», erklärte Hollenbach. «Sie ist das Warten gewöhnt. Es ist die einzige Tätigkeit, die sie erfüllt.»

Der Erfolgsautor tat so, als gehe ihn das alles nichts an. Als ich ihm vorwurfsvoll sein Handy unter die Nase hielt, zuckte er nur mit den Schultern. Das Display meldete sechzehn nicht angenommene Gespräche von «Anrufer Mammi». Er weigerte sich beharrlich, seine Telefonate selbst zu verwalten – das sei jetzt meine Sache, stellte er fest: «Das ist der Deal.»

Gut, wir hatten also einen Deal. Schlecht war nur, daß wir die finanziellen Bedingungen noch nicht besprochen hatten. Die Details hingegen waren klar: «Du machst ab sofort meine Außenkontakte, Rademann. Es ist alles ganz einfach: Wenn einer Geld will, sagst du, das Geld sei schon überwiesen. Wenn ein gewisser NJN oder Nigel anruft, sagst du gar nichts. Wenn jemand wegen Autos anruft, sagst du, der Wagen sei da, wäre aber in der Waschanlage hängengeblieben. Wenn jemand Literaturpreise anbietet, dann nimmst du sie an. Anrufe meiner Mammi mußt du ebenfalls immer annehmen, das bin ich ihr schuldig. Und alle anderen sollen sich an den Verlag wenden.»

Schmal und eng waren die Gehsteige, Menschen drückten sich an uns vorbei. Mein Koffer machte mir zu schaffen. Nie hätte ich gedacht, daß Klamotten so schwer sein können.

«Du kannst erst mal bei mir wohnen», sagte Hollenbach. Konnte er Gedanken lesen? Ich entschuldigte mich für Iras ungebührliches Verhalten. Typisch sei das gewesen, sie wisse nie, was sie so daherrede, sagte ich, sie arbeite nicht lösungsfokussiert, aber das könne man auch nicht erwarten von einer –

«Jaja», unterbrach er mich und brachte im Gehen ein Tabakstäbchen zum Glühen. «Im Prinzip» hätte ich «in gewisser Weise eventuell» recht, man müsse der alten Dame – er war schon wieder bei seiner Mutter – bald mal ihre Tabletten bringen, aber dazu brauche er, Hollenbach, sein Auto, und das müsse erst aus der Werkstatt geholt werden. «Aber wie?» fragte er. «Ich habe kein Auto, um hinzukommen. Und wenn ich eins hätte, könnte ich nicht fahren, ich habe Restalkohol.»

«Leider habe ich auch kein Auto. Dabei habe ich Ira schon so oft gesagt, sie soll eins kaufen.»

Er blieb stehen, kramte in seiner Lederjacke herum, zauberte einen kleinen Bund abgeschabter Autoschlüssel hervor und schaute auf die Uhr. «Gleich Mittag! Also wirklich, das paßt ja einwandfrei!» Dies sei ohne Zweifel ein «großer Moment» für mich, sprach er, denn ich dürfe schon bald mit einem «außergewöhnlichen Wagen» fahren: mit seinem. Er beschrieb mir eine Werkstatt, die irgendwo im Hinterhof eines Autohauses im Frankfurter Osten versteckt war – ich könne dieses Haus gar nicht übersehen, außen stehe nämlich in Leuchtschrift «Autohaus Hollenbach» dran, ein riesiger Bau. Im Hof sei die «Spezialwerkstatt», und da habe er sein Auto geparkt, ein «Spezialwagen» freilich, ein alter 600er Mercedes, schwarz, «was sonst», und überlang, eine «amtliche Limousine» also. Die Reparatur sei «hundert Pro» erledigt, ich bräuchte dort mit niemandem zu sprechen, müsse nur «die Karre aufschließen, den Gang reinknallen und abzischen»! Zu beachten sei allerdings die Lenkradschaltung und das merkwürdige Kurvenverhalten. Er deutete mit seiner rechten Hand schlingernde Bewegungen an. Mir wurde schlecht.

«Wollen Sie das nicht lieber selbst machen?»

«Ich würde gern. Aber ich kann nicht. Ich treffe gleich einen sehr wichtigen … hmm, Verleger. Businesslunch, du verstehst. Außerdem hast du als Manager für die Fahrbereitschaft zu sorgen, ganz klar.»

Die Lenkradschaltung hakte tatsächlich. Ich mußte aber nicht lange rangieren, die Limousine parkte in Fahrtrichtung, ich konnte direkt vom Hof rollen. Der Motor klapperte, stotterte und schnurrte schließlich sehr schön. Eine Wahnsinnskutsche! Fast verlor ich mich darin. Wie mein eigener Staatsgast kam ich mir vor, als ich das Spalier blühender Bäume an der Hanauer Landstraße abfuhr. Ahorn, Platanen und Robinien paradierten an mir vorbei, Amseln, Spatzen und Meisen zwitscherten. Die schwarzen Ledersitze waren hart und abgeschabt, es roch nach Öl, das Lenkrad war schmierig. Hinter dem Fahrersitz bildeten zwei einander zugewandte Sitzbänke mit Armpolstern und einer Luxuskonsole in der Mitte eine Art Lounge. Auf dem Beifahrersitz klebte ein Zettel mit ungelenker Schrift: «Nix ausliefern an Scheff!»

Es war absolut phantastisch, in diesem Riesenschiff, das doppelt so lang war wie zwei Kleinwagen und zehnmal so schön, durch die Stadt zu cruisen. Wenn ich mit dem Heck eine Kreuzung passierte, war ich mit dem Kühler schon im nächsten Stadtteil. Ich aktivierte Kula Shaker auf meinem Blackberry, drückte die Kopfhörer rein, schwamm entspannt im Verkehrsfluß und sang ihre Hymne der Freiheit mit: *«Let the choir sing out, sing out, sing / I cut my foes and my enemies down / I blew up their homes and their towns / No-one is as powerful as me – I'm a dic, I'm a dic, I'm a dictator»* – jawohl, ich schrie es heraus, denn ich fühlte es auch: «*I'm a dic, I'm a dic, I'm a dictator of the free world!*»

An der schönsten Stelle vibrierte es in meiner Jacke. Wieder das Schriftstellerhandy. «SMS von …» – und dann eine Mobilnummer, die ich kannte. Ira! Sie schrieb: «Wollte dich nicht rauswerfen, aber M hat soo genervt. Sei mir nicht böse, verehrtester herr autor. Alles liebe, ira.»

M – meinte sie damit etwa mich? Und Hollenbachs Handynummer hatte sie auch schon! So lief der Hase also. Sie hatte umgesattelt und strengte einen SMS-Flirt mit meinem Klienten an. Glücklicherweise hatte ich die Kommunikationshoheit. Wahrheitsgemäß tippte ich: «M hat nicht genervt!» Sekunden später antwortete sie: «M spielt keine rolle. Wann treffen wir uns?» Ich überlegte. Wann würde Hollenbach sie wiedersehen wollen? Ich simste: «Geduld ist Zeit × Sehnsucht. Sehnsucht habe ich schon, gib mir noch Zeit.» Ira war krankhaft ungeduldig – das würde ihr schön zu knabbern geben, massiv zu knabbern sogar. Nein, mit ihr war ich noch nicht fertig. Im Gegenteil: Jetzt fing die konstruktive Konfliktarbeit erst an! Ira hatte rein emotional reagiert und nicht mal ansatzweise ein *Mind scanning* gemacht. Ich würde mit ihr unsere Beziehungsziele einzeln durchsprechen müssen – sie war emotional viel zu unstrukturiert, als daß sie ohne mich zurechtkommen würde.

Hollenbach stand an der Bushaltestelle, an der ich ihn abzuholen hatte. Er genoß es sichtlich, vor den Augen der anderen Wartenden umständlich und bedächtig in die Limousine zu steigen. Er setzte sich aber nicht neben mich auf den Beifahrersitz, sondern nach hinten, rechts, auf die Rückbank.

Er nannte eine Straße irgendwo in Frankfurt und grunzte: «Fahr los!»

«Ich bin nicht Ihr Chauffeur.»

«Sondern?»

«Ihr Coach, so ist das vereinbart. Und es wäre für unser künftiges Arbeitsverhältnis besser, wenn Sie sich nach vorne setzen würden, neben mich. Wir sind gleichberechtigte Partner.»

«Alles klar, Partner», schnarrte Hollenbach von hinten. «Fahr einfach los, und ich erzähl dir was. Weißtu, wem diese Karre früher mal gehört hat? Ich sag's dir: Pol Pot! Damit ist er rumgeheizt, als er in Kambodscha den Steinzeitkommunismus erfunden hat. Echte Staatslimousine, ich hab sie per Schiff direkt aus Phnom Penh kommen lassen und die Fahrgestellnummer im Daimler-Benz-Archiv überprüft. Die Kiste ist absolut echt, und soll ich dir was sagen? Pol Pot war einer der größten Mörder der Menschheit, er hat halb Kambodscha abschlachten lassen, aber er glaubte an Gerechtigkeit und an die Gleichheit der Menschen. Er war der Bruder Nummer eins, er hatte einen Chauffeur und saß aus Solidarität immer vorne neben seinem Fahrer. Und nun überleg mal: Glaubst du im Ernst, daß ich Pol Pots Platz einnehmen will?»

«Warum denn nicht? Das ließe gute Rückschlüsse auf Ihre Ego-Struktur zu. Außerdem haben Sie ja auch sein Auto gekauft.»

«Exakto. Jetzt fahr los, wir müssen die Medikamente holen, meine Mutter wartet.» Lustvoll dirigierte er mich von hinten rechts durch die Stadt. Angewidert starrte ich auf das durchgewetzte Leder des Beifahrersitzes. «Das Gaspedal ist übrigens das längliche rechts unten.»

«Schnell fahren bringt nichts», rief ich. «Man muß die Entschleunigung souverän leben, sagt Professor Pelz.»

Die Leutchen auf den Straßen ahnten davon nichts. Sie hetzten umher, hupten, schnitten sich gegenseitig den Weg ab, als wären sie alle im Endspurt irgendwohin. Warum nur? Sie könnten es viel einfacher haben! Könnten ihre ineinanderverknoteten Arbeitswege, Lebenslinien und Pendlerstrecken entwirren – und ihr Lebens- und Streßproblem gleich mit! Aber nein, starrsinnig hielten sie an völlig überkommenen Zeitrastern fest, die man sich irgendwann im späten Mittelalter ausgedacht hatte.

«Wahnsinnsverkehr, dabei ist es erst sechs Uhr morgens», sagte ich.

«Nach meiner Uhr ist es zwölf Uhr mittags.»

«Nach meiner rechten Armbanduhr auch, das ist die alte Zeit, in der Sie noch denken. Sie unterjocht die Menschen. Ich habe dieses Joch abgeworfen und durch meine *dynamische Zeit* eine menschliche Zeitrechnung geschaffen, die unseren Bedürfnissen angepaßt ist. Nach der neuen Zeit auf meiner linken Armbanduhr ist es erst sechs, obwohl auch bei mir der Tag vierundzwanzig Stunden hat.»

Hollenbach hing ermattet in der Rückbank, Gegenwehr war nicht zu erwarten. Ich erklärte ihm die Grundlagen meiner Theorie: Seit Urzeiten, oder besser gesagt seit dem Beginn der Uhrzeit, vulgo der Zeitmessung, sei die Zeit ja in feste, regelmäßige, immer gleiche Einheiten unterteilt. Das sei inzwischen überholt. Wir lebten in dynamischen, stets sich verändernden Zeitrastern, da müsse man die Normalzeit diesen neuen Verhältnissen anpassen. Ich hätte daher festgelegt, daß es von zwölf bis achtzehn Uhr nicht mehr sechs, sondern zwölf je dreißigminütige Stunden gebe, von null bis zwölf Uhr dagegen nur noch sechs Stunden je hundertzwanzig Minuten, und zwischen achtzehn und vierundzwanzig Uhr herrsche die bewährte Altzeit, also eine Stunde pro Stunde – somit hätten wir insgesamt wieder vierundzwanzig Stunden pro Tag, nur daß der Tag sich jetzt reeller und dynamisch praktischer anfühle.

Alte Zeit

0 1 2 3 4 5 6 7 8 9 10 11 12 13 14 15 16 17 18 19 20 21 22 23 24

| | | | | | | | | | | | ! | | | | | ! | | | | | |

0 1 2 3 4 5 6 7 8 9 10 11 12 13 14 15 16 17 18 19 20 21 22 23 24

Neue Zeit

Bei genauer Betrachtung hätte dieses Zeitschema ausschließlich Vorteile, sagte ich, die Menschen wären zum Beispiel nicht mehr eine reale Stunde zu ihrem Arbeitsplatz unterwegs, sondern nur noch eine halbe – also ein echter Gewinn! «So sparen wir nach meiner Methode jede Menge Zeit, die wir dann darauf verwenden können, die ‹Phantomzeit› wiederzufinden, Sie wissen schon, diese Periode aus dem Mittelalter, die heute als verschwunden gilt.»

Im Rückspiegel konnte ich genau sehen, wie Hollenbach gelangweilt durch die verwitterten Vorhänge nach draußen spähte. «Laß mich in Ruhe mit deinem Quatsch», grummelte er. «Ich bin Existentialist, Mann, ich bin ein Geworfener! Ich kann mit deiner Zeitscheiße nichts anfangen!»

Ich bedauerte ihn ein bißchen. Er stand sich selbst im Weg. Es würde einiges an *Resettlement work* erfordern, ihn zu entschleunigen, neu zu takten und zu formatieren.

Wir fuhren an der Alten Oper vorbei, Richtung Norden. In der Nähe des Fernsehturms, den die Eingeborenen «Ginnheimer Spargel» nannten und wie «Ginnemer Spaschl» aussprachen, hieß Hollenbach mich abbiegen. Ein merkwürdig weiter Weg zu einer Apotheke. Wir steuerten auf einen riesigen, freistehenden Betonkasten zu, die Einfahrt war mit einer

Schranke versperrt, auf einem großen Messingschild stand: «Deutsche Bundesbank. Zufahrt nur mit Genehmigung!»

«Wir haben keine Genehmigung», sagte ich.

«Wir haben eine», sagte er, «wir sind avisiert.»

«Wozu? Was sollen wir hier?»

«Wir besorgen Medikamente.»

Daß die Deutsche Bundesbank dafür bestimmt der falscheste Ort der Welt sei, ließ er nicht gelten. Ich solle Ruhe geben und hier in diese Tiefgarage fahren. Es war nicht gerade einfach, die kilometerlange Karosse um die engen Kurven nach unten zu winden, und erst recht nicht, den Sechshunderter in eine Parkbucht zu bugsieren. Mir stand der Schweiß auf der Stirn, ich kurbelte am Steuerrad wie ein Fregattenkapitän, und Hollenbach gab mir den Rat, nur schön vorsichtig mit dem Wagen zu sein, sonst drehe er nämlich durch. Kaum hatte ich endlich den Zündschlüssel abgezogen, hörten wir – einen dumpfen Schlag, ein Quietschen, ein Kratzen. Panisch sprang Hollenbach nach draußen und begann sofort zu tanzen und zu schreien: «Sind Sie wahnsinnig! Sie Hornochse! Was fällt Ihnen ein, haben Sie keine Augen im Kopf? Wie können Sie mit Ihrer Scheißkarre so nah an meinem Wagen vorbeirollen!»

Erst als ich ausgestiegen war, sah ich, daß er auf einen Rollstuhlfahrer einbrüllte, einen kleinen, dicken, verdutzt dreinblickenden Mann.

«Der Elektroantrieb hat manchmal Macken», jammerte der und deutete auf seinen Rollstuhl. «Dann macht das Ding, was es will.»

«Und jetzt hat mein Daimler eine Macke», schrie Hollenbach, seine Augäpfel traten hervor. «Sie können froh sein, wenn ich mit Ihnen nicht mache, was ich will!»

«Es war keine Absicht, mein Herr.»

«Nein, es war Ihr beschissener Rollstuhl!» Er gestikulierte

ohne jeden Plan. «Mensch, ich hab *so einen* Hals! Ich kutschiere ja auch nicht in der Gegend herum, wenn mein Fahrzeug am Arsch ist!»

«Ich bin auf den Rollstuhl angewiesen, mein Herr!»

«Haben Sie dafür überhaupt einen Führerschein? Sie sind ein Verkehrsrisiko! Sie wollen wohl, daß alle Menschen so enden wie Sie!»

«Werden Sie bitte nicht diskriminierend!»

Hollenbach pumpte sich auf. «Ich? Diskriminierend? Sind Sie auch noch geistig behindert? Ich bin der allerletzte, der was gegen Rollis hat, hundert Pro! Ich bin schon in einem Rollstuhl rumgefahren, da waren Sie noch Quark im Schaufenster, Verehrtester! Ich war Zivi im Betreuungsdienst, da hatten wir Rollstühle ohne Ende. Jeden Mittag hab ich mich in so ein Scheißteil reingesetzt, bin in die Fußgängerzone gerollt und habe die Hand aufgehalten, da kam ganz schön was zusammen. Und warum? Weil ich als Behinderter viel besser und authentischer rüberkam als die anderen Spastis vor Ort! Weil ich mit meinem Rollstuhl gefahren bin wie ein junger Gott! Ich verstehe diese Rollstuhlfahrer wirklich nicht. Die glauben, nur weil sie behindert sind, muß alles nach ihrer Pfeife tanzen. Aber ich sage Ihnen: Das ist ein Irrglaube! Sie werden *nicht* siegen, das garantiere ich Ihnen! Lernen Sie erst mal, mit Ihrem Schrottrollo umzugehen!» schrie er den verdutzten Mann an und trat dabei sogar ein bißchen gegen dessen Gefährt.

Ich merkte sofort: Dieses Gespräch verlief nicht optimal. Ich mußte handeln, moderieren und die Diskussion schnellstmöglich deeskalieren. Durch Entschleunigung!

«Langsam!» rief ich und trat langsam zwischen die Parteien. «Hey, ich wünsche Ihnen einen wunderschönen guten Tag, mein Name ist Mick Rademann, und ich freue mich sehr, Sie endlich kennenzulernen!»

Das wirkte. Der Mann schaute eindeutig verblüfft und Hollenbach auch. «Sie argumentieren beide rein emotional und total aneinander vorbei. Das bringt doch nichts! Atmen Sie durch! Es ist besser, wenn Sie erst mal durchatmen und dann in aller Ruhe ein Stück weit auf Augenhöhe verhandeln!»

«Soll ich vielleicht aufstehen?» heulte der Mann. «Wie stellen Sie sich das vor?»

«Soll ich mich vielleicht hinsetzen?» schrie Hollenbach und stampfte vor Wut auf den Boden. «Hab ich vielleicht einen Rollstuhl?»

Es kostete einige Mühe, Ruhe in die Tiefgarage zu bringen. Doch es gelang. Wir tauschten die Personalien aus, und Hollenbach wurde sogar wieder so friedlich, daß er dem Sitzenden half, die Funktionsfähigkeit seines Rollstuhls zu überprüfen. Schließlich bugsierte er mich in Richtung einer Blechtüre, die er mit dem Fuß aufstieß. Es krachte. Der Behinderte blieb zurück, rührte sich nicht von der Stelle. «Er denkt nach», sagte Hollenbach. Dann standen wir vor einer Lifttüre. Wir fuhren hoch in den fünfundneunzigsten Stock, obwohl es nur vierzehn Stockwerke gab. Jedenfalls sah ich nur vierzehn Geschoßknöpfchen im Aufzug, auf der Digitalanzeige war aber «95» zu lesen. Hollenbach hatte es auch bemerkt und meinte: «Wahrscheinlich ein Sondergeschoß.»

Er ging voraus, mannhaft und stark. Ein langer, grellbeleuchteter Gang, Neonröhren surrten, manche zuckten nur noch; ein paar Aktenschränke, dazwischen immer wieder große blaue Müllsäcke, auch schwarze; viele hochgestapelte Kartons mit Medikamentennamen, alles total verstaubt, einige Säcke zerfetzt, die Kartons angestoßen.

«Maaann, Mannmannmannmann», murmelte mein Klient und ließ seine Hände im Vorbeigehen an den Kartons entlangstreifen. An den Wänden hingen vergilbte Postkarten, Infoposter mit Euroscheinen und Münzsätzen, ein Fotokalender, der im Juni 2002 stehengeblieben war. Auf dem Boden tanzten die Wollmäuse. Manchmal stand eine Zimmertüre offen, auch in den Zimmern stapelten sich Kartons und Säkke. Abgestandene Luft, es roch nach Staub und Apotheke.

Am Ende des Ganges nahm uns ein Bürofräulein in verwittertem Kostüm in Empfang. Sie lächelte durch uns hindurch und fragte nach unseren Wünschen. Hollenbach kramte einen Zettel hervor, faltete ihn auf und sagte: «Ich komme mit Grüßen von unserem guten Onkel Willibald!»

Das Fräulein lächelte ätherisch. «Sie sind zu zweit?»

«Das sehen Sie doch», blaffte der Autor.

«Ich sehe nichts, ich bin blind», sagte sie, tastete sich an uns vorbei und führte uns in einen kleinen, dunklen Warteraum mit sechs Stühlen.

Wir fingen sofort an zu warten. Wir warteten. Warteten. Warteten. Meine Frage, wie denn eigentlich das Gespräch mit seinem Verleger verlaufen sei, positiv oder negativ, konstruktiv oder wetterschief, irritierte Hollenbach.

«Verleger?» Er massierte seine Kinnflusen. «Welcher Verleger?»

Er schien nicht darüber sprechen zu wollen. Wir einigten uns darauf, daß er mir «wahrscheinlich heute nachmittag» davon berichten werde, jetzt sei er «zu angespannt» wegen der «Medikamentenscheiße», die er gleich zu regeln hätte. Er sei noch nie hier gewesen, den Tip habe er von einem Freund bekommen, sagte er und schaute noch mal auf seinen Zettel.

Da nichts Besseres zu tun war, zog ich meinen Blackberry aus der Tasche und aktivierte eine Spam-Lawine, die heute mittag noch abrollen mußte.

«Was machst du?»

«Ich schicke zwölftausend Mails ins Netz.»

«Wozu?»

«Um Geld zu verdienen. Wir haben ja noch nicht über meine Bezahlung gesprochen.»

Hollenbach versicherte, diesen Punkt «ganz oben» auf seiner Agenda zu haben, er käme aber frühestens «wahrscheinlich morgen vormittag» dazu, die Details zu regeln. Ich solle mir wegen des Geldes keine Gedanken machen, er mache das auch nicht. Dafür wollte er unbedingt wissen, was es mit diesen Mails auf sich hatte.

«Ich bin Spammer, ich verschicke Mails.»

«Echt? So was tust du? Ich denke, du bist Coach.»

«Ja, schon», erwiderte ich, «aber ich bin eben auch ein gefragter Spammer. Das ist eine völlig normale Tätigkeit! Spamming ist ein Wachstumsmarkt, und ich mische ganz vorne mit. Im Ranking der kontinentaleuropäischen Spammer war ich sogar mal auf Platz acht, da habe ich sämtliche deutsche Lidl-Filialen und den Server der Zentrale mit Aldi-Werbung lahmgelegt.»

«Du arbeitest für Aldi?»

«Für jeden, der zahlt. Aber hier war nicht Aldi der Auftraggeber, sondern eine Drogeriekette, die ich nicht nennen darf, weil sie mit S anfängt und mit chlecker aufhört.»

«Respekt.»

Trotzdem sei dies nur ein Nebenerwerb, stellte ich klar, ich würde lieber heute als morgen auf die Spammerei verzichten, aber dazu müßte ich «positive Honorarklarheit» haben, sagte ich, genau, so sagte ich: «Honorarklarheit».

Er schaute mich ernst an. «Du wirst sie bekommen, Mann, das ist *ganz sicher*, ich sag's dir.»

Ohne daß wir es bemerkt hatten, stand plötzlich jemand im Zimmer, ein grauhaariger Mann von schlanker Gestalt. Er bat uns in sein Büro. Beim Gehen zog er das rechte Bein nach. Sein Sakko war am Kragen abgeschabt, die Lederflicken an den Ellbogen ebenfalls. Groß und hell war sein Büro, wenn auch die Fenster verschmutzt waren. Nur mit Mühe konnte man die Skyline Frankfurts erkennen. Er bot uns an, auf einem Sofa Platz zu nehmen, und fragte, was er für uns tun könne.

Hollenbach schaute erneut auf seinen Zettel und sagte sein Sprüchlein vom «lieben Onkel Willibald» auf. Der Sakko senkte müde die Lider und kramte ein grünes Formblatt aus einer Schublade. Dann ging alles ganz schnell: Hollenbach spulte die Namen verschiedener Medikamente ab, teils fragend, teils fordernd, der Sakko nickte oder schüttelte den Kopf, machte Notizen und verschwand schließlich mit dem Hinweis, die Bestellung müsse jetzt «fakturiert» werden.

Die Büroeinrichtung kam mir, zumindest für eine Bank, ungewöhnlich vor: Das abgewohnte weiße Knautschsofa, die hellbraune Tapete, der merkwürdige Kunstdruck an der Wand, der kleine weiße Couchtisch – so hatte ich mir das Innenleben der Deutschen Bundesbank nicht vorgestellt.

Der Sakko kam wieder angehinkt und sagte: «Pervitin ist gerade aus, ich gebe Ihnen dafür Codein oder Tavor, wenn's recht ist.»

«Ist recht», sagte Hollenbach.

Ich fand das alles ziemlich abstrus. «Ist das überhaupt legal, was wir hier machen?»

Die beiden sahen mich erstaunt an.

«Legal?» fragte Hollenbach.

«Absolut legal», sagte der Sakko. «Sie müssen wissen: Wir arbeiten nach dem Vier-Augen-Prinzip! Dadurch ist alles abgesichert, denn ich muß jede Transaktion gegenzeichnen lassen!»

«Dann bin ich beruhigt.»

«Um so besser», meinte Hollenbach. «Und jetzt hältst du dich mal zurück.»

Ich betrachtete das Sofa, das unter ihm knirschte. Irgendwie kam es mir bekannt vor. Konnte das sein? Mit meiner Ungewißheit wollte ich nicht allein bleiben: «Kann es sein, daß mir dieses Zimmer irgendwie bekannt vorkommt?»

Der Sakko lachte. «Das kann sogar sehr gut sein. Wahrscheinlich kennen Sie das Schill-Video?» fragte er. Und kaum hatte er das gesagt, fiel mir alles ein: Genau – das Schill-Video! Ich hatte es mal auf YouTube gesehen: Wie der ehemalige Hamburger Innensenator Ronald Schill in kurzer Hose mit irgendwelchen Leuten auf so einem Sofa saß, erkennbar etwas Weißes durch ein Röhrchen gesnieft hatte und zu seinen Kumpanen sagte: «Jetzt wirkt das Koks bei mir, ich fühl mich hellwach.»

«Ja, das war hier, in diesem Büro!» rief triumphierend der Sakko. «Wir zeichnen alle unsere Transaktionen auf, das ist ganz normal, um bei Zahlungsverzug angemessen reagieren zu können.»

Hollenbach, der das Video offensichtlich auch kannte, fing plötzlich an zu reden wie ein Wasserfall: Die Bezahlung sei «absolut überhaupt kein Problem», er würde «immer alles total bar» begleichen, «jederzeit sofort», außerdem habe er «Eins-a-Rezepte» dabei, meinte er und schaute sich dabei suchend nach der Kamera um. Konnte aber wohl keine entdecken – was ihn nicht unbedingt ruhiger machte.

Ein Mongoloider betrat den Raum, lieferte zwei schwere blaue Müllsäcke ab, sagte «Sack, Sack!» und verschwand. Der Sakko öffnete einen der Beutel und schüttete den Inhalt auf seinen Schreibtisch. Lauter Medikamentenpackungen. Hollenbach trat fasziniert hinzu, mit zitternder Hand griff er sich einige Schachteln und fragte, ob er mal probieren dürfe, ob die Ware auch echt sei – ob jemand daran zweifle, daß er Arzt sei.

Empört schaute der Sakko ihn an: Dazu müsse man schon auf den Chef warten. «Herr Vanzetti muß gleich kommen, er muß gegenzeichnen, nur er ist befugt, Abrechnung und Ausgabe zu autorisieren.»

Ich fragte, wieso denn ausgerechnet die Deutsche Bundesbank Medikamente ausgebe.

Tja, seufzte der Sakko, man müsse eben sehen, wo man bleibe. Die Deutsche Bundesbank mit ihren elftausend Angestellten habe ja nach der Umstellung von D-Mark auf Euro nicht mehr gar so viel zu tun, etliche Personen seien überflüssig, ganze Departements aufgelöst worden. Auch seiner Abteilung, der «Division DM-Design und Motivpflege», habe das Aus gedroht, jedoch habe der löbliche Herr Vanzetti diese Entwicklung vorausgeahnt und vorgesorgt. So habe er bereits seit Jahren in seiner Abteilung ausschließlich behinderte Personen angestellt, Bresthafte und Gehandicapte, weil die, da bei einer Bundesbehörde beschäftigt, «total unkündbar» seien. Und nach der Einführung des Euro habe Vanzetti die rettende Idee gehabt, seine komplette Abteilung aus der Bundesbank auszugliedern und als eigenständiges Profitcenter sozialen Handel zu betreiben, indem man in Arztpraxen und Krankenhäusern der Stadt übriggebliebene oder bald ablaufende Medikamente einsammle und zu günstigem Preis wieder auf den Markt bringe. «Wir regulieren hier nicht nur die Geldmenge M 3, also die umlaufende Geldmenge, nicht nur die Gold- und Währungsreserven der Bundesrepublik, sondern auch die Dröhnungsreserven des Großraums Frankfurt», erklärte der unkündbare Motivpfleger und lächelte.

Ich war begeistert. «So einfach ist das also mit dem Drogenkaufen – ist ja Wahnsinn! Hätte ich das gewußt, dann hätte ich auch damit angefangen!»

«Es ist nicht so einfach, wie du glaubst», fuhr Hollenbach dazwischen. «Du brauchst nämlich die Parole.»

«Ja, die braucht man», sagte der Sakko, dann surrte es deutlich von der Türe her, immer lauter, bis schließlich ein Herr in einem Rollstuhl unser Büro enterte.

«Herr Vanzetti», strahlte der Sakko, «endlich!»

«Der?» schrie Hollenbach verblüfft.

«Der Behindertenfeind!» rief der Rolli und lief augenblicklich rot an. «Sie haben meinen Batteriestecker rausgezogen, ich mußte von Hand bis zum Aufzug rollen!»

«Ich?» Der Romancier hielt inne und überlegte. «Alles, was recht ist: Ich bin kein Behindertenfeind, im Gegenteil! Unter den Behinderten, da sind auch super Leute, das weiß ich!»

«Das stimmt», sagte der Sakko.

«Genau!» brüllte Hollenbach. «Was wären wir ohne die anderweitig Herausgeforderten, ohne die Lahmen und Tauben, die Retardierten und Mongoloiden, ohne die Krüppel, die Mißgeburten und Spastmatiker, denn siehe: Ihrer ist das Himmelreich! Sie säen nicht, sie ernten nicht, aber vögeln tun sie doch. Und das ist ihr gutes Recht, denn es ist Menschenrecht. Ich meine … ich meine …» – er rang nach Worten – «… damit: Was wären wir ohne Leid? Stellen Sie sich nur vor: die Leere! Die Sinnlosigkeit! Was wären wir ohne das Kreuz auf dem Berg Golgatha, das uns ein Zeichen gibt und von der Grausamkeit des Menschen zeugt, der Nichtexistenz Gottes! Das Kreuz steht für die Ungleichheit der Individuen, für die Trennung von Mensch und Krüppel, und gegen diese Trennung kämpfe ich, so wahr ich hier sitze!»

«Verkaufen Sie mich nicht für dumm!» schrie Vanzetti. «Das kenne ich. Das ist aus Ihrem Roman!»

Ich schlug vor, daß wir uns alle in einen Kommunikationskreis setzen sollten, um konstruktiv auf einer Ebene, auf Augenhöhe zu verhandeln. Und tatsächlich: Kaum saßen wir im Kreis, entspannte sich die Situation. Der Sakko ließ das blinde Empfangsfräulein mit einer Kaffeekanne im Raum umherirren, wir mußten lachen, und Vanzetti analysierte Hollenbachs Gesichtszüge.

«Geben Sie's zu – Sie sind dieser Schriftsteller: Jo Hollenbach!»

«So ist es.» Der Autor lächelte verlegen.

«Ich habe Ihr Buch gelesen. Absolut phantastisch, muß ich leider sagen, vor allem die Stelle, wo die zwei Säuglinge im Hundeschlitten spurlos in der Kanalisation verschwinden.»

«Na ja, ein erzähltechnischer Trick», gab Hollenbach zu.

«Der Herr ist eigentlich Arzt», sagte der Sakko und verwies auf Hollenbachs Bestellzettel, auf die Medikamentensäcke und auf seine, Vanzettis, fehlende Unterschrift.

«Na gut», stöhnte der, «bringen wir's hinter uns.» Umständlich nestelte er einen Kuli aus seiner Jackettasche, überprüfte noch einmal alle Positionen und verglich sie mit der Auslieferungsmenge. Hollenbach verfolgte den Vorgang mit offenem Mund und seilte einen zarten Speichelfaden ab, als Namen wie Aktedron, Abilify oder Dexedrin fielen. Dann unterzeichnete Vanzetti endlich den Zettel. Und fragte Hollenbach, wo denn sein Ausweis sei.

«Ausweis? Welcher Ausweis? Ich komme von unserem lieben Onkel Willibald!»

«Schon klar. Aber wir sind, wie Sie bestimmt wissen, eine soziale Einrichtung. Wir dürfen nur an Bedürftige ausliefern, an anderweitig Herausgeforderte. Also wo ist Ihr Behindertenausweis?» Er lächelte, lehnte sich triumphierend in seinem Rollstuhl zurück.

Hollenbach sprang auf. «Einen Ausweis? Wozu brauche ich einen Ausweis? Ich bin schließlich selbst behindert, eine Mißgeburt, ein Auswurf der Hölle! Das sieht man doch, das sieht doch ein Blinder!» Kopfschüttelnd verließ das Empfangsfräulein den Raum. «Ich bin sogar extrem behindert: Ich habe Senkfüße, eine Fehlstellung im Gebiß, Wirbelsäulenverkrümmung und ein abnorm großes Geschlecht. Ich kann das beurteilen, ich bin Arzt! Aber das ist nicht alles! Ich bin auch geistig behindert, jawohl, ich bin depressiv, ich ticke nicht richtig. Ich träume von einer Welt, in der die Behinderten keine Parallelgesellschaft mehr bilden, sondern die Normalen bei der Hand nehmen und mit ihnen ihr Dasein fristen. Sagen Sie selbst: Ist das nicht behindert? Außerdem bin ich launisch und geizig und bei Wetterumschwüngen dement, genau, und deswegen» – er deutete auf mich – «habe ich auch einen persönlichen Pfleger. Ich kann jeden Augenblick die Orientierung verlieren, ich könnte mich verlaufen und einkoten, das wäre ganz normal!» Seine Stimme überschlug sich fast, er fiel vor Sakko und Vanzetti auf die Knie, machte Dürersche Bethände und jammerte uns total einen vor.

«Ist er wirklich behindert?» fragte Vanzetti.

«Ja», sagte ich.

«Nein», sagte der Sakko.

«Doch», sagte Hollenbach und zückte seine Pistole. «Und jetzt sagen Sie selbst – brauche ich da noch einen Ausweis?»

Vier

16 °Celsius, Luftfeuchtigkeit 88 Prozent und 1466 freie Parkplätze in der Innenstadt meldete eine Tafel am Straßenrand. Hollenbach fläzte sich im Fond seines Mercedes, wühlte wie ein weihnachtlich beschenktes Kind in Bergen von Tablettenschachteln, schmatzte laut und schmökerte Beipackzettel. Ich dürfe ihn nun zu seiner Mutter fahren, teilte er mir mit. Sie wohne direkt am Mainufer, in der «Seniorenresidenz Kaiserin Auguste».

Wir stauten uns durch Frankfurt. Hollenbach bekam schlechte Laune, weil es nicht voranging. Als sein Coach riet ich ihm, dieses unverhoffte *Downslowing* mental auf sich wirken zu lassen. Das hatte er auch bitter nötig. Ich konnte noch immer nicht fassen, was mein Klient da eben im fünfundneunzigsten Sondergeschoß der Deutschen Bundesbank veranstaltet hatte.

«Als Sie die Knarre rausgeholt haben, dachte ich für einen Moment: Jetzt ist er übergeschnappt, jetzt ist alles aus. Zwei Tote, und dann auch noch behindert – ich dachte, das kann nicht sein Ernst sein.»

«Tja. Aber dann ging ja doch alles so, wie ich es wollte.»

«Weil Sie die Waffe gegen sich selbst gerichtet haben. Mit Selbstmord drohen – das machen wirklich nur extrem Retardierte.»

«Sag ich doch.» Der Autor lachte ungetrübt, fuchtelte mit seiner Knarre herum und meinte, mit dieser «Pumpe» könne er sowieso niemandem «das Gehirn rausblasen». Er strahlte höchste Zufriedenheit aus.

Der Stau war endlos, alles stand stille. Von vorn war Hupen zu hören, irgendwo hatte sich was verkeilt. Ich checkte mein Handy: nichts. Dafür, daß ich heute schon den ganzen Tag mit meinem neuen Business am Start war, ein bißchen wenig. Ich probierte es mal mit Ira und schrieb ihr: «Ich liebe dich, Ira!» Sie antwortete blitzschnell: «Laß mich in Ruhe!» Ich schrieb zurück: «Ira, ich verzeihe dir.» Ihre Antwort: «Verpiß dich!»

Ich checkte Hollenbachs Handy: vier Anrufe auf der Mailbox. Die Stimme einer älteren Dame, die ich schon kannte und die drohte, ihren nichtsnutzigen Sohn zur Adoption freizugeben, wenn er nicht bald mit der Medizin rüberkäme; ein Herr von der Citibank, der mit der Kündigung eines Kredits drohte; ein Herr Fleckenstein, der wissen wollte, ob der Porsche aus Polen endlich zurück sei; und Ira! Sie klang fröhlich, fast ein bißchen verlegen und bat um Rückruf. Ich schluckte und erklärte meinem Fahrgast, es sei alles weitgehend in Ordnung. Nur daß seine Mutter so häufig anrufe, das irritiere mich.

«Meine Mammi ruft mindestens zwölfmal am Tag an. Das war schon immer so», erklärte Hollenbach mit einem merkwürdigen Stolz in der Stimme und lotste mich auf eine freie Bushaltestelle am Straßenrand. Wir waren am Ziel.

Hoch in den Dunst ragend: ein großer grauer Monolith, aufgehübschter Siebzigerjahreklotz, an den man farbige Balkone geklebt hatte, davor ein kleiner Springbrunnen aus Kunststein. Wie alt mußte man werden, um in so was wohnen zu dürfen? Hollenbach breitete verschwenderisch die Arme aus. Das Ding sei «absolute Top-Citylage mit Flußanbindung».

«Wo ist denn der Fluß?»

«Genau da, wo wir jetzt stehen.»

«An der Ausfallstraße?»

«Der Verkehrsfluß, Mann. Das ist für alte Leutchen ganz wichtig, daß sie mitten im Geschehen sind, daß da was los ist!» Nur aus diesem Grund habe er seiner Mutter hier eine «fette Wohnung» gekauft, gleich von der ersten sechsstelligen Überweisung. Sie habe Fußbodenheizung und Müllschlucker. Und falls mal was sei, komme «sofort die Pflegestufe eins angetrabt». Dann deutete er auf die Großbaustelle gegenüber, hinter der irgendwo auch ein Gewässer sei, wahrscheinlich der Main. «Aber wen interessiert das schon, wenn man einen Müllschlucker hat.»

Auf dem Weg zur Wohnung bot er mir eine Zigarette an.

«Ich rauche nicht.»

«Solltest du aber. Meine Mammi ist extrem starke Raucherin. Sie kann Menschen, die nicht nach Rauch riechen, schlecht leiden. Ich kenne sie eigentlich nur mit einer brennenden Zigarette in der Hand. Ich verdanke ihr alles, sie hat mich überhaupt erst aufs Rauchen gebracht. Erst war ich ja total dagegen, schon als Kind. Ich hab sie angeschrien: ‹Mammi, wenn du so weiterrauchst, kriegst du Raucherbeine!› Da hat sie gelacht und gesagt: ‹Na und? Wenn meine zwei nicht reichen, dann sparen wir auf ein drittes, mein Kleiner.›» Der Sohn lachte, ich lachte mit, um das gute Klientenklima nicht zu gefährden. Gleich würde ich ihn noch mal auf meine Bezahlung ansprechen müssen.

Er sei im Besitz eines Schlüssels, der exakt ins Schloß der Wohnungstür passe, sagte er, als wir oben ankamen. Doch brauchte er den Schlüssel gar nicht. Die Tür stand offen. Der Flur war dunkel, es war kaum was zu erkennen. Eine Stimme drang durch den Muff. Es roch nach Zitrusfrüchten und Zigarettenrauch. An der Wand schwarzgerahmte Bilder, die meisten schief. Jetzt war die Stimme besser zu hören. «Hilfe!» krähte sie, schwach, wie ein Hauch aus der Unendlichkeit. «Hilfe!»

«Mammi?» rief Hollenbach.

«Jogi? Bist du das, Jogilein? Hilfe!» Noch bevor Jogilein antworten konnte, legte die Stimme nach, deutlich fester: «Antwort! Jogilein, Antwort!»

«Ja, Mammi, ich bin das.»

Im Wohnzimmer saß am Tisch die Mutter Hollenbach.

«Jogi!»

«Ich hab Besuch mitgebracht, Mammi, nicht erschrecken!» Er sprach in einer seltsam hohen, mir völlig neuen Tonlage.

«Schon wieder Besuch?»

«Wieso schon wieder?»

«Gerade waren zwei Freunde von dir da! Die haben mich bedroht! Ich war ganz allein, und die wollten mir an die Wäsche, diese Schweine. Sind das wirklich deine Freunde, Jogi? Ich habe Wilhelm Reich gelesen und die sexuelle Befreiung mitgemacht, aber das ging wirklich zu weit. Ich soll dir das hier von ihnen geben.»

Hollenbach atmete hörbar aus, nahm ein gefaltetes Blatt Papier entgegen, öffnete es. Und las. Und erbleichte.

Scheu blinzelte seine Mutter mich an. «Ist das auch ein Freund von dir, Jogi? Wehe, er geht mir an die Wäsche!»

Die Seniorin saß auf einem weißen Verner-Panton-Stuhl, rauchte gebieterisch mit goldener Zigarettenspitze und schälte Orangen. Wahrscheinlich schon seit Tagen, denn vor ihr auf dem runden Wohnzimmertisch war ein gigantischer Berg Orangenhälften aufgeschichtet, der Fußboden um sie herum mit einer kleinen Gebirgskette aus Orangenschalen bedeckt. Mittendrin thronte Ma Hollenbach, ein blasses, hohlwangiges Gewächs, ihre Ärmchen dürre Zweige, die pechschwarzen

Haare hatte sie zu einem Dutt hochgesteckt. Amy Winehouse in alt. Sie hatte ein feines, freundliches Gesicht, in das so manches Altersfältchen wie in kostbaren Marmor eingraviert war. Sie strahlte Würde und Autorität aus, aber auch etwas Befremdliches. Ihre Finger waren merkwürdig rot gefärbt, denn sie schälte, wie ich erst jetzt durch die Qualmwolken erkennen konnte, Blutorangen. Viele, sehr viele Blutorangen. Ihre ausgestreckte Hand hielt uns einige Spalten hin.

«Das sind gute Orangenschnitze, die haben Vitamine. Eßt nur!»

Hollenbach hörte nichts, er starrte noch immer auf das Papier. Da keiner zugriff, ließ die Seniorin die Dinger einfach in den Haufen vor ihr fallen. Aus einem hohen, neben ihrem Stuhl stehenden Kistenstapel griff sie sich eine neue Apfelsine und schälte weiter.

«Du hast mir meine Medikamente mitgebracht, Jogi» sagte sie, und es blieb unklar, ob das eine Frage war oder eine Feststellung.

Der Sohn war ein anwesender Abwesender, oder umgekehrt. «Jaja», murmelte er, rauchte und schwitzte. «Ja, ich kriege das alles schon geregelt.» Er faltete das Blatt wieder zusammen. Zwischen seinen Brauen klaffte eine tiefe Grübelfurche, die Venen auf der Schläfe pochten fast hörbar. So hatte ich ihn noch nicht gesehen. Er raunte etwas von «Medizin aus dem Auto holen», ließ sich von mir sein Handy geben und verschwand.

Ich war allein mit einer Mutter, die nicht mal meine eigene war. Keine leichte Situation. Ich beschloß das zu tun, was alle Mütter dieser Erde glücklich macht: Ich stellte mich erst mal ordentlich vor.

«Hey, ich wünsche Ihnen einen wunderschönen guten Tag, mein Name ist Mick Rademann, und ich freue mich sehr, Sie endlich persönlich kennenzulernen! Wir haben ein paarmal miteinander telefoniert.»

«Ich kaufe grundsätzlich nichts am Telefon», schnauzte sie und schaute dabei nicht mal auf, glotzte nur auf ihre Orangen. «Schon wegen der hohen Gebühren!» Ohne Umschweife kam sie auf Helmut Schmidt zu sprechen, der bekanntlich den «Achtminutentakt» eingeführt habe, vorher hätte man «bis zur Verblödung» telefonieren können, heute aber seien wir die «Knechte der Telekom-Konzerne», die ja wiederum mit dem «globalisierten Heuschreckenkapital» usw. usf. Während sie so vor sich hin klagte und schälte, nahm ich diskret das Blatt Papier, das Hollenbach auf dem Tisch hatte liegen lassen:

Wir wissen konkret, wo dein Mutter wohnt.
Wenn du nicht SOFORT regelst, wird sie uns
VOLL KRASS kennenlernen, Alda, wir schwörn!
G + B

Ich fragte Ma Hollenbach, ob ihre beiden Besucher ungefähr so ausgesehen hätten: eine Person klein und dunkel, eine Person größer, auch bärtiger. Sie nickte. Es waren also Genc und Bardhyl.

Ich setzte mich zu der Schälenden. Sie drückte ihre Zigarette aus und ergriff meine Hand. «Du bist ein fremder Junge», sagte sie und hob den Kopf. «Willst du mir auch an die Wäsche?»

«Ich bin ein neuer Freund», sagte ich. «Ich komme in Frieden.»

Große, milchige Pupillen schauten mich an.

«Mein Jogi hat seltsame Freunde. Aber du bist ein guter Mensch, das spüre ich. Mein Menschengespür ist untrüglich. Du mußt auf Jogi aufpassen. Er braucht seine Vitamine, er ist noch im Wachstum. Vitamine sind gut für die Milz und die Menschenkenntnis, ich habe mein Leben lang immer Vitamine zu mir genommen. Vitamine sind das A und O. Vitamine und …» – sie schob die vor ihr aufgehäuften Orangenstücke zur Seite, darunter kam eine geräumige, gutgefüllte Pillenschachtel mit transparentem Deckel zum Vorschein. Sie hielt mir das Ding unter die Nase – «… und teure Medikamente. Sag mir, fremder Junge: Willst du die Tour?»

Ich verstand nicht, nickte aber instinktiv. Es war wohl besser, der Frau nicht zu widersprechen.

«Du hast sie gewollt, jetzt kriegste die Tour», jubilierte sie und deutete auf verschiedene, mit bunten Tabletten, Pillen und Kapseln gefüllte Fächer: «Das ist Tavor, davon nehme ich eine morgens und eine abends, das ist Donepezil, das nehme ich dreimal, das da ist Beneperidol, das ist ganz wichtig, die hier heißen Risperidon, die machen, daß es mir gutgeht, das hier ist Monoxidil, damit geht's mir noch besser, und die hier heißen Clomipramin, wenn ich von denen zuviel nehme, geht's mir viel zu gut.» Sie lächelte. «Willst du eine? Nimmst du Tabletten?»

«Nein, zur Zeit nicht, danke.»

Entrüstet schaute sie mich an. «Man muß regelmäßig Tabletten essen, Junge! Sonst stirbt man! An Depressionen und Mangelernährung!» Kurz schien sie nachzudenken, öffnete dann ein Fach ihrer Tablettenbox, holte etwas kleines Rundes, Buntes heraus, verzehrte es und drückte mir eine Kapsel in die Hand. «Hier, nimm die. Die wird dir helfen.»

«Nein danke, ich bin gesund.»

«Das denkt man immer. Und plötzlich ist man alt und untermedikamentiert.»

«Sie sehen aber sehr jung aus, Frau Hollenbach.»

«Weil ich so viele Tabletten esse, Junge. Du solltest auch

welche nehmen, du siehst ungesund aus.» Sie umklammerte meine Hand fester, ich spürte ihre Fingernägel in meinem Fleisch. «Du wirst bald sterben, wenn du keine Tabletten nimmst. Aber ich kann dir nicht helfen, du mußt dir eigene Tabletten besorgen, ich habe zuwenig, der Jogi ißt mir alles weg, er ist ein ungezogener Junge, so unausgeglichen und undankbar.» Ihr Atem roch nach feuchtem Aschenbecher.

«Wir kriegen das in den Griff, Frau Hollenbach. Ich werde auf ihn aufpassen. Ich bin sein Coach.»

Ihr Blick glitt über den Orangenschalenhaufen. «Du solltest wirklich rauchen. Viel rauchen und Tabletten essen – das hat mir immer gutgetan.»

Keuchend krachte Hollenbach wieder ins Zimmer, er schleifte einen der Arzneimittelsäcke hinter sich her. Zunächst händigte er seiner Mutter nur einige besonders große Packungen aus, dann aber den gesamten Sack. Sie gab hochfrequente Jauchzlaute von sich. Ein fürsorglicher Sohn, eine dankbare Mutter, ein herrliches Bild.

«Und nun wasch dir die Hände, mein Junge, du kommst von draußen.»

«Mammi, ich bin kein Kind mehr, ich bin Arzt. Ich habe diesen Ton nicht nötig. Ich hab schließlich einen Roman geschrieben, der auf der ganzen Welt ein Riesenerfolg ist.»

«Prima, mein Junge, den kannst du nachher ja Doktor Hintz zeigen, wenn er kommt.»

Der Riesenerfolgsautor schärfte seiner Mutter ein, ab sofort absolut niemanden mehr in die Wohnung zu lassen, den sie nicht kannte, den sie nicht persönlich in der Video-Sprechanlage gesehen und erkannt hatte. Schon gar nicht seine, Hollenbachs, angeblichen Freunde. Augenblicklich fing Ma Hollenbach wieder an, über die fragwürdige Qualität dieser angeblichen Freunde zu räsonieren, aber das interessierte den

Dichter gerade nicht. Er nahm mich beiseite und sagte – erst leise: «Ich kann die Nummer nicht mehr hören.» Und dann ziemlich laut: «Paß auf, Rademann: Willst du die Tour?»

Ich flüsterte, daß ich eben schon eine gehabt hätte, doch Hollenbach schrie mich an: «Aha, du willst also die *Grand Tour*! Überhaupt kein Problem, Mann!»

Er führte mich durchs Domizil. Eine Wand des Wohnzimmers war mit Fotos und Ansichtskarten verschiedener Fabriken behängt. Dies alles seien weltberühmte pharmazeutische Betriebe, erklärte stolz der Arzt, die er und seine Mutter im Laufe der Jahre besucht hätten: Merck in Darmstadt, Bayer in Leverkusen, Hoffmann-La Roche in Basel, Novartis, Pfizer, die stillgelegte Contergan-Manufaktur und die Bullrichsalz-Werke in Heppenheim. Er zeigte mir eine Küche mit Hochofen, in dem sich Pillenschachteln stapelten; er zeigte mir ein Schlafzimmer mit Digitalrauchmelder, das in der Hauptsache ein begehbarer Medizinschrank war; er zeigte mir ein Bad mit Natursteinmosaik, Sternenhimmeldusche und einer randvollen Badewanne – bis obenhin gefüllt mit verschiedenfarbigen Schachteln und Päckchen. Er öffnete die Tür zu einem kleinen Raum mit einer braunen Schlafcouch, einem furnierten Schrank, einer Stereoanlage und einem roten Sitzsack. Die Wände waren pink und gelb gestrichen, kreuz und quer waren knittrige, alte Bravo-Poster drapiert, Autogrammkarten und Tourplakate: Sex Pistols, The Damned, Beatles, Charge, Dead Kennedys, Blondie, Fehlfarben und anderes Zeugs aus vergangenen Zeiten – massiv vergangenen sogar. Hollenbach räusperte sich.

«Das ist mein Original-Jugendzimmer von 1981.»

«Hier? Ich dachte, Sie seien in Hellingen aufgewachsen?»

Der Dichter ächzte, warf sich auf seine Couch und bot mir

den Sitzsack an. Im Prinzip hätte ich recht, er sei auf dem Lande aufgewachsen, auf dem Hof seiner Eltern in der Nähe von Hellingen. Seine «Mammi» und sein «Alter», wie er die Eltern nannte, seien jedoch keine Bauern gewesen, sondern «typische Aussteiger», also «Lehrer», die die besten Jahre ihres Lebens «auf dem beschissenen Land» vergeudet und dabei sein, Hollenbachs, Leben quasi «ruiniert» hätten. In jahrelanger, zäher Arbeit habe er sich «als Heranwichsender» Ende der Siebziger dieses Jugendzimmer eingerichtet, und als er seine Mutter kürzlich nach Frankfurt umsiedelte, habe er sein «Teenybopper-Museum» komplett abschlagen, verpacken und eigens von einem promovierten Kunsthistoriker rekonstruieren lassen. Er strich versonnen über die rosafarbene Wand. «Das ist die originale Rauhfasertapete! Ich hab die Scheiße aufweichen, ablösen und wieder aufbügeln lassen, das hat Unsummen gekostet.» Doch wohne er hier «nicht wirklich», nein, er habe sich in der Stadt noch ein Hotelzimmer genommen, denn wenn er beispielsweise mal mit einer Frau «so ganz doll rummachen» wolle, ginge das zu Hause «bei Mammi» nicht. «Absolut übersicher» sei indes schon jetzt, daß er sein Original-Jugendzimmer eines Tages «nach Marbach» verkaufen werde, «und zwar für ein Schweinegeld». Das könne er mir garantieren, sagte er, brachte einen Stängel zum Glimmen, hustete und nahm mehrere Tabletten zu sich. Ich fragte ihn, ob hier sein Roman entstanden sei.

«Nein, ich hab dir doch erzählt: in Erftstadt-Liblar.»

Jetzt fiel's mir wieder ein.

«An einem Ort der Vernichtung», fügte er hinzu. Was er damit wohl meinte? Er schwieg. Dann: «Wo der Schleyer war.»

«Da wohnte der?»

«Nicht wirklich. Dort haben die RAF-Leute ihn hingeschleppt, den ollen Arbeitgeberbüttel. In eine Hochhauswohnung, in das ‹Volksgefängnis›, wie sie es nannten. Am Renngraben 8, total abgewrackter Siebziger-Jahre-Bunker, sieht richtig schlimm aus. Und jetzt rat mal, Herr Berater, in welcher Wohnung im Hochhaus Renngraben Nummer 8 dein Doktor Hollenbach gewohnt hat?»

Ich traute mich nicht, es zu denken.

«Komm, spuck es aus», sagte er.

«In der … Schleyer-Wohnung?»

«Genau in der. Die war nämlich frei, ist eh schwer zu vermieten, das Teil. Und genau dadrin – da hab ich ihn dann geschrieben: den BRAZ. Meine Anziehsachen hingen in dem Einbauschrank, in den sie den dicken Schleyer gequetscht hatten. Als ich mein Clash-Shirt vom Bügel holte, glaubte ich ihn fast zu *riechen*, Mann. Diese Nähe! Diese direkte, diese unmittelbare, barrierefreie Nähe – die hat mich unheimlich produktiv gemacht, hat mich voll motiviert!»

«Motivation ist Selbstbeherrschung mal Zeit geteilt durch Druck, sagt Professor Pelz.»

«Meinetwegen. Jedenfalls hab ich da mein Ding zusammengehauen. Aber keine *écriture automatique*, nicht willkürlich montiert, sondern richtig cool geschnitten. Ich hatte endlich Platz, hatte nicht mehr das kleine beschissene Hotelzimmer auf Gomera, sondern diese ganze große, herrlich leere Wohnung!» So habe er, erklärte der Arzt, während er seine Socke vom linken Fuß rollte, eines grauen Sommertages mit dem «Sampeln» angefangen: «Einfach alles zusammengecuttet, nach der *Cut-up*-Technik, die Ferienlektüre hatte ich ja mitgebracht und dann noch einige Bestseller dazugekauft, verstehstu?»

Ich verstand nur halb, und ich kannte auch nicht alle Namen, die er mir um die Ohren haute: «Von Ransmayrs ‹Letzter Welt› hab ich die poetische Powersprache übernommen, die Landschaftsbeschreibungen und den ironischen Ton so 'n bißchen von Thomas Mann, die Sexszenen hab ich aus ‹Die Päpstin›, paar coole Dialoge vom Kehlmann, du weißt schon, aus der ‹Vermessung der Welt›, die guten Flüche und Splatterszenen aus der Bibel, dann noch etwas esoterisches Geschwurbel mit ‹Träume leben› und ‹Weltenseele› und so aus dem ‹Alchemist›, paar Fantasy-Zauberkelchdinger aus ‹Herr der Ringe›, da stehn ja viele drauf, dazu einen Sackvoll alter Witze von Kishon, das alles sozialistisch umgelagert – und fertig war der Lack.» Außerdem, das dürfe man nicht vergessen, sei der Roman zweigeteilt, wie überhaupt fast alle großen Welterfolge zweigeteilt seien, man denke nur an das Alte und Neue Testament, an «Krieg und Frieden» oder «Schuld und Sühne» oder «Winnetou und Old Shatterhand».

Er massierte seine große Zehe, still und konzentriert, und sonnte sich im Scheinwerferkegel seines zweigeteilten Welterfolges. Er blendete mich förmlich mit seinem Anblick und war selbst auch blendend gelaunt. Seine Mutter schien vergessen, dennoch konnte ich durch die angelehnte Tür hören, wie draußen Blisterpackungen knisterten. Hollenbachs Referat dagegen konnte ich kaum folgen, diese Namen, diese Buchtitel, mir sagte das alles nichts, ich hatte in letzter Zeit nur die teuren Lehrbücher von Professor Pelz gelesen. Es fielen so ähnliche Worte wie «Da Vinci Kot», «Zimmerblütenstaub», «Blechtrommel», «Anarchoschnitzel», «Ballfieber», «Die Angst des Torwarts im Elfmeterraum», der «belletristisch-industrielle Komplex» und so weiter, er warf damit nur so um sich.

Auch habe er berücksichtigt, daß fast achtzig Prozent aller Bücher von Frauen gekauft und verkauft würden – deshalb habe er selbstverständlich «so grauenhaften Frauenkitsch à la Judith Hermann» in sein Werk mit aufgenommen, «wo da so Leute im Dasein rumsitzen und sich wortlos anstarren, weil alles so scheiße traurig ist». Und wegen des sensationellen Erfolges dieses «Körperflüssigkeiten-Buches» von dieser «Fernsehnuß» habe er auch einige «verdammt saftige» Stellen eingebaut, «so mit richtig gepflegter Fäkalscheiße», damit «die Kids» das ebenfalls abnickten und goutierten. Die Mischung aus allem, das sei es halt gewesen, dieser Mix aus «Max und Moritz», «Ulysses», «Die Dämonen» und «Wally, die Zweiflerin.» Jedenfalls habe er dann «richtig klassisch» gearbeitet, mit Schere und Klebstoff, kniend auf dem Fußboden: «Abschnitte, halbe Absätze, einzelne Sätze, manchmal aber auch ganze Seiten. Ich hab geschnippelt und geschnippelt und alles auf dem Boden ausgebreitet. Ich war im Rausch, ich hatte CZwo-TZwo, aber dann bald keinen Platz mehr, das Arbeitszimmer war übersät mit Schnipseln – da hab ich einfach das nächste Zimmer genommen und weitergeschnippelt. Am Ende hatte ich fünf Kapitel in drei Zimmern und der Küche, der komplette Roman von Anfang bis Ende. Ohne Schleyer wär das nichts geworden.»

Er legte eine Schallplatte auf, kratzte sich am Hinterkopf und ging auf mich zu. «Jetzt mußtu aber mal wieder was tun für dein Geld», sagte der Romancier und reichte mir sein Handy. Ich müsse jetzt mal seinen Geschäftspartner Bardhyl anrufen und ihm ausrichten, «daß alles perfekt klar» sei. Die Nummer sei im Speicher, er, Hollenbach, würde «nach der Mammi» schauen: «Ich geh pissen und hol uns ein Bierchen.»

Kaum war er draußen, klingelte das Handy. Hollenbachs Mutter war dran und wollte wissen, wo ihr Sohn steckte. Ich sagte, er sei auf dem Weg und müsse in wenigen Sekunden auftauchen. Dann suchte ich den Rufnummerspeicher nach dem Namen Bardhyl ab. Warum sollte ich eigentlich mit Bardhyl sprechen? War der nicht gefährlich?

Er konnte es mir nicht sagen, denn er war nicht erreichbar, sein Handy ohne Mobilbox ausgeschaltet. In der Verlaufsanzeige sah ich, daß Hollenbach vor einer Dreiviertelstunde schon mit Bardhyl telefoniert hatte, sechs Minuten und acht Sekunden lang. Was hatten sie besprochen? Und was sollte ich, der ich kaum etwas wußte, jetzt noch bestätigen?

Während ich darüber nachdachte, fand ich eine neue, noch ungelesene SMS von Ira: «Bist du etwa böse, lieber Herr Autor? Ich bin einsam und harre deiner! cu, Ira.» Von wegen «See you»! Sollte ich sie weiter schmoren lassen? Bis sie von Hollenbach enttäuscht war und lieber wieder meiner harrte? Das konnte nicht allzulange dauern, so sprunghaft und unstrukturiert, wie sie war. Mir fiel sogar ein, wie ich die Sache beschleunigen konnte. Ich tippte: «Kann gerade nicht. Finde es toll, wie Mick alles für mich regelt. Bye, dein Autor.»

Als Hollenbach mit zwei Bieren ins Zimmer kam, fragte ich, wer das wunderschöne Mädchen auf dem Foto an der Wand sei, das aussah wie die junge Nena.

«Das ist die junge Nena», sagte er. «Ist 'ne Autogrammkarte aus der Bravo. Ich hab sie aufgehängt, weil ich kein Foto von meiner Freundin hatte, von Christiane, in die ich unsterblich verknallt war, die sah so ähnlich aus.»

«Respekt. Tolle Frau.»

«Absolut.»

«Geht es in Ihrem Roman auch um Frauen, um Liebe und Sexualität?»

«Mann, was denkst du denn!»

«Mit Fickszene?»

«Ist doch Ehrensache. Aber geschmackvoll, anders geht's nicht.»

«Und wie viele Frauen spielen da mit?»

«Im wesentlichen drei, weil's 'ne Dreiecksgeschichte ist. Es gibt aber auch Szenen, in denen einige Dutzend Frauen mitspielen, echte Massenszenen.»

«Klingt aufwendig. Und wer kriegt die Frauen am Ende?»

«Natürlich der Erzähler, das muß immer so sein.»

«In der Realität ist's oft nicht so. Sagten Sie nicht, Ihr Roman sei zum Teil autobiographisch? Bei so vielen Frauen sehe ich eine ziemliche Eifersuchts- und Koordinationsproblematik.»

«Bin ich gar nicht drauf eingegangen, hätte nicht zum Erzähltempo gepaßt.»

«Wer langsam ist, kommt auch zum Ziel, sagt Professor Pelz.»

«Der muß es ja wissen.»

Professor Pelz wußte es tatsächlich, doch das konnte Hollenbach nicht wissen – noch nicht. Er konnte nicht wissen, daß mir erst durch die Begegnung mit Professor Pelz klargeworden ist, was ein großer, unbeugsamer Geist alles zu leisten vermag. Und wieviel im Leben schiefläuft, wenn man zuwenig Module bei Professor Pelz belegt. Eine Gefahr, die ich im Lauf der Jahre konsequent ausgeschaltet hatte. Ein Rückfall war kaum mehr möglich, ich war «zu fünfundachtzig Prozent auf der Siegerstraße», wie der Professor mir vorgerechnet hatte. Doch auch mein Klient schien ein großer, unbeugsamer Geist zu sein, denn er setzte seinen Gedankengang unnachgiebig fort.

«Eifersucht und Raserei, klar, das muß sein. Und Tod, Verderben und Verrat. Ich wollte von Anfang an ein Buch mitten aus dem Leben schreiben. Lebendige, pralle Literatur! Deswegen habe ich auch nur bei den Besten abgeschrieben, verstehstu? Keinen blassen, blutleeren Mist, wie er in Leipzig gelehrt wird, diese Institutsliteratur, dieser subventionierte Studentenscheiß, dieser abgefuckte Wettbewerbsdreck – ohne mich, mein Lieber, da klingt doch jeder Satz wie eingeweichter Zwieback! Das Leben, so wie ich es mag – das kennen diese Minipimmel überhaupt nicht, diese Stipendiatenliteraten. Vom Hößlinsülzer Dorfschreiber über den Uslaer Stadtschreiber bis zum Finalisten beim Wettbewerb um den Literaturpreis der Sparkassen Nord – das kannst du dir doch in die Haare schmieren.»

«Sie glauben nicht, daß man erfolgreiche Literatur so herstellen kann?»

«Herstellen? Du Arschloch! Gute Literatur kann man nicht *herstellen* – die muß man sich *abringen*, Mann, Satz für Satz! So, wie ich das getan habe!»

«Ich denke, Sie haben hauptsächlich abgeschrieben?»

«Ja, aber das *Richtige*, und das war schwer genug. Das können die Subventionisten gar nicht! Da träumen die vielleicht von, die mit ihrer beschissenen Literatur-Literatur. Ich wollte, daß bei mir jeder Satz klingt wie ein Schuß. Mensch, Literatur muß doch rocken! Wie hat der Westernhagen gesagt: ‹Nicht schön, sondern geil und laut.›»

«Und Ihnen ist das gelungen.»

«Ich würde sagen: Hundert Pro!» Er stand auf und schaute ratlos in seinem Schrank nach. «Zu dumm, hab leider kein Exemplar hier. Egal, du wirst es sowieso bald lesen.»

Mir schwindelte. Würde ich denn alles verstehen, was er geschrieben hatte? Und selbst wenn – bestimmt könnte ich sein Werk nicht angemessen beurteilen, so was hatte ich ja nie gelernt. Ich war mir nicht sicher, ob ich das Buch überhaupt noch lesen wollte. Diese unglaubliche Erfolgsgeschichte, dieser ganze Roman war in meinem Kopf schon so super, so gut, so perfekt – die Vorstellung, die ich davon hatte, würde Hollenbachs Roman niemals einlösen können.

«Weißtu, eigentlich wollte ich einen ganz normalen Bildungsroman schreiben, über mich selbst. Aber dann ist es mehr und mehr ein Ideenroman geworden, weil die Autoren, von denen ich abgeschrieben habe, so viele Ideen hatten. In gewissem Sinn war es auch ein Abenteuerroman mit einem ungleichen Paar, weil ich da noch mit jemandem zusammen war. Und wenn ich Teil eines Paares bin, ist es immer ein ungleiches. Dann hab ich plötzlich gemerkt, daß es eher ein Arztroman ist, weil ich ja drin vorkam, aber ich dachte mir, die Leute lieben Arztromane, also ließ ich das so, weil es ja nicht zuletzt auch ein Tatsachenroman war, mit Fantasy-Elementen natürlich, also praktisch ein Science-Fiction-Buch im Stil eines bürgerlichen Entwicklungsromans ...»

Er hatte wohl meinen irritierten Gesichtsausdruck bemerkt, denn er geriet ins Stocken. «Also ein ganz klassischer Heimatroman beziehungsweise ein Schlüsselroman, was weiß ich, ist doch sowieso jeder Roman anders, das kann man gar nicht beschreiben, verstehstu?»

«Ich glaube nicht.»

«Macht nichts. Auf jeden Fall ist das verdammte Ding ein Erfolgsroman geworden, und damit hat die Scheiße angefangen.»

Ich richtete mich im Sitzsack auf. Es knirschte. «Ich verstehe.»

«Du verstehst überhaupt nichts, das kann man nämlich gar nicht verstehen.»

Quietschend öffnete sich die Tür, die Turmfrisur seiner Mutter wurde sichtbar. «Es ist schon spät, Jogi», sagte sie. «Ist der fremde Junge immer noch hier? Geht er dir an die Wäsche?»

«Nein, Mammi, er ist mein Coach, er ist in Ordnung. Bitte laß uns allein, wir haben was zu besprechen.» Die Tür war kaum geschlossen, da fuhr Hollenbach fort: «Es heißt ja immer: Man kann Bestseller nicht planen. Das ist natürlich Quatsch. Kann man sehr wohl. Man kann zum Beispiel eine Staatsbibel schreiben, also ein Buch, das alle Menschen in einem Land lesen müssen, wenn sie am Leben bleiben wollen, ein Buch wie ‹Mein Kampf›, wie ‹Die Worte des Vorsitzenden Mao› oder das Buch vom Turkmenbaschi.»

Er sah mir an, daß ich nicht wußte, wer oder was Turkmenbaschi war.

«Turkmenbaschi, der ‹Vater aller Turkmenen›, das war der Künstlername von Saparmurat Nijasow, dem Diktator von Turkmenistan. Das weißt du nicht?» Er rümpfte überlegen die Nase. «Der Mann war so beliebt, daß Städte nach ihm benannt wurden, nämlich die Stadt Turkmenbaschi, die vorher Krasnowodsk hieß, auch der Monat Turkmenbaschi, der mal Januar hieß – den April hat er nach seiner Mammi benannt –, außerdem noch einige Schulen und Flughäfen, ein Meteorit und eine Melonensorte, das mußt du erst mal bringen. Aus Dankbarkeit hat er für sein tolles Volk das Standardwerk ‹Ruhnama› verfaßt, in dem er seine persönlichen Ansichten über die Geschichte Turkmenistans, das politische Miteinander, die Bekleidungsvorschriften und den Straßenverkehr darlegte. Dieses ‹Buch der Seele› war ein gigantischer Erfolg, er hat es sogar ins Deutsche übertragen lassen, Sentenzen daraus wurden in Stein gemeißelt, in der größten Moschee Turkmenistans, direkt neben die Koranverse. Der Tag, an dem er das Buch vollendete, wurde nationaler Feiertag, und um seinem Volk eine ungestörte Lektüre zu gewährleisten, ließ er Kinos, Oper, Ballett und Zirkus verbieten und die Bibliotheken schließen. Sein Buch wurde zur einzigen Schullektüre, Erwachsene mußten jeden Samstag darin lesen und bei Führerscheinprüfungen wurden hauptsächlich Paragraphen der ‹Ruhnama› abgefragt. Klar, ’ne tolle Sache.

Aber das klappt halt nur, wenn man einen funktionierenden Unrechtsstaat in Händen hat, und da ist ganz schwer ranzukommen.»

Während er redete, kramte er in seiner alten Plattensammlung, zog mal hier, mal da ein fleckiges Cover aus dem Schrank und legte irgendwas Dröhnendes auf. Als er wieder auf seine Schlafcouch wechselte, drehte ich heimlich ein bißchen leiser.

«Das heißt also, Ihr Buch ist deswegen so erfolgreich, weil Sie das strategisch genau geplant haben?»

«Nein, ich glaube, es liegt eher an der Qualität. Aber nicht nur: Es gibt auch andere Bücher, die großartig sind – und nie ein Erfolg wurden. Denk mal an ‹Sinecure› oder an die ‹Lurchi›-Bücher oder an den einen Roman da von diesem Franzosen … na, ich komm jetzt nicht auf den Namen. Jedenfalls muß man, bevor man einen Bestseller schreibt, vermeiden, einen Worstseller zu schreiben, so wie das manchen Kollegen schon passiert ist. Das am schlechtesten verkaufte Buch aller Zeiten war über hundertneunzig Jahre im Handel, bis die erste Auflage weg war, nur alle sechs Monate ging ein Exemplar über den Ladentisch. Den Autor hab ich vergessen. Aber schau mal Stendhal an, typischer Franzose – kennstu seine ‹Armance›? Na, macht nix – der hat von seinem Superbuch ‹Über die Liebe› in den ersten elf Jahren ganze siebzehn Stück verkauft, genau so viel hat Beckett mal in Frankreich mit einem seiner Bücher geschafft. Du mußt wissen: die deutschsprachigen Buchverlage drucken jedes Jahr fast eine Milliarde Bücher! Alles mögliche Zeugs! Davon neunzigtausend Neuerscheinungen! Und da mußt du durch!» Er seufzte schwer, verströmte Kampfgeist, Aufruhr, Erhebung. «Jedes neue Buch», rief er, «ist doch eine Kriegserklärung an alle anderen, ist der Versuch, die eigene Spezies zu massakrieren, einen gnadenlosen Eroberungskrieg zu führen, der Millionen Opfer zurückläßt – nur um eine Handvoll Sieger zu feiern.»

«Das hört sich grausam an», sagte ich, weil ich nicht wußte, was ich sonst sagen sollte.

Das sei nicht grausam, widersprach er, das sei «stinknormaler Kapitalismus». Hilfreich sei natürlich gewesen, meinte der Rekordbelletrist, daß «von Anfang an» viel Geld im Spiel gewesen sei, «unheimlich viel Asche». Das habe zu «Druck, Aufregung, Nervosität in der Auktion» geführt – und zu dem «kranken Vorschuß», der schließlich gezahlt worden sei. Warum? Weil er «gleich zwei Agenten» hatte, die versuchten, sein Manuskript meistbietend zu «verkümmeln». Jedoch hätten die zuerst nichts voneinander gewußt, und so habe sich alles «hochgeschaukelt». Er blickte an die Decke. «Immer höher, immer höher», sinnierte es aus seinem gewaltigen Kopf, seine Blicke folgten den Rauchschwaden, die er ausstieß.

Abermals öffnete sich die Zimmertüre, und das Antlitz von Ma Hollenbach wurde im fahlen Licht sichtbar. Draußen legte die Sonne die Arbeit langsam nieder.

«Der fremde Junge muß jetzt gehen», jammerte sie. «Wissen seine Eltern überhaupt, daß er hier ist?»

«Seine Eltern sind einverstanden, Mammi. Laß uns bitte in Ruhe!» Energisch drückte Hollenbach die Türe zu und schimpfte auf seine Mutter. Ein bißchen zu sehr, wie ich fand. Ob er sich denn keine Sorgen mache um die alte Dame? Ich ließ die Namen Bardhyl und Genc fallen. Er blickte mich böse an.

«Noch so 'n Wort – Massenmord, mein Lieber! Du spinnst wohl. Ich habe alles unter Kontrolle!» Er lächelte cremig, streckte sich aus und verschränkte die Hände hinter dem Kopf. Da die Situation nun eindeutig aussah wie eine klassische Psychiatersitzung, zückte ich meinen Blackberry, um mir Notizen zu machen. Ich wußte aber nicht, was ich tippen sollte, Hollenbach sprach viel zu schnell.

«Na ja, es war halt alles wie im Traum. Allerdings wie in einem sehr öden Traum, denn bei Erscheinen lief der Roman überhaupt nicht gut. Im Verlag waren sie verzweifelt, weil sie den irren Vorschuß durch den Kamin rauschen sahen. Man holte Marketingexperten, die meinten, ich solle doch versehentlich ein privates Pornovideo von mir ins Netz stellen, um mich so in die Medien und ins Gespräch zu bringen. Das lehnte ich aber ab, weil bei dieser geringen Bildqualität, die im Netz kursiert, da bringt das doch nichts. Ist doch alles total unscharf.» Es sei dann aber, gab er zu, das «*virale Marketing* im Endeffekt» sehr wichtig gewesen. Das sei für «*offshore Cult-Branding*» wie in seinem Falle ganz wichtig, das habe ja schon das «Blair-Witch-Project» gezeigt, dieser Wackelkamera-Horrorfilm, den plötzlich alle sehen mußten, obwohl es keinerlei Werbung dafür gab.

«Und Spamming? Habt ihr auch potentielle Leser angespamt?»

«Nein, das bringt nichts, das ist zu negativ. Kennstu Periel Aschenbrand?»

«Leider nicht. Schöner Name aber.»

«Sie ist eine amerikanisches Medientussi, 'ne junge, hübsche jüdische New Yorkerin. Die ist unheimlich abgegangen mit ihrer *Body-as-a-billboard*-Kampagne. Die macht so in Hardcorefeminismus und Guerillawerbung. Hat sich gesagt, wenn schon alle möglichen Menschen beschriftet rumlaufen, dann muß man das ausnutzen. Sie hat sich in einem T-Shirt fotografieren lassen, da stand quer über dem Busen: ‹Was würden Sie für ein paar geile Titten ausgeben?› Und sie hat sich, noch zu Dabbelju-Bush-Zeiten, oben ohne fotografieren lassen, nur mit einem Slip an, und auf dem stand: ‹The only Bush I trust is my own.› Du verstehst: der doppeldeutige Busch. Ist natürlich im Lande der Körperbehaarungsparanoiker 'n echtes Statement.»

«Und Sie haben sich dann auch in der Unterhose ablichten lassen?» Ich machte mich bereit, seine Antwort zu tippen.

«Nein, viel besser. Der Verlag hat T-Shirts drucken lassen: ‹I read BRAZ› und die massenhaft verteilt. Schauspieler und Popstars wurden bezahlt, wenn sie das Ding trugen. ‹Ich lese BRAZ› – das war total geil, weil keiner wußte, was gemeint war, das hat *total gezündet*, Mann.» Er war jetzt lauter als das Geplärre aus der Stereoanlage. «Das ist doch alles voll kaputt! Je weniger die Leute lesen, je illiterater unsere Zeit wird, desto mehr laufen sie beschriftet rum, Tatoos, T-Shirts mit Witzen drauf – schau dich mal um! Sie halten das für Kleidung, geben Unsummen für diesen Schrott aus. Es gibt kaum noch unbeschriftete Menschen!»

Ich schaute verstohlen an mir herunter. Er hatte recht. Auf meinen Schuhen stand «Weicher Renner», auf meiner Hose stand, allerdings nur auf der linken Hosennaht, «Freiheits-Weg», und auf meinem Hemd «Der Geist von '69», alles auf Englisch natürlich. Obwohl mir gar nicht klar war, welcher Geist 1969 eigentlich herrschte, denn ich kam erst acht Jahre später auf die Welt. Oder war damit irgendwas Sexuelles gemeint? Auf einmal war es mir peinlich, beschriftet zu sein.

Hollenbach brabbelte einfach weiter: «Mein Roman war nachweislich der erste, der ausschließlich durch virales Marketing zum Welterfolg geworden ist, durch gezielte Streuung in sozialen Netzwerken, in Myspace und Facebook, aber auch in der S/M-Szene, durch Mundpropaganda, durch Blogs, durch Pusher in Online-Foren – tja, und außerdem» – er gab sich Feuer, für einen Moment tanzten unsere Schatten an der Wand –, «außerdem gab es den Roman schließlich auch als

Klingelton – das war ein absolutes Novum, das hat bis heute noch kein anderer gemacht. Aber ich will dir mal was verraten», fuhr er fort und kam erbarmungslos näher: «Am meisten half mir – und das sage ich nur dir, weil du als mein Coach das wissen mußt –, am meisten hat mir geholfen, daß sofort nach Erscheinen geklagt wurde.»

«Gegen Sie?»

«Mann! Gegen das Buch!» Der Roman wäre nämlich fast nicht erschienen, erklärte er, weil ein bekannter deutscher Schriftsteller «mit mehreren Anwälten» gegen die Veröffentlichung vorgegangen sei; den Namen dürfe er leider nicht nennen, sonst würde Maxim Biller erneut dagegen klagen, aber das brächte jetzt ja nichts mehr. «Beim Erscheinen war das natürlich 'ne super Anschubhilfe.»

Er rappelte sich auf und atmete zufrieden durch. Mein Magen rumorte, ich hatte seit Stunden nichts gegessen.

«Weißtu, ich sehe das durchaus kritisch mit meinem Erfolg. Klaro, das Buch ist gut, das Produkt muß es bringen, so ist das. Aber auch die Geschichte drumherum muß stimmen, die Produktstory, da sind die Medien ganz heiß drauf. Wenn mein Buch ein längst berühmter Autor geschrieben hätte, ein altes Profi-Arschloch, dann wäre es nicht so gut angekommen. Aber als sozusagen Quereinsteiger war ich total interessant, als crazy Urviech, verstehstu?»

Ich verstand nicht.

«Mann, schau mich doch mal an!» Er sprang auf, schnipste seine Zigarette aus dem Fenster in die Dunkelheit und breitete die Arme aus. «Hier ist er: Jo Hollenbach – so hab ich mich genannt –, Jo Hollenbach, ein zotteliger Zyklop, der Mann aus dem Nichts. Zack, tritt er plötzlich ins Rampenlicht. Ein Verrückter, ein Yeti, ein Kaspar-Hauser-Typ! Wie Jonathan Meese, dieser Maler-Kretin, oder wie dieser Österreicher, dieser fette Sadomasophilosoph, dieser Phettberg, da sind doch auch alle durchgedreht, als der neu war im Phernsehen, pardon: Fernsehen.»

Plötzlich hing die Vinylplatte. Er drehte sie um, ich fragte, ob er nicht was von Kula Shaker habe. Nein, habe er nicht, außerdem solle ich ihn nicht dauernd unterbrechen, denn er müsse, wenn er schon mal einen Gedankengang habe, diesen unbedingt zu Ende bringen, andernfalls werde er «kirre im Kopp», und das könne ich als sein Coach nicht im Ernst wollen.

Und ja, exakto, genau so sei es nun mal: Quereinsteiger finde man generell interessant, gierig sauge der Medienbetrieb sie ein, um sie genüßlich auszulutschen und gleich darauf wieder auszuspucken «wie ein altes Aroma-Präservativ». Das sei die Regel. Nur «der Outcast, der gute Wilde», bringe den «geilen Grusel», den «Unterschichtappeal», den die anämischen Literaturtypen nicht kannten. «Die haben nämlich keinen Dreck gefressen», schimpfte er, «die haben in ihrem Literaturbetrieb, wenn sie lange genug keiner bemerkt hat, einfach auf Festanstellung geklagt, weil es –»

Er kam nicht mehr dazu, diesen wichtigen Satz, ja Gedankengang zu vollenden. Ein gräßlich und grell zirpendes Schreigeräusch wurde auf einmal laut, lauter und noch lauter, die Tür flog auf, Frau Hollenbach schoß ins Zimmer, ihr Haarbau zitterte vor Erregung.

«Du hast mich betrogen, Jogi!» keifte sie. «Du hast alles aufgegessen!» In den Händen hielt sie leergedrückte Blisterpackungen. «Ich hab nachgezählt, es fehlen vierunddreißig Tabletten! Glaubst du, ich merk das nicht?»

«Und wenn schon», schrie ihr Sohn. «Du hast doch *Tonnen*, Mammi! Kein Mensch kann die alle allein aufessen!»

«Du bist ein böser Junge! Du ißt zuwenig Vitamine, du

legst deine eigene Mutter aufs Kreuz, und dann frißt du ihr auch noch die Medizin weg. Verschwinde aus meinem Leben!» schrie sie und warf mit Tablettenpackungen nach ihm. Nach mir auch. In der Aufregung sogar mit vollen. Hollenbach fing auf, was er konnte, und rannte raus, verfolgt von den Schreien seiner Mutter!

«Verschwinde, du elender Mistkerl! Und nimm den fremden Jungen mit!»

Fünf

Mit laufendem Motor stand ich vor der Limbo Bar und wartete. Es war unsere siebte Station. Vor dem Maxim, dem Goldenen Bembel, der Karmeliter Lounge, vor King Kamehamea, Colonial Club und Klabunt überall dasselbe Spiel: Dr. Hollenbach stieg aus dem Wagen, steckte sich zehn Zigaretten gleichzeitig an, verschwand in der Bar, verteilte die brennenden Rauchwaren an verdutzte Gäste und kam nach einer Minute lachend wieder herausgerannt, bisweilen einen schimpfenden Barmann im Gefolge. «Guerilla-Rauchen» nannte er das. «Zeichen» setzen wollte er damit gegen eine immer rauch- und spaßfreier werdende «Kontrollgesellschaft». «Rauchzeichen der Freiheit», wie er das großspurig nannte. Und ich mußte Gas geben, wenn er in die Limousine hechtete.

Fast vierundzwanzig Stunden nach alter oder neuer Zeitrechnung war ich nun in den Diensten meines neuen Klienten, ohne daß mir auch nur annähernd klar war, wohin die Reise ging, wie meine Coachingstrategie aussehen sollte. Der *Feedback level* war minimal, dafür hatte die *Ist-Soll-Diskrepanz,* wie Professor Pelz das nannte, bedrohliche Ausmaße angenommen. Hollenbach jedenfalls schien überhaupt keinen Beratungsbedarf zu haben. Im Gegenteil, pausenlos gab er mir Anweisungen, was ich zu tun und zu lassen hatte. Und aus irgendwelchen Gründen konnte ich mich seiner Autorität nicht widersetzen. Wenn er mich mit seinen braunen Schriftstelleraugen anstierte, schrumpfte meine *Ego-Power* auf nahezu Null, fast so, als wenn Professor Pelz mich mit Blicken tadelte. Es ging nicht anders: Ich mußte meine Kompetenzen kanalisieren und eine konfrontative und provokative Beratungsschiene fahren, um so –

«Mach mal lauter!» brüllte Hollenbach frech aus dem Fond und deutete nach vorn auf den CD-Spieler, wo er irgendeine Hochgeschwindigkeitsmucke am Laufen hatte.

«Herr Hollenbach, ich muß mit Ihnen reden.»

«Noch so 'ne Phrase, Faust auf die Nase, mein Lieber! Das ist *Holidays in Cambodia* von den Dead Kennedys, da *kann* man nicht dazwischenreden.»

«Ich werde es trotzdem tun. Herr Hollenbach! Ich frage Sie: Ist Ihnen eigentlich schon mal aufgefallen, daß ich Sie dauernd sieze?»

«Klar, Mann, das ist doch korrekt. Ich bin schließlich dein Chef.»

«Nein, Sie sind mein Klient. Und Klient und Coach sollten einander stets auf Augenhöhe begegnen. Professor Pelz sagt: ‹Gleich und gleich, das coacht sich gern.› Sie können sich also überlegen, ob Sie mich siezen oder ich Sie duze.»

«Ich denk drüber nach, und bis dahin darfst du mich weiter Hollenbach nennen. Und jetzt dreh das Ding endlich auf, Mann!»

Für einen Moment dachte ich, der Motor würde stottern, aber dann war es nur die Musik: *«Pol Pot, Pol Pot, Pol Pot»*, steigerte sich eine aggressiv giftende Männerstimme, immer weiter, immer wütender, *«Pol Pot, Pol Pot»* – und dann gellte sie los: *«It's a holiday in Cambodia / Where you'll do what you're told / A holiday in Cambodia / Where the slums got so much soul!»*

Der düster glitzernde Main – ein Klacks für unseren Kreuzer, wozu gab es Brücken! Wir überquerten den Fluß, erreichten Sachsenhausen, den Slum von Frankfurt. Hollenbach gab keine Richtung mehr vor, der Mercedes tuckerte wie von selbst, sein Stern wies uns den Weg. Der Autor rauchte und war glänzend gelaunt. Wenn sein Handy klingelte und ich mit Gläubigern oder seiner schimpfenden Mutter verhandeln mußte, lachte er nur.

«Weißtu», fragte er, «was mich von Pol Pot unterscheidet?»

«Wahrscheinlich hat er weniger geraucht als Sie.»

«Von wegen. Der Mann war Asiate und hat ordentlich gequalmt. Alle Asiaten rauchen wie die Teufel. Allein die Chinesen verbrennen pro Jahr ein Drittel der Welttabakvorräte – und inhalieren sie auch noch! Nein, im Gegensatz zu Pol Pot *pflege* ich diesen Wagen. Das sagt viel über einen Menschen aus. Ich bin Pflegertyp, ich wäre gar nicht *in der Lage*, ein Drittel meines eigenen Volkes zu erniedrigen und abzuschlachten. Also, ich meine jetzt: moralisch.»

«Weil dann Ihre Handlungsmuster nicht mit Ihrer Lebensphilosophie korrelieren würden?»

«Das einzig Gute im Leben, was er getan hat, war, dieses Auto hier anzuschaffen. Gestorben ist er aber als Fußgänger, auf der Flucht im Dschungel. Dennoch …» – er reckte den Zeigefinger – «… Pol Pot hätte überleben können, wenn er Drogen genommen hätte. Statt dessen saß er immer nur in seiner feuchtheißen Dschungelscheiße und kriegte die Paranoia. Gute Medikamente hätten das verhindert! Hier nimm!» Er war auf die mittlere Sitzbank gekrochen, hatte mehrere offene Schachteln in der Hand und bot mir Tabletten an. Dabei sah er nicht gut aus. Er war weiß wie ein Lamm und schwitzte wie ein Schwein. «Hier, nimm das: Dexedrin ist praktisch Speed, das gibt dir Zunder. Und Prozac bringt dich wieder angenehm runter. Das ist dann fast so, als wenn du nichts genommen hättest.» Meinen Einwand, daß man dann doch gleich nichts nehmen könne, ließ er nicht gelten. «Das ist Schwachsinn, was du da sagst. Irgendwas *muß* man ja nehmen, Mann. Glaub mir, ich weiß das, ich bin Arzt», keuchte er von hinten. Ich konnte seinen Atem spüren. «Ich nehme alles außer Kristall. Die ganze Zone ist auf Kristall, das ist nix für mich. Ich habe mal auf PCP 'ner Fledermaus den Kopf abgebissen.»

«Wie hat das geschmeckt?»

«Ausgebrochen gut. Los, schluck das. Du kannst auch kauen, ist sogar besser.»

Er drückte mir eine bunte Kollektion von Pillen, Kapseln und Pastillen in die Hand. Medikamente, die seine Mutter dringend brauchte. Ich zögerte. Bedenken krochen hoch. Hunger hatte ich ja.

«Was passiert dann mit mir?»

«Nichts, an das du dich hinterher erinnern würdest. Los, runter damit, ich kann sonst kein Vertrauensverhältnis zu dir aufbauen.»

«Nur wenn Sie nach vorne kommen und sich neben mich setzen.»

«Versteh doch», raunte er. «Ich *kann* nicht, ich bin nicht Pol Pot. Guten Appetit!»

Ich tat, was er sagte und nahm alles ein. Der Belletrist blieb hinter mir in seinem fahrenden Wohnzimmer, lag längs auf der Mittelbank und schaute aus dem Heckfenster. Er brabbelte wie zu sich selbst. «Vom Alkohol bin ich wieder völlig weg. Dank der Medikamente. Obwohl das auch sein Gutes hatte! Viele Ideen zum BRAZ hatte ich im Suff. Ich hab sie auf irgendwelche Zettel geschmiert, die ich dann am nächsten Tag völlig vergessen hab. Abends, nach dem dritten Bier, fielen sie mir wieder ein, und ich arbeitete weiter. Das zeigt doch ganz deutlich, daß es dieses Schisma gibt, zwei Welten, die voneinander nichts wissen. Und ich weiß, daß es sogar eine dritte Welt gibt – aber ich hab noch keinen Plan, wie man da hinkommt.»

«Was wollen Sie denn in der Dritten Welt?»

«Romanstoffe finden», antwortete er ohne jedes Zögern. «Ich weiß, daß sie dort zu finden sind, das hab ich exklusiv, das hat mir der größte Schriftsteller der Welt verraten.»

Ich wußte nicht, von wem er sprach, deswegen sagte ich auf gut Glück: «Günter Grass?»

«Hör mir auf mit dem!» schrie Hollenbach und spuckte vor Wut rote Kapselreste gegen den Fahrzeughimmel. Der Grass, der schreibe doch so einfältig, wie er zeichne, der könne nichts, «absolut null», kein Wunder, daß die SS den Krieg verloren habe. Nein, er, Hollenbach, spreche hier von dem mit weitem Abstand «allergrößten Autor der ganzen, großen Welt»: von dem amerikanischen Ausnahmeschriftsteller Thomas Pynchon. Der sei in knapp vierzig Jahren mit nur sechs Romanen zu «absolutem Weltruhm» gekommen, und dennoch sei er ein «lebendes Geheimnis». Weder wisse man, wo er wohnt, noch wisse man, wie er aussieht. «Und was soll ich dir sagen: Genau der Typ hat mich eingeladen! Er hatte irgendwie von meinem Buch gehört, es sich auf eigene Kosten übersetzen lassen und war vollrohr begeistert. Vielleicht auch, weil so viele Stellen bei ihm abgeschrieben waren. Er lud mich in sein Penthouse nach New York ein. Am Flughafen wartete sein roter Rolls-Royce. Der Fahrer stellte sich als Mucho vor und reichte mir einen Joint, verdunkelte die Scheiben, dann schwebten wir in die Stadt. Es war phantastisch, ich sah das Chrysler-Building, das Empire State und den Sears Tower, Chinatown, Little Italy, Little Richard, Little Big Horn und den Big Ben, ein Wahnsinnsverkehr, alles sechsspurig, halbe Stunde parken neunundvierzig Dollar. Wir parkten natürlich umsonst, in Pynchons privater Tiefgarage, in der nur seine eigenen Droschken standen, jede Menge Ferraris, Porsches und Cadillacs in allen möglichen Sonderlackierungen, auch seltene Draisinen und gelbe Thurn und Taxis. In der riesigen Wohnung nahm mich zuerst Muchos Frau in Empfang, sie führte mich in das Büro des Zeremonienmeisters, eine Art private Anturn-Stube, in der es alles für den Kopf gab. Ich sniefte und schluckte, was man mir vorsetzte, dann wurde ich in den Salon geführt, wo schon andere Spitzenautoren versammelt waren: Patrick Süskind, Jerome D. Salinger, Cormac McCarthy, Walter Moers und ein paar Musiker der Residents. Sie hatten alle mein Buch gelesen und wollten mich unbedingt kennenlernen. Es waren Supertypen, sie waren breit wie die Nattern. Wenn ich etwas sagte, brachen alle in Gelächter aus, und wenn sie etwas sagten, verbat ich mir die Unterbrechung. Gemeinsam warteten wir darauf, daß Pynchon endlich erschien.

Die Türe ging auf, und statt seiner betrat eine Gruppe heißer Groupies den Saal, Literaturstudentinnen von der Manson Family Academy, sie waren auf LSD und hatten Frisuren aus gefrorener Schlagsahne. Sofort kam eine wilde Orgie in Gang. Wir fielen übereinanderher, nur der alte Salinger blieb in seinem Sessel sitzen und machte sich Notizen. Er sagte, bald erscheine der Roman, an dem er seit 1965 arbeite, der sei aber sehr dünn, nur knapp achtzig Seiten, und es fehle noch eine ‹amtliche Sexszene› – wie toll, daß er jetzt hier sei. Als ich gerade dabei war, es drei Girls gleichzeitig zu besorgen, und mir mit der Linken einen Joint drehte, hörten wir eine verzerrte Stimme über die Hausanlage: ‹Hey, who's that strange guy with the Guildo Horn hairdo? Bring him up to me!›

Ich wurde über eine Geheimtreppe in seine Gemächer geführt. Pynchon lag in einem riesigen goldenen Bett und betrachtete die Vorgänge unten auf seiner Hausvideoanlage. Er zeichnete solche Treffen regelmäßig auf, erzählte er, unterlegte sie mit Musik von Sick Dick and the Volkswagens und stellte sie so ins Internet, daß sie keiner außer ihm fand, was ihn besonders zu amüsieren schien.

Er war hocherfreut, mich endlich kennenzulernen und fragte, was ich von der Geheimorganisation W. A. S. T. E. hielt, die ihm derzeit das Leben so schwer mache. Ich erklärte ihm, daß W. I. E. H. viel, viel, viel, viel, viel gefährlicher sei, weil sie aus Deutschland stamme, und von dort kämen immer die gefährlichsten Sachen. Wir lachten herzhaft über diesen (für mich) unverständlichen Scherz, dann erzählte mir der berühmteste Autor aller Zeiten von der ‹Ersten Welt›, in der er persönlich lebte: Diese sei mit Ballonfahrern, Glücksrittern, Drogenkonsumenten, Nihilisten, Fanatikern, verrückten Wissenschaftlern und Psychopathen bevölkert; die ‹Zweite Welt› sei die, in der er seine Steuern zahle und seine Hunde zum Kacken ausführe, aber an diese Welt glaube er nicht, sie sei wahrscheinlich nur eine Einbildung seines kranken Hirns; die ‹Dritte Welt› schließlich sei einerseits durch ein unterdurchschnittliches Bruttoinlandsprodukt gekennzeichnet, andererseits würde man ihm von dort regelmäßig seine Romanstoffe zuschicken, meistens per Post. Alle sechs Jahre bekäme er ein Paket, randvoll mit Rohmaterial, das müßte er dann nur noch in Dichtung verwandeln. Und nun, deswegen hätte er mich eingeladen, wollte er wissen, ob wir beide denselben Lieferanten hätten. Mein erstaunter Blick teilte ihm mit, daß er seine Zeit verschwendete. Er ließ mich schnurstracks hinausgeleiten. So endete die Begebenheit, und seitdem versuche ich herauszufinden, wo dieser scheiß Pynchon seine Pakete herkriegt.»

Warum Hollenbach jetzt lachte, war mir nicht klar. Vielleicht war er der Lösung schon näher, als man vermuten konnte. Vielleicht war er aber auch ein gutgelaunter Psychopath, dann durfte ich ihm nicht helfen. Ich bin ja kein Neurologe, sondern Coach. Ob ich es erst mal mit *Mind screening* versuchen sollte? Aber bei wem damit anfangen? Bei ihm? Oder bei mir? Wie hieß ich überhaupt? War ich ein unschuldiges Drogenopfer? Und daß plötzlich überall Hollenbachs Name und die Buchstabenfolge BRAZ auftauchten – bildete ich mir das etwa auch ein?

Der Main, der Main, wie lang wird er sein? Sein schwarzes Band schimmerte unter uns, wir hatten Sachsenhausen im Rücken und waren über eine andere Brücke wieder in die Stadt zurückgekehrt. Sie sah absolut phantastisch aus. Alles, was sich mir zeigte, hatte einen flimmernden Goldrand und wirkte wie frisch gerahmt. «Sagenhaft», schrie ich, «das brezelt ja! Das brezelt ja ungemein!» Die Hochhäuser waren vor mir aufgestellt wie eine gigantische Lichtwand, unüberwindlich, eine Festung aus Glitzer und Glas. Je näher wir ihr kamen, desto mehr teilte sich die Fläche, surrte auseinander wie ein Kinovorhang aus nachtschwarzem Samt, die Türme sprangen zur Seite. Und wir? Glitten schwerelos in die Schluchten, zwei *Blade Runner* in extremer Mission, wir preschten durch Pixelparks, durch Heere von Replikanten, sahen Androiden und elektrische Schafe auf den Trottoirs, und darüber – darüber hing Hollenbach. Überall. Rechts und links der Straße, überall Plakate:

«Der Beste Roman Aller Zeiten!»

«Der BRAZ – jetzt auch als Download aufs Handy!»

«BRAZ hat's!»

«Hollenbach – The maker of BRAZ!»

Alles war voll damit! Warum hatte ich das vorher nicht gesehen? Manche Plakate waren verwittert, auch übermalt, sie hingen also schon länger. Nun verstand ich, warum mir sein

Name so verdammt bekannt vorgekommen war. Die ganze Stadt war mit Werbung für Hollenbachs Jahrhundertroman plakatiert. Sogar sein riesiger Kopf war abgebildet, jedoch so kunstvoll fotografiert, daß man ihn tatsächlich für Guildo Horn hätte halten können.

«Scheniall, wie die sich hier um mich kümmern. Ach, ich *liebe* Frankfurt.»

«Ich nicht. Ich kann mit Frankfurt nichts anfangen. Alles voller Replikanten.»

«Du spinnst. Diese Stadt ist absolut übergeil, ich verdanke ihr alles. Die ganze Buchscheiße und so, mein Verlag ist auch hier, die Presse, alles. Frankfurt ist ein großer *hub* für mich.»

«Pah! Für mich ist Frankfurt nichts als eine Zusammenballung von Äppelweindörfern mit einem Geldverschiebebahnhof in der Mitte, Großstadt ist was anderes, nämlich das, wo ich herkomme.» Ich ließ eine vielsagende Pause, um den Satz zu sagen, der noch nie seine Wirkung verfehlt hatte: «Ich bin ein Berliner.»

«Vergiß es», sagte Hollenbach. «Ich bin ein Hellinger, das ist viel schlimmer. Ich bin Schwabe. Und ich habe selbst mal in Berlin gelebt, Mitte der Achtziger. Bin vor dem Bund geflüchtet, hab in Kreuzberg in besetzten Häusern gewohnt, am ersten Mai irgendwelche Steine irgendwohin geschmissen und mit den Türken darüber gestritten, wer von uns die unbeliebtere Minderheit ist, Schwaben oder Türken. Ich habe immer gewonnen», sagte er bitter.

«Ich bin Berliner», wiederholte ich. «Für mich sind alle Minderheiten gleich. Gleich unbeliebt.» Es ging nicht anders, ich mußte mich über meinen eigenen hervorragenden Witz kaputtlachen. Ich fühlte mich phantastisch.

«Und warum bist du dann hier und nicht in deinem tollen Berlin?»

Ich suchte nach einer Antwort, doch Hollenbach kam mir zuvor: «Weil es da scheiße ist, weil es keine Perspektive gibt in Berlin, deswegen bistu hier. In Berlin sackst du weg. Wenn du keinen Plan hast und nur so ’n bißchen vor dich hinfrikkeln willst, dann bitteschön, dann bist du in Berlin richtig, das tun da alle. Jeder hat irgendein Projekt, jeder macht sein Ding, und niemals kommt irgend etwas dabei raus. Da kannst du mit anderen Versagern im Prenzlbergcafé sitzen, Fettfrisuren auftragen und einen auf digitale Boheme machen. Ohne mich, Mann. Das saugt», saugte, äh: sagte Hollenbach und saugte seine saugute Zigarette leer. «Ich hab das nicht mehr ausgehalten. Aber hier, in Frankfurt, in dieser Mini-Großstadt, diesem großen Dorf, da kannst du sehr schön vor dich hinmachen, keiner stört dich, aber man kümmert sich. Und wenn du was bringst, so wie ich, wird das sofort wahrgenommen. Hier kennt man mich! Ein bißchen wenigstens, da hast du Erdung, da sackst du nicht weg.»

Seine Worte klackerten und schepperten in meinen Gehörgängen wie Murmeln in einem Wok. Hollenbachs intellektuelle Kraft, seine unbestechliche Tatsachenanalyse, sein traumwandlerisch sicheres *Mind using* machte mich schwach und brezelte mich weg.

Weil ich ihn nicht unterbrach, spann er seinen endlosen Gedankenfaden weiter: «Listen: Es gibt in Lebensfreundschaften immer einen Großen und einen Kleinen, das hat mit Mann und Frau gar nix zu tun, ebensowenig wie mit Mann und Mann oder Frau und …» Hier schien er den Faden völlig verloren zu haben. Doch er faßte sich wieder: «… und einem anderen Mann, der vorher mit der anderen Frau, also dieser Freundin da oder was zusammen war, verstehstu?»

«Ich würde gern», sagte ich.

«Mein Gott.» Er krümmte sich wie unter Schmerzen und

schaute nach oben – aber da war kein Gott. «Wie soll ich dir das beschreiben? Wenn also ein dem Leben abgetrotzter Mensch, der zufällig männlich ist, dem Leben einen anderen Menschen abtrotzt, zufällig» – jetzt fixierte er mich, als wenn das todbringend sein könnte –, «und dieser Mensch ist *nicht* männlich!» Er stierte mich an. Konnte ich denn was dafür, daß ich männlich war? «Wenn also dieser Mensch eine Frau ist, und ich also gewissermaßen ein Mann – ja Herrgott, was kann ich denn dafür? Bin ich meines Bruders Hüter verdammtnochmal?»

«Worauf wollen Sie hinaus?»

«Worauf ich hinauswill? Mensch, was ist das denn für eine dämliche Frage?» Nervös schaute er aus dem Fenster. «Hör mal – wenn dir die Sache hier irgendwie zu heiß ist, dann kannst du noch abspringen. Du kannst jetzt die Tür aufmachen, dich aus dem Wagen fallen lassen und sagen: Das war's. Ende Gelände.»

Wie meinte er das? War ich ihm zu teuer? Ich hatte ihm doch noch gar keinen Preis genannt. Andererseits hatte er mir auch keinen Preis bestätigt. Wäre es da nicht sinnvoller, rechtzeitig abzubrechen? Hm. Aber dann wieder ohne Kundschaft dastehen? Einen solchen Superklienten aufgeben – das hieße ja sich selbst aufgeben.

«Diese Stadt ist geil, die ist soo geil, Mann! Hier sind die höchsten Häuser Europas, Mann! Schau doch mal. Wie die hier rumstehn!»

Er hatte recht. Wenn man den Tunnelblick aufgab und den Blick schweifen ließ, sah Frankfurt bei Nacht, ich konnte es nicht anders sagen: irgendwie spitzenmäßig aus. Die Straßen waren ideal breit und die Hochhäuser im Verhältnis dazu ideal hoch. Wären die Straßen Magistralen sowjetischer Bauart, würden die strenggenommen lächerlichen Hochhäuser mickrig wirken. Und hätten die Türme amerikanische Ausmaße, würde man in den Straßen an Beklemmungen und fiesen Fallwinden leiden – so aber war alles schlechterdings ideal. Ich konnte Frankfurt nur gratulieren. Vielleicht lag es aber auch an dem Auto, aus dem ich schaute. Ich unterrichtete Hollenbach, der im Fond gerade Kniechen-Näschen-Öhrchen spielte und dabei selbstvergessen kicherte, davon, daß ich Frankfurt bisher lediglich als Fußgänger kennengelernt hatte.

«Ein Fehler, Mann.» Souverän unterbrach er sein Spiel. «Frankfurt ist eine *ganz klassische* Autostadt, die sieht nur aus dem Mercedes gut aus. Was glaubst du denn, warum die hier alle Benz fahren.»

Das leuchtete mir sofort ein. Von meinem ersten Coachinghonorar würde ich mir einen Benz kaufen. Und zwar genau in dem Moment, da Hollenbach endlich aufhören würde, zu singen: «Frankfurt ist viel schöner als Berlin, schöner als Berlin, schöner als Berlin!»

Vor einem großen Hotel hieß er mich halten, und auf meine Frage, ob er jetzt wieder guerillarauchen werde, sagte er, das sei sein Hotel, er müsse schnell «was besorgen», ich solle im Wagen warten und «keinen reinlassen».

Ich ließ mir von einem Livrierten vier Sandwiches an den Wagen bringen und zückte mein Handy. Es war schon spät. Und höchste Zeit, Ira anzurufen, um mit ihr noch mal unsere Beziehungsziele durchzusprechen. Ich drückte die Kurzwahl.

Es klingelte ewig, dann meldete sie sich. Sie klang verschlafen, ihre Stimme war merkwürdig tief.

«Wickert?»

«Ira?»

«Hier ist Wickert. Wer ist denn da?»

«Ira? Verarschst du mich?»

«Wer ist denn da? Ich verarsche niemanden, und der Ehrliche ist mal wieder der Dumme. Ihnen eine gute Nacht, das Wetter.»

Er hatte aufgelegt. Ich war perplex. Ich hatte aus Versehen Hollenbachs Handy aus der Tasche gezogen und die Kurzwahltaste gedrückt. Was für eine Scheiße, dachte ich, da hatte ich tatsächlich mal den größten Denker unserer Zeit in der Leitung und war unfähig, etwas daraus zu machen. Eigentlich war er ja ganz freundlich gewesen. Das mußte ich unbedingt Ira erzählen! Diesmal aber mit dem richtigen Handy!

Ira hob gleich ab. Ich bot ihr ein Gespräch über unsere Beziehung an, und zwar lösungsfokussiert.

Sie ging nicht darauf ein: Nein, es habe keinen Sinn, es noch mal zu probieren, das wäre ja dann schon der vierte Versuch, da habe sie «keine Böcke drauf», und ob ich überhaupt wisse, wie spät es sei, ich sagte nein, das wisse ich nicht, und sie sagte, es sei *zu spät*, es sei Schluß, sagte sie mit merkwürdig fester Stimme, außerdem habe sie das ziemlich sichere Gefühl, daß sie einen anderen liebe.

«Kenne ich den?»

«Vielleicht.»

Ganz sicher sei sie aber nicht, ihre Liebe zu diesem Mann habe sie noch nicht so richtig «auf dem Radar», obwohl er ihr die «tollsten SMS» schreibe, die sie jemals bekommen habe. Sie legte auf.

Wie konnte ich sie nur über diesen Irrtum aufklären? Alles, was sie an Hollenbach liebte, kam doch von mir! Und alles, was von mir kam, fand sie blöd.

Mist. Ich war also tatsächlich solo. Schon wieder. Ich war mehrfacher Single. Eine persönliche Schlappe, keine Frage. Wie würde ich das nur Professor Pelz beibringen? Und alles nur wegen Hollenbach. Konnte ich ihm das verzeihen? Oder mußte ich es ihm nicht sogar verzeihen, damit er nicht auch noch absprang?

Eine vertrackte Situation, dachte ich, aber das Denken fiel mir schwer, in meinem Kopf war nichts mehr, das denken konnte. Ein rasendes und tobendes Nichts, der ganze Kopf war voll davon. Wenn ich die Augen schloß, konnte ich das Nichts genau erkennen: Es hatte Struktur und Aussehen eines mittelgroßen, leicht grauhaarigen Herrn in dunkler Bundfaltenhose und hellblauem Businesshemd. Der Herr murmelte ein Mantra, es lautete: «Rom bleibt Rom, da helfen keine Pillen.» Wieder und wieder. Was bedeutete das? Waren das überhaupt noch Gedanken? Oder nur irgendeine eingebildete Scheiße? «Was man so denkt, ist tatsächlich völlig irrelevant», sagt ja auch Professor Pelz, «denn auf die Fakten kommt es an.»

Mit einem ohrenbetäubenden Krachen schlug Hollenbach die Wagentür zu und rief: «Los! Schnell weg!»

In was war ich da nur reingeraten? Ich sauste in einem endlos langen Kreuzer durch Frankfurt, hatte einen stinkreichen Neukunden, der mir bereits mein Geld und meine Freundin abgenommen hatte, dafür durfte ich ihn zu den Bumslokalen der Stadt fahren und hatte seine Mutter an der Backe.

«Mist», zischte der beste Romancier aller Zeiten, «da waren schon die Bullen in meinem Zimmer, die Tür stand offen, ich hab sofort wieder kehrtgemacht. Ich glaube, die haben mich nicht gesehen. Wir müssen umdenken. Wir müssen wieder zurück!»

Sechs

Irgend etwas tat verdammt weh. Was genau, wußte ich nicht. Es hatte mit dem Kopf zu tun. Ich lag irgendwo, und es war dunkel. Vielleicht schlief ich und träumte schlecht. Oder war ich wach? Waren das die Nachwirkungen der Tabletten? Ich überlegte. Versuchte es jedenfalls. Aber es ging nicht. Ich schlief wahrscheinlich doch, denn wer schläft, kann nicht überlegen. Und hat auch keine Schmerzen. Es war kalt, mich fröstelte, die Erde ruckelte und bebte. Ich sackte weg.

Waren wir? Ja, ich glaube schon: Wir waren auf einmal wieder in der Pik-Dame. Obwohl ich persönlich die Zeitrechnung revolutioniert hatte, schien ich inzwischen ihr Opfer geworden zu sein. Déjà vu. Alles war wie am Abend zuvor: das Klimperklavier, die gepflegten Herren, Frl. Kurt hinter dem Tresen – nur daß mir mein positiver Motivationsschub abhanden gekommen war. Ich war in keiner guten Verfassung. In mir sah es aus wie in Iras Waschmaschine im Schleudergang, ich fühlte mich unverortet, ungeerdet und unendlich schwer, wie von mystischen Masseuren mit Teppichklopfern durchgewalkt, von zerebralen Fliehkräften an die Ränder meines Daseins gepreßt. Was war geschehen? Jedesmal, wenn ich versuchte, in meinem Bildspeicher zu blättern, rauschten nur Fetzen, Schnipsel, kleine, kurze, bewegte Files an mir vorbei.

*

«Los, Prost!»

«Ich kann nicht. Ich will nicht. Ich darf nicht.»

«Hat's dir deine Mammi verboten?»

«Nein, ich mir selbst. Ist schon lange her. Ich hab mal tierisch gesoffen.»

«Wieso?»

«Weiß ich nicht mehr. Ich hab getrunken, um zu vergessen, und das hat funktioniert.»

«Dann kannst du ja jetzt weitermachen.»

«Auf keinen Fall, ich krieg da immer so komische Anfälle, Logorrhöe, Predigerkrankheit, was weiß ich, rede alles in Grund und Boden. Jedesmal, wenn ich voll bin. Man hat mir erzählt, daß man mir das regelrecht ansehen konnte, wie in meinem innersten Innern ein großer Schalter umgelegt wurde, ein *point of no return*. Schlimm. Ich hab dann Revolutionen ausgerufen, neue Zeitalter erklärt, die Ordnung der Dinge verboten und so. Gestern habe ich nur getrunken, um mir zu beweisen, daß ich das überwunden habe und nicht mehr rückfällig werde. Aber es ist wohl wieder passiert.»

«Ich hab nichts gehört, Amigo, und dazu gratulier ich mir. Auf mich! Prost!»

*

Kamen die Schmerzen vom Alkohol? Unmöglich, ich hatte ja nur zwei Pils getrunken. Aber was passierte dann? Wo war ich? Wieder bei Ira? Ich war ratlos. Normalerweise konnte ich selbst komplexeste Zusammenhänge in kürzester Zeit erkennen und analysieren, das hat mir Professor Pelz persönlich bestätigt. Doch es fiel mir schwer, mich zu konzentrieren. Dieser verdammte Hollenbach! Immer weiter, immer tiefer war er in mich gedrungen und hatte mich über mein Leben ausgequetscht. Gleichzeitig mußte ich ständig Anrufe auf seinem Handy entgegennehmen.

*

«Aaah, du schon wieder! Hallöchen, hier ist Nigel. Ich mache dir ein anderes Angebot: Du überweist mir nur zwanzigtausend Euro, dafür bekommst du von den hundertachtzigtausend, die Hollo mir schuldet, über sechzig Prozent plus einer einmaligen Bonuszahlung. Du machst also über neunzigtausend Gewinn. Davon sind siebzig Mille für mich als Provision, für dich bleiben glatte zwanzigtausend, du hast also keinerlei Verlust bei der Sache.»

«Aber auch keinen Gewinn.»

«Man kann nicht immer gewinnen. Glaub mir, ich weiß, wovon ich rede.»

Als ich ihm davon erzählte, mußte Hollenbach derart lachen, daß seine Lederjacke am Ärmel aufplatzte. Einerseits nahm er die telefonierende Drohkulisse nicht ernst, andererseits meinte er, daß er «hier jetzt gleich» alles regeln werde. Ausgerechnet in der Pik-Dame, diesem kranken Scheißladen! Das Klavier schepperte scheußlich, ein Betrunkener kam vorbei, schaute mich an und sagte: «Mann, deine Brüste sind echt kacke operiert, du kannst dir leid tun, du arme Sau.»

*

Daran konnte ich mich komischerweise noch genau erinnern. Obwohl der Mann nicht recht hatte und Hollenbach ihm das auch unmißverständlich klarmachte. Er machte überhaupt viel zu viel klar.

*

«Weißtu, ich war mein Leben lang Loser, so ein Verlierer der ganz alten Schule. Obwohl ich ja einiges vorzuweisen hatte: Abitur, Studium, Approbation – aber dann hat's mich irgendwie aus der Kurve getragen. Halt, das stimmt nicht: Ich habe die Kurve gekriegt und die Gerade verlassen, genau, die langweilige Straße nach Geradeaus. Bin dann allerdings weggedriftet. Hab gesoffen, war Roadie auf Tour, hab gekifft, wieder gesoffen, war wieder auf Tour ... Wenn du in der Mühle mal drin bist, geht die Zeit total schnell vorbei. Rucki, zucki, und du bist alt. Ein alter Loser. Und dann – wromm! – war ich plötzlich der Sieger, hab den Hauptgewinn gezogen, von null auf tausend. Da hab ich's erst mal unheimlich krachen lassen, ist doch klar.»

«Und deswegen sind Sie Autohändler geworden?»

«Na ja, ich hab in kurzer Zeit mit harter, aufopferungsvoller Arbeit praktisch alles, was ich erreicht habe, wieder in den Sand gesetzt. Nachdem klar war, daß das Buch vollrohr durch die Decke ging und die ersten Schecks kamen» – er zog den Jackenärmel hoch und zeigte mir seine Armbanduhr –, «da hab ich mir sofort eine Lange & Söhne gekauft, das ist 'ne Langematic Perpetual in Platin, mit Stiftschließe und Großdatum, kostet über fünfzigtausend Steine, wollt ich schon immer mal haben. Und dann zwei dazu passende Autos, einen Jaguar XK und einen Silberpfeil. Topzustand, rotes Leder, voller Tank, leerer Aschenbecher, alles. Ein Impulskauf, das ging ratzfatz. Und weil mir das so gut gefallen hat, hab ich mir noch mehr Autos gekauft und schließlich ein Autohaus dazu, weil ich das auch schon immer mal haben wollte. Acht Angestellte, eine eigene Vertriebsfirma, die nur mit toprenovierten Schüsseln aus Übersee handelt. Jede Menge endgeile Schlitten. Die Dinger kosten ja irrsinniges Geld.»

«Und das Autohaus läuft nicht so gut?»

«Keine Ahnung, war lang nicht mehr dort.»

«Weil Sie so viele andere Sachen zu tun haben?»

«Hauptsächlich deswegen, weil man mich nicht mehr reinläßt. Du mußt wissen» – Hollenbach schaute sich verschwörerisch um –, «der Markt für restaurierte Luxusoldtimer ist extrem eng – und vollkommen kriminell. Das hat mir vorher kein Mensch gesagt. Ich hatte die falschen Berater. Erst als mein Geld immer weniger wurde, merkte ich, daß ich was tun, daß ich aktiv in die Zukunft investieren muß. Hab dann viel mit Afrika zusammengearbeitet, mit vermögenden Geschäftsleuten, die sich aber mit unserem Wirtschaftssystem nicht auskennen. Einem Elody Bamba von der Elfenbeinküste hab ich läppische fünfzigtausend Dollar überwiesen, dafür hat er mich zur Hälfte an seinem 24,5-Millionen-Erbe beteiligt, das er jeden Moment erwartet. Ohne mich wäre dieser Schwachkopf aufgeschmissen. Und mit der nigerianischen Handels- und Kommerzkammer arbeite ich auch zusammen, die brauchten nur meine Bankverbindung, um eine Transferzahlung von 47,5 Millionen abzuwickeln, und ich kriege dann sage und schreibe zwanzig Prozent der Summe. So lange muß Nigel eben noch warten. Die sechzigtausend Euro *transfer opening fee* an Mr. Sese-Seko hab ich natürlich sofort bezahlt, der komplette Deal müßte in den nächsten Tagen über die Bühne gehen. Unglaublich, wie diese Bantuneger ihr Geld verschleudern.»

*

Sein Gerede dröhnte mir noch immer in den Ohren. Dieses Geschwätz! Diese Schmerzen! Ich konnte mich nicht bewegen, auch nichts mit den Händen tun. Meine Handgelenke brannten wie Feuer. Ich konnte nichts sehen. Schlief ich also doch? Hoffentlich kam bald ein Zwerg, damit der Traum endlich aufhörte. Aber da war wieder dieser Betrunkene, der meine Oberweite kritisierte. Und irgendwann waren auch Genc und Bardhyl wieder da. Die Stimmung war angespannt. Ich glaube, ich habe versucht, gut Wetter zu machen.

*

«Hey, ich wünsche Ihnen einen wunderschönen guten Tag, mein Name ist Mick Rademann, und ich freue mich sehr, Sie endlich wiederzusehen.»

«Du brauchst die nicht zu grüßen», zischte Hollenbach mir zu. «Das sind Arschlöcher.»

«Ich habe eine grundsätzlich positive Grundeinstellung. Ohne die kommt man heutzutage nicht weiter.»

«Ach tatsächlich? Ich habe eine grundsätzlich negative Grundeinstellung und bin damit schon wesentlich weiter gekommen als du.»

«Und deswegen brauchen Sie jetzt wohl einen Coach?»

Die drei gingen in den Raucherraum, um irgendwas zu besprechen. Ich weiß noch, daß Frl. Kurt verständnislos den Kopf schüttelte, als sie abrauschten; daß ich Hollenbach vom Umgang mit den Albanern abriet; daß ich empfahl, diese Verbindung zu lösen, die frei werdende Konfliktenergie positiv umzulenken und sich nicht zum fremdbestimmten Objekt zu machen. Was ihm natürlich nicht paßte. Er wurde pampig.

«Da mußtu mal selber in die Gänge kommen, du Opfer! Mußt dich selbst gegen deine Unterdrücker wenden! Du stehst doch komplett unter der Fuchtel von diesem komischen Professor, dem du werweißwas schuldest. *Da* mußt du ein Zeichen setzen, Mann! Ich bin ein freies Land, ist das klar? Ich mach, was ich will! Als Schriftsteller mußtu ein unabhängiger Geist sein! Du brauchst Inspiration ohne Ende! Dazu muß man wild und rauschhaft leben! Das kommt nämlich an bei den Weibern!»

«Da kennen Sie sich ja wohl aus, bei den Weibern.»

«Im Gegensatz zu dir schon. Haste ja gesehen.»

«Werden Sie bloß nicht frech! Ira ist *meine* Freundin.»

«Ich glaube, das sieht sie anders.»

«Sie kann das überhaupt nicht beurteilen. Was fällt Ihnen überhaupt ein – meine Freundin zu lieben!»

«Ich kann nichts dafür.»

«Aber ich war zuerst da.»

«Liebe hat kein Haltbarkeitsdatum, Mann.»

«Klingt wie ein beschissener Romantitel von Ihnen.»

«Stimmt. Muß ich mir aufschreiben.»

Er glaubte noch immer, daß er alle und jede haben konnte, zack, einfach so. Aber die Tour hatte ich ihm gründlich vermasselt. Während Hollenbach im Raucherraum war, schickte ich Ira eine SMS: «Ich bin ziemlich sicher, daß ich dich liebe!» Von Hollenbachs Handy natürlich. Sie simste sofort zurück, ob das wirklich mein Ernst sei. Ich antwortete: «Ja, aber ich bin Mick, habe Hollenbachs Handy. Der glaubt, er könne dich jederzeit flachlegen.» Damit war sie erst mal versorgt. Aber nicht lange. Als mich der Prosaist kurze Zeit später nach Geld für eine fünfte Runde fragte, klingelte sein Handy.

«Du Aaaaarschloch!», brüllte Ira mir ins Ohr.

Ich schaute Hollenbach an. «Ira ist dran. Sie sagt, sie sei verrückt nach Ihnen.»

«Ich bin auch rattenscharf auf sie, sag ihr das.»

«Herr Hollenbach findet dich äußerst apart, Ira.»

«Er kann sich ins Knie ficken!» schrie sie.

«Sie sagt, sie möchte sexuell mit Ihnen einiges ausprobieren.»

«Sag ihr, ich mache alles mit.»

«Herr Hollenbach ist zu allem bereit.»

«Ich scheiß auf diesen Wichser, und auf dich erst recht, du Kanaille!»

«Sie sagt, sie möchte schmutzige Sachen zu Ihnen sagen.»

«Sag der kleinen Schlampe, ich hätte schon 'nen ganz breiten Gang.»

«Herr Hollenbach hat seine Spermien schon kaltgestellt, Ira.»

«Ihr perversen Säue, ihr seid so kaputt!» Sie legte auf.

«Sie sagt, sie geht kaputt auf Sie und hat aufgelegt.»

«Na bitte, man muß eben mit den Frauen reden können.»

*

Es ruckelte, es drückte mich nach links und rechts. Das war kein Bett! Jetzt merkte ich es: Ich fuhr! Ich lag in einem Fahrzeug. Blind und unbeweglich. Wenn ich die Augen öffnete, war alles schwarz. Lag ich in einem Krankenwagen? Oder in meinem Sarg? Wenn ich tot war, dann hätte doch mein Leben wie ein Film an mir vorüberziehen müssen. Ich erinnerte mich aber nur an ein letztes Bild von Dr. Hollenbach. An einen Song von Kula Shaker, der in meinem Inneren waberte: *«I'm a second sight yeah / The other side of you / Through the looking glass / And down the rabbit hole.»* Ja, ich sah ihn genau, sah die Narben in seinem Gesicht. *«Do you wanna see the man behind the mask?»* Ich sah mich, wie ich mich von ihm verabschiedete, vom Tisch erhob und mich von ihm lossagte. Es war höchste Zeit. Die letzte Gelegenheit. Er hatte schon viel zuviel Kontrolle über mich.

*

«Ey, Mann. Das kannstu nicht bringen!»

«Ich habe keine andere Wahl. Professor Pelz sagt: ‹Wenn Schluß ist, ist Schluß.›»

«He, Mann, ich bin dein Freund! Ich bin keine Null wie alle anderen!» Er hielt inne und brannte sich eine an. «Ich bin nur … du mußt verstehen … weißtu, ich bin halt … ich bin so fragil, Mann. Ja, fragil wie die Sau.»

Irgendwie tat er mir leid. Und irgendwie brachte Frl. Kurt neue Getränke, wir scherzten, und ein anderer Mann deutete auf Kurt und behauptete, *das* seien gute Brüste, die seien perfekt operiert. Der Sound des Klimperkastenpianisten fegte ihn hinweg, ich bot meinem Klienten das Sie an, kurz darauf stritten wir und warfen uns gegenseitig vor, an einer «noogenen Krise» zu leiden und das Leben insgesamt nicht im Griff zu haben. Aber warum, verdammtnochmal, sah ich nichts? Hatte ich mich blindgetrunken? Und wer hatte mich an Armen und Beinen gefesselt? Im letzten Filmschnipsel, den ich aktivieren konnte, spielten wieder die beiden Albaner mit. Sie kamen an unseren Tisch, sie lachten, wir lachten, sie schenkten uns was Blubberndes ein, Genc prostete uns zu, Bardhyl jammerte irgendwie herum, wieviel er zu tun habe, daß es um seine Ehre gehe, er sprach mit seinem Handy, und Hollenbach schrie vor Begeisterung: «Maaaaann – Ficksprudel! Wie geil ist *das* denn!»

*

Danach – war gar nichts mehr, keine Erinnerung, nicht mal ein Hauch. Nur ein schwarzes Loch. Ich kam wieder zu mir. Das Fahrzeug legte sich quietschend in eine Kurve, dann wurde kräftig Gas gegeben. Es rumpelte höllisch. Ich lag wie auf einem Rüttelförderband. Die Schmerzen waren kaum auszuhalten. Ich hatte Angst. Große, unheilvolle, nackte Angst. Ich röchelte.

*

Wie viele Stunden, wie viele Jahre ich auf dieser Folterbank durchgeschüttelt wurde – ich wußte es nicht. Mein Hals war trocken, ich schluckte, schnaufte, sackte wieder weg. Und wachte auf, als es plötzlich ruhig war. Seelenruhig. War ich jetzt tot?

Jemand zerrte an mir herum, richtete mich auf, ich schrie vor Schmerzen, mir wurde die Augenbinde abgezogen. Gleißendhelle Lichtstrahlen zerschnitten mir die Augen, stachen tief unter die Großhirnrinde. Eine fremde Stimme sagte: «Willkommen in Albanien!»

Zweiter Teil

Eins

Ich bin ein kranker Mensch … Ich bin ein böser Mensch. Ein abstoßender Mensch bin ich. Ich glaube, meine Leber ist krank.» Die Stimme, die von hinten an mein Ohr drang, war mir vertraut. Woher? Wieso? Als es meinen Körper durchschüttelte, weil die Stimme hustete, war ich mir auf einmal ganz sicher: Was da feucht, zitternd und warm an meinem Rücken klebte, das war der massige Körper von Dr. Jo Hollenbach. Keine Ahnung, wo er herkam, was er hinter mir wollte, ich spürte nur: Ich konnte nicht weg. Es war unmöglich. Wir waren aneinandergefesselt, Rücken an Rücken. Stehend, in einem dunklen, schmutzigen Raum. Die Luft war modrig, feucht, es stank nach Urin.

Das, Mick Rademann, ist der totale Alptraum, den du da gerade erlebst! Nein – du *hoffst*, es ist nur ein Traum. Du glaubst, es gibt ein Erwachen, und alles ist vorbei: Du bist frei, atmest die reinste Luft, hast die Problemverflüssigung ganz okay geregelt, bist wieder ein stolzer Herr deiner selbst.

Was zum Teufel war geschehen?

Dunkelmänner, bärtige Visagen hatten mich aus einem Auto gezerrt, eine Art Kastenwagen, vielleicht ein Ambulanzfahrzeug. Aber wieso? Hatte ich einen Unfall? Ich konnte doch noch gehen. Na ja, gerade mal so, meine Beine waren taub vom langen Liegen. Ich torkelte, als man mich rausholte. Männer lachten und schubsten mich herum, als sei ich Teil einer großen Volksbelustigung. Meine Kehle war staubtrokken, ich konnte nicht sprechen. Ich keuchte und preßte, doch was kam, war nur ein stummer Schrei. Man johlte und gab mir Tritte, bugsierte mich in ein schwarzes, stinkendes Loch, ein Verlies, vielleicht auch ein Verschlag, ich weiß nicht. Ich versuchte meine Hände zu bewegen. Sie waren hinter meinem Rücken mit anderen Händen zusammengebunden, der Strick schnitt wie ein heißer Draht in meine Gelenke. Diese Schmerzen! Ich kippte fast um. Ich? Nein, verdammt – nicht nur ich, Hollenbach ja auch. Hinter mir. Er bebte, ich spürte es.

«Wo sind wir?» keuchte ich.

«Was weiß ich», schnaufte er. «Albanien, glaub ich. Verdammte Hurenscheiße.»

«Wieso Albanien? Wer hat uns hergebracht?»

«Hurensöhne wahrscheinlich, oder Nihilisten. Die können sich schon mal auf was gefaßt machen.»

Mir wurde schwindlig. Ich spürte, wie ich ohnmächtig zu werden drohte, nur der Riese Hollenbach hielt mich noch. Ich hing an ihm wie an einem Marterpfahl, er gab mir Halt. Doch wollte ich diesen Halt gar nicht. Ich wünschte mir nichts mehr, als niederzusinken. Der barbarische Schmerz, der in meinen Handgelenken brannte, riß mich wieder hoch.

«Du darfst nicht schlappmachen, Mann», zischte der Pfahl, «sonst liegen wir beide in der Scheiße.»

Der Boden war feucht, weich, kalt. Matschig. Es roch nicht nur nach Pisse, auch irgendwie nach Öl. Ich fühlte mich allein wie noch nie in meinem Leben. Ich heulte.

«Das bringt uns jetzt nicht weiter.»

«Sie Arschloch», schluchzte ich. «Sie haben mir das alles eingebrockt.»

Er bäumte sich auf. Was *das* denn heißen solle.

«Was das heißen soll? Was das verdammt noch mal heißen soll? Habe ich vielleicht mit irgendwelchen Albanern rumgemacht? Schulde ich denen Geld? Hab ich die vielleicht an unseren Tisch geladen?»

Er sagte nichts. Lange nichts. Und dann: «Ich bin absolut unschuldig, das garantiere ich dir. Ich hab keine Ahnung, was hier los ist. Es kann sich nur um eine Verwechslung handeln.»

Als ich gerade antworten wollte, daß ich das gar nicht so persönlich gemeint, daß ich einfach nur eine Scheißangst hätte, zog er mich plötzlich weg, so daß ich rückwärts watscheln mußte. Der Strick schnitt tiefer ins Fleisch. Ich schrie.

«Stell dich nicht so an! Da ist eine Kiste, wir setzen uns hin.»

Im Sitzen konnten wir die Hände entlasten. Der Strick, mit dem wir gefesselt waren, gab etwas nach. Ich spürte, wie Hollenbach versuchte, meine Hand zu ergreifen. Seine war warm.

«Scheißfesseln», stöhnte er hinter mir. «Ich kann überhaupt nicht rauchen.»

«Sie haben vielleicht Probleme. Ich sterbe gleich.»

«Aufregung ist was für Mädchen. Außerdem kenn ich das ja.»

«Sie waren schon mal entführt?»

«Ich war schon mal tot.»

«?»

«Zweimal sogar. Versicherungsbetrug. Ich hab mich für tot erklären lassen, einmal in den Staaten, einmal in Italien, das fiel dort sowieso keinem auf, daß ich fehlte. Und jedesmal sprangen fünfzig Mille Lebensversicherung bei raus.»

«Ich glaube, ich wurde in einem Krankenwagen hergebracht.»

«In einem *alten* Krankenwagen. Daimler-Benz Strich-Acht, Baujahr 72, mit hohem Aufbau, vollrestauriert. Da hattest du's noch bequem. Ich selbst bin in einem 68er Baujahr gekommen, ein 250er SE mit Pullmanaufbau, absolute Rarität. Ein Leichenwagen.»

«Das paßt ja.»

«Sind beide aus meinem Fuhrpark. Die Albaner haben die einfach geklaut, diese Schweine.»

«Das sind Ihre Autos? Dann stecken *Sie* also dahinter!»

Er stritt alles ab. Wenn wir sprachen, hallte es, ich hörte mich selbst wie durch ein Kanalisationsrohr. Wasser tropfte. Hollenbachs Worte krochen über den Schimmel, den Schorf an den Wänden.

Durch einen schmalen Spalt fiel Licht in den Raum, ein halbkugelartiges Verlies, das Innere einer winzigen Kuppel, nur in der Mitte konnte man aufrecht stehen. Müll lag herum, Unrat. Von draußen drang ein metallisches, rhythmisches Quietschen ins Gewölbe, vielleicht von einer Seilwinde, von einer Strafkolonie, ich wußte es nicht. Mich fröstelte. Man hatte uns die Jacken abgenommen. Meine beiden Armbanduhren waren auch weg.

Ich weiß nicht, wie lange wir in diesem Kerker zubrachten. Es wurde dunkel und wieder hell, ich nickte ein und wurde wach. Meine Kehle brannte, meine Blase auch. Ich merkte, wie meine Hose feucht wurde. Verdammt! Ich konnte mein Wasser nicht mehr halten. Unendlich hilflos fühlte ich mich, gedemütigt und allein, gekreuzigt, gestorben und begraben.

Warum mußte ich mein Leben ausgerechnet in Albanien beenden? Wer würde mich hier finden? Würde man mich überhaupt suchen? Wenn man schon in Österreich vierundzwanzig Jahre in einem Keller verschwinden konnte, ohne daß es jemandem auffiel – wie lange würde das erst in Albanien dauern? Würde Ira nach mir fahnden lassen? Gar Geld für eine Vermißtenanzeige ausgeben?

Ich sah sie vor mir: Gerade hat sie von zwei Polizisten per Gedankenstromtelegramm die Nachricht von meiner mutmaßlichen Ermordung erhalten. Schluchzend sitzt sie am Küchentisch. Wir schreiben das Jahr 2048. Die Menschheit hat ein neues Entwicklungsstadium erreicht. Das persönliche Eigentum, wie wir es kennen, wurde abgeschafft und an neue Eigentümer verkauft. Politik wird nicht mehr von ahnungslosen Wichtigtuern gemacht, sondern von Fachleuten, die sich in Fachausschüssen zu Fachtagungen zusammenfinden. Wer zu schnell handelt, kommt in ein Entschleunigungslager, wo er behutsam runtergetaktet wird. Diese Lager sind auf der ganzen Erde verteilt, und man ist dorthin nicht mehr in Autos unterwegs, sondern wird mit rapsölgetriebenen Hochgeschwindigkeitskapseln unterirdisch durch die Welt geschossen. Man unterquert Meere und Kontinente in Sekunden, und es gibt Milliarden verschiedener Individualzeitzonen, weil jeder Mensch seine eigene Biorhythmik hat. Eine Erkenntnis, die auf meinen Forschungen aufbaut. Ira besucht den Fundort meiner Leiche in Albanien. Er ist längst zu einer internationalen Wallfahrtsstätte geworden, denn hier starb der Erfinder und Begründer der Neuzeittheorie, Mick Magnus Albert Galileo Rademann. Ira reist unterirdisch nach Albanien, ein Geistlicher nimmt sie in Empfang, ein weißhaariger Mann namens Josef F. Er bringt ihr schonend bei, daß meine Überreste in einem Keller gefunden wurden, daß er ihr diesen Keller nun zeigen werde. Sie gehen die Stufen hinab. Dann schließt sich eine schwere Tür. Rumms. Verdammt! Waren wir überhaupt in einem Keller? Was wollte man von uns? Uns quälen und erniedrigen? Einfach nur verdursten lassen?

«Was sollen wir jetzt machen?»

«Keine Ahnung. Du bist doch der Coach.»

«Ich will nach Hause! Ich will, daß das alles nicht wahr

ist!» Ich wimmerte und schrie, und weil keiner mein Schreien hörte, heulte ich einfach weiter.

«Ich bin nicht taub», sagte Hollenbach. «Herrgottnochmal, reiß dich zusammen.»

«Zusammenreißen?» Ich kriegte vor lauter Schluchzen kaum Luft. «Die Schweine hier wollen uns killen.»

«Das ist noch gar nicht raus, Mann.»

Er wußte einfach immer alles besser. Obwohl er doch angeblich nichts wußte.

«Sie sind schuld, wenn ich sterbe. Sie, Hollenbach!»

«Das ist auch noch nicht raus.»

Ich sah Sterne über mir, viele hunderttausend Millionen Sterne, kaltrosa leuchtend. Und Lichtblitze! Schön wie ein Sommergewitter in der Nacht. Es donnerte in meinem Kopf und hallte wider, ich war nur noch ein leerer Raum, unbewohnt und verlassen. Ich sah einen langen, weiß rotierenden Tunnel. Ganz leicht war ich, konnte Hände und Füße frei bewegen. Ich hob ab und flog wie von Düsen getrieben dem Licht entgegen, es wurde wärmer, immer wärmer, herrlich und angenehm. Plötzlich war der Tunnel zu Ende.

Eine Tür öffnete sich, es wurde hell.

Zwei

Ich kann Ihnen gar nicht sagen, wie leid mir täte das alles», sagte ein Mann, den ich noch nie zuvor gesehen hatte. Er stand vor uns und kommandierte zwei Typen herum, die uns die Fesseln lösten. Er war klein, kompakt, ja gedrungen und warf die Hände gestikulierend in die Luft. Sein Kopf hatte die Form eines Kartons. Aufgeregt lief er im Kreis und schimpfte: «Idioten! Meine Leute! Alles Idioten! Es ist alles Verwechslung, schrecklich, furchtbar, tragisch, wirklich sehr furchtbar!» Er baute sich vor uns auf, sein Kopf pendelte vor Erregung hin und her. «Man hat Sie mit persönlichen meinen Feinden verwechselt, furchtbar, deshalb hat man Sie so schlecht behandelt. Meine Leute, sie sind Idioten, ich würde tatsächlich die Mütter ihrer Schwestern ficken, nicht wahr, ich garantiere Ihnen zutiefst!»

Er rauchte aufgeregt und stieß eine Reihe unbeschreiblicher Laute aus, die seinen beiden Idioten galten. Vorsichtig halfen sie uns auf und brachten uns nach draußen. Dort standen eine Menge weiterer Idioten herum, dunkle, braungebrannte Gestalten mit offenen Mündern. Sie gafften uns an. Man setzte uns auf die Rückbank eines Mercedes, der kompakte Mann nahm auf dem Fahrersitz Platz und fuhr los. Es ging über Rumpelstraßen und Feldwege, an Feldern vorbei, auf denen merkwürdige Türme standen. Quietschende Objekte winkten uns zu. Andere Fahrzeuge folgten uns. Lauter Mercedesse.

«Rauchen!» röchelte der Autor und rüttelte an unserem Fahrer herum, der ihm sofort eine ganze Packung Zigaretten überließ.

«Rauchen Sie, rauchen Sie, Mik!»

«*Ich* heiße Mick», sagte ich, «der da heißt Hollenbach.»

«Ich weiß, Mik, ich weiß. Mik ist Albanisch und heißt ‹guter Freund›, und für mich seid ihr beide *sehr gute Freunde*, ihr beide wäret Miks.»

Eigentlich hätte ich diesen Menschen mit Vorwürfen überhäufen müssen, aber ich war zu schwach. Er reichte uns Wasserflaschen nach hinten, und während Hollenbach und ich mit großen Schlucken den Durst löschten, entschuldigte sich der Albaner noch einmal wortreich für all das, was man uns angetan hatte.

Unentschuldbar sei das geradezu, in Albanien sei das Gastrecht «heilig», da dürfe es keine Ausnahmen geben, außer bei persönlichen Feinden «oder Griechen, oder Gegen», da wiederum dürfe es keine Gnade geben. Leider sei es, meinte er, heutzutage nicht einfach, gutes, motiviertes und verständiges Personal aufzutreiben, zumal im albanischen Hinterland. Da könnten Pannen schon mal vorkommen. «Sie doch wissen, wie das ist», lamentierte er und schraubte seinen Kartonkopf nach hinten. «Die Guten und Gebildeten hauen ab und gingen nach Europa und würden erfolgreiche Geschäftsleute im Zigaretten- und Autohandel, nur die Idioten, die blieben hier. Was wollte man machen!»

Kurze Zeit später saßen wir wieder in einem kuppelartigen Gewölbe, doch war dieser Bunker viel größer und heller als unser Verlies. Boden und Wände waren ringsherum mit Matratzen und kostbaren Perserteppichen ausgelegt, durch eine Öffnung rieselte Licht von oben ins Rund. Es sah irgendwie orientalisch aus, vielleicht aber auch nur wie in einem Teppichladen. Wir lümmelten auf den Matratzen, vor uns wurden kleine Tische aufgestellt.

Eine junge Frau brachte uns Essen. Große Platten mit rotgrünen Gemüsehaufen, schwarzgegrilltem Fleisch und Feta, stapelweise Fladenbrot und eine silberne Etagere mit Obst und bunten Süßigkeiten. Sie sah verlockend aus, massiv verlockend sogar. So betörend, daß ich überhaupt nichts essen konnte. Es ging nicht. Mir blieb einfach die Luft weg: Niemals, never, jamais hatte ich eine so schöne Frau gesehen. So überirdisch, so supragalaktisch und außeralbanisch schön!

Jeder neue Auftritt von ihr, wenn sie ins Zimmer kam und weitere Speisen anschleppte, machte mich benommen und schwach. Sie lächelte, reichte mir ein Gläschen Tee und ging mit ihrem Tablett reihum. Wie schön sie war! Und wenn ich schön sage, dann meine ich: tausendmal schön! Sie war hoch gewachsen, schlank, trug die pechschwarzen Haare als kessen Bubikopf. Ihre Haut war hell, weiß und rein, und ihre schwarzen Augen leuchteten wie große Brennspiegel.

Hypnotisiert starrte ich sie an und sagte: «Hey, ich wünsche Ihnen einen wunderschönen guten Tag, ich heiße Mick Rademann und freue mich sehr, Sie endlich kennenzulernen!»

«Mirëdita», sagte sie.

Beim Klang ihrer samtrauhen Stimme lief ein längst vergessener Schauer über meine Haut. Ich dachte: Mirëdita, genau. Damit kann ich was anfangen. Das ist ein Name, Respekt!

Schmatzend schaufelte Hollenbach Nahrungsmittel in seinen Schlund, ich labte mich an süßem Tee, und der kompakte Mann lief wieder im Kreis, weil er dabei besser gestikulieren konnte. Sein kastenbrotartiger Kopf war mit grauen Wollknäueln bewachsen, das Gesicht braungelb lackiert. Wenn ihn etwas besonders erregte, konnte er sofort ins Schwarzrote wechseln. Unterhalb des Schädels spannte sich ein aufwendig gearbeiteter, ziemlich zerschlissener Zweireiher über den Körper. Bei manchen Bewegungen konnte man den goldenen Knauf einer Waffe unter dem Revers aufblitzen sehen – korrespondierend zu den Goldzähnen, die in unregelmäßigen Abständen hinter den Lippenwülsten aufschienen.

Wir beide sahen dagegen recht elend aus. Hollenbach hatte man ebenfalls die Jacke abgenommen, wie ein gehäuteter Eber saß er da in seinem abgeriebenen schwarzen Shirt. Ich tastete vorsichtig meine Hose ab. Sie war immer noch feucht, was mir peinlich war. Jetzt erst merkte ich … da war etwas Hartes in meiner Hose, das überraschte mich, das machte mich glücklich. Mein Handy! Man hatte es mir nicht abgenommen. Wahrscheinlich übersehen. Auf keinen Fall durfte das jemand bemerken, es war mein Ausreiseticket aus diesem Alptraum.

Mirëdita war verschwunden. Jetzt spürte ich erst den Hunger, der mir die Gedärme zerwühlte. Ich griff schamlos zu, Fleisch, Brot, Gemüse und Süßes, zerhackte die Substanzen mit meinen Zähnen, speichelte sie ein und stellte so einen nahrhaften Speisebrei her, der euphorisch von meinen Magensäften begrüßt wurde.

Der Anzugträger stellte sich als «Filip Cakuli» vor. Er sei «gewissermaßen» Unternehmer, wobei sein Tätigkeitsbereich jedoch derart breit gefächert sei, daß er «hier und heute» nicht näher darauf eingehen könne, schließlich seien wir müde und erschöpft, wir beide seien seine Gäste und müßten uns nun «tüchtig» von den Strapazen der langen Reise und der «versehentlichen Tortur» erholen. Doch zuerst wolle er uns «auf albanische Art willkommen heißen» – er überreichte jedem von uns etwas Brot und einen Salzstreuer und sagte: «Dem Mik wird erwiesen die Ehre mit Brot, Salz und Herz.»

Er sprach ein merkwürdiges Deutsch, aber er tat es mit völliger Selbstverständlichkeit. Seine Sprache war fließend, ja plätschernd, fast mitreißend, und mit einem herben, osteuropäischen Einschlag garniert; er zerdehnte Worte, zog Konjunktive wie aus einer Lotteriekugel, plazierte sie falsch und auch die Verben souverän irgendwohin.

«Ich nicht gut spreche Deutsch, täte es gerne besser, ja gerne besser elegant und wortgewandt, nicht wahr, aber hüten werdet ihr euch beide, meine Sprache eins zu eins zu verschriften, nur damit als vollständiger Idiot ich dastünde, das kommt nicht in Frage. Käme? Ihr werdet mich ganz normal niederschreiben, verstünden wir uns?»

Ich nickte, und sofort wurde sein Wunsch Wirklichkeit.

«So liest es sich doch gleich viel besser», sagte der Albaner zufrieden.

«Hören Sie, Herr … mrhm … Cakuli», sagte Hollenbach und angelte mit dem Fingernagel einige Fleischfasern aus seinem Gebiß. «Bevor Sie sich festquatschen, will ich Ihnen erst mal sagen: Die Kippen sind schon wieder alle!»

Die Bestürzung in Cakulis flächigem Gesicht schien echt zu sein. Schnell rief er einen seiner Idioten herbei, der Sekunden später zwei Stangen Pall Mall auf ein Tischchen legte. Unser Gastgeber entschuldigte sich für diese Unaufmerksamkeit und zeigte sich ein bißchen enttäuscht, daß ich nicht mitrauchte. In Albanien würden alle rauchen, sagte er, auch Ausländer und Kinder.

Hollenbach legte sich in seine Kissen. «Und jetzt will ich Ihnen mal was erläutern, Männeken, ich bin nämlich der Sprecher unserer Gruppe. Dieser Herr hier» – er deutete auf mich – «ist ebensowenig freiwillig hierhergekommen wie ich. Meine beiden Fahrzeuge schon gar nicht. Ich habe einflußreiche Freunde, die sehr unglücklich wären, wenn sie von dem Vorfall erführen. Ich biete Ihnen daher folgendes an: Sie tanken die Fahrzeuge auf, händigen uns die Schlüssel aus, und dann verlassen wir ihr beschissenes Land auf dem schnellsten Wege.»

«Nein, Sie verstehen nicht», sagte Cakuli und lächelte goldblitzend. «Es gibt ein Kreditproblem. Sie wissen, Sie sind vollkommen überschuldet, und der Tilgungsplan, den Sie meinen Partnern in Deutschland vorgelegt haben, war für mich inakzeptabel. Deshalb habe ich Sie hierher bringen lassen, um die Sache persönlich mit Ihnen zu klären und ein Entschuldungskonzept zu erarbeiten. Mein Vorschlag ist: Ihr Status ist ab sofort und ganz offiziell – der eines Entführten.» Nun sah er mich an. «Ihren Mik mußten wir leider mitnehmen. Da wir aber sein finanzielles Umfeld nicht kennen, arbeiten wir nur mit Ihnen, Herr Hollenbach. Und deswegen beantragen wir noch heute in Deutschland die Zahlung eines Lösegeldes in Höhe von zehn Millionen Euro. Sofort nach Zahlung werden Sie beide bei guter Gesundheit freigelassen. Sie haben mein Ehrenwort!»

Er strahlte, völlig begeistert von seinem Vorschlag.

«Selbstverständlich werden Sie nicht mehr gefesselt. Sie können sich hier frei bewegen. Relativ frei! Hier sind überall meine Leute auf Posten, schon allein wegen der verfluchten Meksi-Bande. Auch wenn Sie niemanden sehen – meine Mitarbeiter sind da, und sie sind alle bewaffnet. Leider sind meine Mitarbeiter, wie sie bereits bemerkt haben, sehr einfach strukturiert.» Er machte Scheibenwischerbewegungen vor seinem Kopf und schaute traurig. «Wenn die glauben, daß Sie einen Fluchtversuch unternehmen, schießen die sofort. Sie verstehen?»

Wir nickten. Was blieb uns anderes übrig. Cakuli ging zur Bunkertüre und lächelte gönnerhaft. «Zu Ihrer Annehmlichkeit habe ich zwei persönliche Assistenten abstellen lassen, an die Sie sich jederzeit wenden können.»

Er brüllte Albanisches nach draußen, und schon betraten zwei Gestalten den Raum, von denen ich gehofft hatte, sie nie mehr sehen zu müssen. Der eine groß, der andere klein, ein Mordskoloß, ein kleines Schwein: Genc und Bardhyl.

Der große Genc grinste ein wenig verlegen von der Höhe seines Leibes herab, und der schmächtige Bardhyl tat so, als sei dieser Bunker der selbstverständlichste Treffpunkt der Welt.

«Ihr habt uns den Ficksprudel vergiftet, ihr Kröten!» schrie Hollenbach sie an.

«Bitte, bitte, keine unkonstruktiven Aggressionen», rief Cakuli. «Meine Angestellten haben nur im Auftrag gehandelt, und sie haben das, soweit ich beurteilen kann, sehr ordentlich getan. Sie beide wurden so gut wie möglich betäubt, um den vierzigstündigen Transit hierher wie im Schlaf zu überstehen.»

Ich wollte ihm gerade beibringen, daß er keine Ahnung habe, da griff er meine Hand. «Sie sind leider unglücklich verwickelt in diese Geschichte», sagte er. «Das ist wirklich besonders tragisch, ich entschuldige mich. Sie werden unser bevorzugter Gast sein.» Wir würden, wie der Kistenkopf sich ausdrückte, in «denkmalgeschützten Gebäuden» wohnen. Dann brachte mich Genc zu Fuß irgendwohin, ich bekam nicht mehr alles so genau mit. Die Schmerzen, der Schlafentzug, die Angst – all das war zu frisch, noch ganz unmittelbar.

Ich stand plötzlich vor einer Zinkbadewanne, sie war mit dampfendem Wasser gefüllt. Idioten stellten rund um die Wanne Stangen auf, zwischen die sie Tücher spannten. Bald war die Wanne von blickdichten Paravents abgeschirmt, Mirëdita kam kichernd angelaufen und überreichte mir ein Bündel frischer Kleidung. Mit ihrem Handrücken prüfte sie die Wassertemperatur, bedeutete mir, ins Wasser zu steigen, lachte erneut und verschwand hinter den Tüchern. Ich zog mich aus, stieg in die Wanne, setzte mich – und schrie aus Leibeskräften.

Das heiße Wasser ätzte wie Säure in meine entzündeten Handgelenke. Mir wurde schwindlig, alles wurde dunkel … und als es wieder hell wurde, blickte ich direkt in die Sonne. In Mirëditas lächelndes Gesicht. Sie hielt meine Hand. Ich sah, daß beide Handgelenke verbunden waren.

«Mirëdita!» sagte ich und versuchte, ebenfalls zu lächeln.

«Mirëdita», sagte Mirëdita.

Ich deutete auf sie, dann auf mich und sagte: «Du Mirëdita, ich Mick!»

Sie lachte. «Ich weiß. Du heißt Mick, ‹Mirëdita› heißt ‹Guten Tag›, und ich heiße Tirana.» Ich verstand nur Bahnhof.

«Du … du heißt wie die Hauptstadt?»

«Weil ich in der Hauptstadt gezeugt wurde. Mein Bruder heißt Saarbrücken.»

Sie legte ihren Finger auf meine Lippen: Ich sei zu erschöpft, ich solle schweigen. Sie wusch mich, nicht nur sauber, sondern rein. Massiv rein sogar. Sie badete mich ins Leben zurück. Das Wasser war wunderbar warm, aber nicht heiß, über mir spannte sich ein hallenbadbeckenblaues Himmelsdach, durch das kleine Schaumwölkchen vagabundierten, und eine wunderschöne Frau schrubbte mich mit einem Gegenstand, der aussah wie eine Toilettenbürste. Ich ließ alles geschehen. Nur meine Augen ließ ich nicht waschen. Niemals mehr würde ich diese Augen waschen, die einmal das Licht von Tirana gesehen hatten. Ich schloß sie und atmete durch. Noch bevor ich auf eins zählen konnte, schlief ich ein.

Drei

Ich wachte auf, weil eine Gewehrsalve losging. Dann noch eine und wieder eine. Wie fast jeden morgen. Als ich das Geballere zum ersten Mal gehört hatte, war ich aufgeregt aus dem Bunker gerannt, um zu checken, was los war. Ich stand in T-Shirt, Shorts und Gummistiefeln auf dem Acker herum, bis mich ein mächtiger Arm von hinten packte und zu Boden riß.

«Bist du wahnsinnig», schrie Genc. «Die können dich treffen. Das sind keine Freudenschüsse, das sind die Meksis!»

Der Meksi-Klan, das seien die Feinde, erklärte er mir. Schon immer, seit Urzeiten. Alles, was schlecht sei auf der Welt, würde von Shkodran Meksi und seinen Leuten gefeiert und gefördert. Die Meksis seien vom Stamm der Gegen, kämen eigentlich aus dem Norden, und hätten sich hier im Süden Albaniens, im Gebiet der Tosken, einfach breitgemacht. Kein Verbrechen auf der Welt, in das die Meksis nicht irgendwie verwickelt seien. Damit nicht genug: Sie weigerten sich auch noch halsstarrig, den Cakuli-Clan an diesen Verbrechen partnerschaftlich zu beteiligen. Derzeit hätten sie es auf die Zigarettentransporter abgesehen, die jeden Morgen unsere kleine Siedlung in Richtung Europa verließen. Zutiefst unkollegial würden die Meksi-Leute unseren Lastern hinterherballern.

Ich blieb in meinem Bunker, drückte mit dem Fuß die Tür zu und drehte mich noch mal rum. So schlecht schlief es sich dadrin gar nicht, die dicken Wände sorgten für Ruhe. Man hatte Hollenbach und mir jeweils eigene kleine Betonhügel zugewiesen, sie lagen nah beieinander. Der Raum war ganz okay eingerichtet, ich hatte Teppichboden, ein bequemes Bett, Schränkchen, einen Fernseher und was man sonst so brauchte. An das Außenklo hatte ich mich schon gewöhnt.

Auch daran, daß fast immer, wenn ich aus dem Bunker trat, Genc davor saß. Er war als mein Aufpasser abkommandiert worden. Bardhyl sah man eher selten, und das war mir recht, denn er schaute einen so vorwurfsvoll an, mit einer merkwürdigen Mischung aus Neid und Verachtung. Genc war eher locker drauf; vielleicht, weil er die Dinge von oben betrachten konnte. Er war ein großer Junge, der instinktiv alles beschützte, was kleiner war als er.

Zwei zermürbende Wochen hingen wir jetzt schon im Irgendwo des albanischen Berglandes rum. Meine Handgelenke waren verheilt, und ich hatte mich inzwischen von dem Schock meines ersten Spaziergangs erholt. Wir durften uns ziemlich frei bewegen. Ab und an sah man einen braungebrannten Albaner mit Gewehr, der unter einem Orangenbaum saß und freundlich grüßte.

Wir befanden uns wohl auf einer Art Hochebene. Im Westen erhob sich, grau, kahl und karstig, eine mächtige Bergkette, ein Amphitheater aus Gneis und Granit. In der Gegenrichtung verlor sich der Blick im Dunst. Das Land um mich herum war weit und leer. Unbestellte Felder; ein paar Bäumchen mit kleinen grünen Früchten dran, die ich als Olivenbäume identifizierte; und größere, die vermutlich Zitronenbäume waren, weil an ihnen gelbe Zitrusfrüchte vergammelten. Sonst wuchs nichts.

Obwohl, wenn Sie mich ganz genau fragen, dann stimmt das eigentlich nicht – es wuchsen Bunker.

Überall, wohin man auch schaute, war gebunkerter Beton: armiert, gegossen und versenkt, kleine Bunker, große Bunker, manche eckig, die meisten rund, graue Halbkugeln aus verwittertem Mörtel. An allen möglichen und unmöglichen Orten quollen die Kuppeln aus dem Boden, auf Wiesen und in Wäldern, am Dorfrand, an Kreuzungen und Brücken. Invasion der Zementpilze. Manche waren kaputt, verfallen, in der Mitte durchgebrochen, oder die Kuppel war eingestürzt; hin und wieder lag einer hilflos auf dem Rücken wie ein tonnenschwerer grauer Käfer. Der kommunistische Diktator Enver Hoxha, der sein Land vierzig Jahre lang gegen die Außenwelt abschottete, fürchtete nichts mehr als eine feindliche Invasion, von wo auch immer, hatte mir Genc erklärt. Und da die Feinde überall waren, verteilte er im gesamten Staatsgebiet kleine Ein-Mann-Bunker zur Selbstverteidigung. Zwar war Albanien eines der ärmsten Länder der Welt, in der Bunkerproduktion jedoch weltweit führend. Man schätzt, daß fünf- oder sechs-, vielleicht sogar siebenhunderttausend Betoniglus gebaut wurden. Zuviel jedenfalls, um sie jemals wieder wegzuräumen.

Zwischen und neben den Bunkern wuchsen zahllose Ölbohrtürme in den Himmel empor. Groß, dürr und schwarz, wie verbrannte Bäume. Jedem Turm war als Gesellschafterin eine alte, verrottete Ölpumpe beigestellt. Die meisten waren eingerostet und verharrten, in der letzten Bewegung eingefroren, wie in Totenstarre. Nur ein paar Unverdrossene, die der Rosttod noch nicht erlöst hatte, verrichteten quietschend ihre Arbeit. Ölen wollte sie niemand mehr. Die riesigen Pumpen mit ihren pferdekopfartigen Silhouetten schwengelten auf und ab, grüßten sich unaufhörlich. Die letzten Überlebenden ihrer Art. Daß man sich auf einem Ölfeld befand, merkte man sofort: Man mußte das Öl nicht mal hochpumpen. Es kam von selbst. Der Boden war eine einzige blutende Wunde, rissiger Schorf auf der Haut von Mütterchen Erde. Überall eiterte Öl, bildete in Senken regenbogenfarbig schillernde Tümpel und Teiche, färbte das Gras pechschwarz und hing in dicken, schweren Schwaden in der Luft.

Bei meinem ersten Spaziergang war ich von dem apokalyptischen Anblick und dem alles durchdringenden Odeur noch wie betäubt gewesen. Ich kam durch eine Siedlung, auf der Straße spielende Kinder, in den Gärten Obstbäume. Ich lief über eine kleine Brücke, der Bach unter mir war schwarz. Ich passierte kreischende Pumpen, hinter denen riesige, rostige Ölspeicher ruhten. Sie schienen überzulaufen, an den Außenwänden rann dunkel glitzernd die Ölsauce hinab. Ich ging weiter in Richtung der Berge, das Gelände stieg an. Es war mit Gräben durchzogen, in denen sich das Pech der Erde sammelte. Auf einer Ackerbrache stand schweigend ein Albanerkind mit schwarzem Hut, das mich gleichgültig näherkommen sah. Es grüßte nicht. In der Hand hielt es einen Strick mit einem Schaf dran. Die Beine des Schafes waren schwarz. Die des Jungen auch. Ich lief immer weiter hinauf, bis auch ich schwarze Schuhe hatte und die gesamte Ebene überblicken konnte. Es begann zu dämmern.

Blut, Atem, Harn – mir stockte alles auf einmal: Ein Bild von phantastischer Tristesse tat sich auf, eine endlos ölige Ödnis, massiv öde sogar. Und massiv schön. So weit der Blick reichte, waren hundert, vielleicht auch tausend schwarze Fördertürme aufgepflanzt, manche schief, vom Rost gefällt oder vom scharfen Wind, der von den Bergen über das Plateau pfiff. Pumpen winkten herauf, dazwischen die kleinen grauen Pickel der Betonbunker. Wie nicht abgeräumte Spielfiguren standen und lagen sie herum und gammelten im Gegenlicht der feuerrot sich niedersenkenden Sonne. Bunker gegen Türme, es war unentschieden ausgegangen. In weiter Ferne, unterhalb der Hochebene, erhoben sich Rauchfähnchen, ich sah die Lichter einer großen Stadt: die Freiheit!

Ein alter Mann auf einem Ochsenkarren kam vorbeigeklappert. Er nahm mich ein Stück mit. Stumm trotteten die Ochsen bergab. Ich sagte nichts, machte mich ganz klein hinten auf dem Karren, vielleicht in der Hoffnung, daß der Alte mich vergaß und einfach immer weiterfuhr. Nach unten, in die Stadt. Doch irgendwann stoppte er, deutete auf zwei schmutzige braune Männer mit Gewehren, die weiter vorn am Straßenrand herumlungerten, und scheuchte mich von der Ladefläche. Er wußte Bescheid.

Inzwischen kommt es mir fast vor, als hätte ich mich an diese ölige Ödnis gewöhnt. Ich war auch nicht mehr sauer auf meinen Klienten. Er hatte sich immer mehr in seinen Bunker verkrochen und teilte hauptsächlich durch Geräusche mit, daß er noch lebte. Anhand eines *systemanalytischen Organigramms* hatte ich mir bewußtgemacht, daß ich als Coach ja der Partner meines Klienten war und nicht sein Gegner, und daß es jetzt, in dieser Zeit der erzwungenen Entschleunigung, darum ging, geeignete *Selbstmotivationscodes* zur *Survival-Implementierung* zu finden.

Hollenbach lag auf seinem Bett, hörte sich mein Strategiereferat widerwillig an und wischte sich mit zitternden Händen den Schweiß von der Stirn.

«Brauchen Sie einen Arzt?»

«Bin ich selber. Was ich viel dringender brauche, sind Tabletten! Siehst du nicht, daß ich am Arsch bin?»

«Wollen Sie eine Zigarette?»

«So viel kann ich gar nicht rauchen, Mann. Ich brauch was für den Kopf, für den Kreislauf und die Gefäße!» Er stierte mich an, sein Blick war fiebrig und kalt. «Hol die Feuerwehr, Amigo! Ich krepiere, ich brauch eine Apotheke, ich brauche Pillen, Pastillen und Trips! Ich bin untermedikamentiert, das ist ein Notfall!» Seine Stimme überschlug sich jetzt, er röhrte und kreischte derart, daß ich für einen Moment fürchtete, sein kleiner Bunker zerspränge in Scherben. «Wenn ich abkratze, dann können die Idioten sich ihr Lösegeld in die Haare schmieren! Hunderttausend Höllenhunde!»

Genc stürzte herein. Ich erklärte ihm die Notlage, was nicht einfach war, da der Dichter nichts Besseres zu tun hatte, als seinen mächtigen Leib in konvulsivischen Zuckungen auf dem Bett hin und her springen zu lassen. Genc zückte sein Handy, plärrte irgendwas Fremdsprachliches hinein, dann mußte ich ihm helfen, den Delirierenden zu packen, aus dem Bunker zu schleifen und in einen Mercedes zu verfrachten.

«Er ist voll auf Turkey», sagte Genc, und flog in halsbrecherischer Fahrt über die Felder. Hollenbach brabbelte und lachte auf der Rückbank, deutete nach oben und schrie: «Legion Condor! Die Legion Condor! Sie bomben uns raus, juchuh! Guernica, Generika, hahaha!» Es schien ernst zu sein.

Minuten später hielten wir an einem großen Bunker, einem Bunkerkomplex. Es gab mehrere Anbauten. Irgendwo ging ich mit Genc hinein, schnell, wir hasteten durch stinkende Räume, ich mußte husten und keuchen, sah fast nichts. Erst allmählich lichteten sich die Nebel. Blubbernde und dampfende Maschinen standen herum, wir waren in einem Chemielabor. Zwischen den Fässern und Gläsern, Röhrchen und Erlenmeyerkolben waren Männer in weißen Kitteln mit irgendwas beschäftigt. Aus großen Maschinen klackerten rosa, grüne und blaue, längliche und runde Pillen. In einem weiteren Raum saßen Frauen mit Haarnetzen und Handschuhen, die alles in Plastikbeutel stopften. Blisterpackungen wurden verschweißt und landeten in Medikamentenschachteln mit der Aufschrift «Aspirin megaforte», «Spalt smooth», «Hallowach 2.0» oder «Hängolin + E».

Genc sprach mit irgendwelchen Weißkitteln, von mir nahm keiner Notiz. Auf einmal drehten sich alle um. Ein lautes Klappern und Klirren war zu hören, dann ein brachiales Gelächter: «Hahaha! Das Paradies, das Kuffnuckenparadies! Leck mich fett im Arsche des Propheten! Et in arcadia ego! Hoho, der Adler ist gelandet!»

Der Schriftsteller griff sich einen der großen Pillenbeutel, fetzte einen Eckzipfel ab, hob den Beutel an und ließ einen satten Strahl blauer Tabletten in seinen Schalltrichter fahren. Mit einer Handvoll gelber Pillen spülte er nach. Noch einmal lachte er laut, wie es seine Art war, seufzte, drehte sich um und trippelte wie ein verliebter Ballettänzer nach draußen. Der Arzt hatte sich erfolgreich behandelt.

Als wir zurückkehrten, wartete Bardhyl schon vor dem Bunker und fing sofort an, mit Genc herumzuschimpfen: Was ihm denn einfiele, sich einfach an der Exportware zu vergreifen! Das seien bestellte Lieferungen für Holland und Belgien, er bekäme jetzt Ärger mit seinen Kunden, seine Ehre sei ruiniert, alles bleibe immer an ihm hängen, er habe schon genug um die Ohren undsoweiterweiterweiter.

Ich mochte Bardhyl nicht. Jedesmal, wenn er auftauchte, jammerte er uns einen vor, sprach von seinen Problemen und wollte wissen, wer unserer Ansicht nach besser im Bett sei: eine Albanerin oder eine Deutsche. Ich sagte, die Griechinnen seien die besten, worauf er mich haßerfüllt ansah. Ich durchschaute ihn, erkannte seine Unerfahrenheit, und das nahm er mir übel. Ich hatte das sichere Gefühl, daß wir noch einmal aneinandergeraten würden; und dann hätte einer von uns ein ziemliches Problem.

Mein Klient dagegen schien keins mehr zu haben. Man sah ihn den Bunker nur noch zu Körperentleerungszwecken verlassen. Motivationsoptimierende Gespräche wehrte er mit einem deutlichen «Fick dich!» ab. Er zog es vor, mit äußerster Konzentration den Fernsehkasten zu beobachten, der am Fußende seiner Pritsche aufgestellt war.

Wann würde man uns endlich auslösen? Dreimal hatte Cakuli in den letzten drei Wochen Lösegeldforderungen nach Deutschland abgesetzt. Die erste telefonisch bei Hollenbachs Verlag, dort sei er aber, wie er enttäuscht berichtete, nicht weiterverbunden worden. Er ersann eine neue Strategie: Wir mußten unter seiner Regie Entführungsvideos drehen.

Cakuli filmte persönlich mit seinem Handy, Hollenbach und ich knieten gefesselt auf dem Boden, im Hintergrund standen Genc und Bardhyl mit Knarren in der Hand und Plastiktüten überm Kopf. Erst wollten sie die Tüten über unsere Köpfe ziehen, weil das, wie Cakuli meinte, «entwürdigender», ja «insgesamt authentischer» aussehe. Ich wies ihn aber darauf hin, daß man uns dann nicht erkennen würde. Außerdem sei es doch wichtig, daß die Täter anonym blieben – deshalb sollten sich die Entführer vermummen, so wie man das auch von muslimischen Jungfilmern kannte.

Wir mußten die Szene mindestens dreißigmal wiederholen, weil Genc wegen Luftmangels dauernd ohnmächtig zusammenklappte, Bardhyl mehrfach Zahlendreher bei der Formulierung der Lösegeldsumme hatte und die Szene nicht länger als neunzig Sekunden dauern durfte, denn länger ging die Movie-Funktion auf Cakulis Handy nicht. Erst als Hollenbach schließlich die Regie übernahm und die Beleuchtung verbesserte, wurde die Sache allmählich rund. Er schrie: «Mehr Andacht, ihr Schweine!» – und nach dem dreiunddreißigsten Take waren zwei kurze Entführervideos im Kasten.

Zufrieden mailte Cakuli sie nach Deutschland, an die Polizei und an Hollenbachs Verlag.

Meistens schien die Sonne. Schönes Wetter, dachte ich, aber totale Scheißgegend. Mein Handy, das ich tatsächlich hatte retten können, war leergelaufen, massiv leer sogar. Nicht mal die «Wechseln-Sie-den-Akku»-Anzeige ging mehr, und an ein Blackberry-Ladegerät war hier nicht im Traum zu denken.

Ich wäre vollständig verzweifelt, wäre da nicht das Licht meiner Augen gewesen: Tirana! Leider schaute sie nur alle paar Tage in unserer kleinen Bunkersiedlung vorbei, sie wohnte irgendwo einige Kilometer entfernt. Allein die Tatsache, daß sie keinen Mercedes fuhr, sondern als einziger Mensch weit und breit auf einem Pferd angeritten kam, machte sie faszinierender und verführerischer als alle anderen Töchter Albaniens zusammen.

Es war schon einige Tage her, daß ich sie zum letzten Mal gesehen hatte, aber irgendwie war ich mir sicher, daß sie genauso sehr an mich dachte wie ich an sie. «Tirana», dachte ich, «Tirana, Tirana, Tirana!» Ich stellte mir vor, Gast in einer Anne-Will-Sonntagabend-Sondersendung zum Thema Albanien zu sein. Dann würde ich aufstehen und sagen: «Albanien, meine Herren? Ich sage nur: Tirana!» Ich buchstabierte den Namen vor mich hin, tanzte auf einem Bein und sang «Tirana!» Drehte Pirouetten um mich selbst und knödelte, besser noch als Tom Jones: «*My, my, my Tirana! Komm zu mir, Tirana! Ja, mir war klar, daß sie mein Untergang war, ich war jetzt schon ihr Sklave und fand es trotzdem wunderbar.*»

«Du bist krank, du mußt zum Arzt», sagte mein Klient, der sich gerade im Kochbunker ein Kilo Gegrilltes als Zwischenmahlzeit geholt hatte. Er bot mir einen Sitzplatz vor seinem

Unterstand an, wir setzten uns nebeneinander und kauten auf verkohlten Überresten toter Schafe. Sie schmeckten ölig.

«Was ist los mit dir?» fragte Hollenbach und sah mich an. Seine Pupillen waren radkappengroß. «Du bist so komisch.»

«Und Sie erst, verehrter Herr Weltbestsellerautor.»

«Keine Witze, Mann, dazu ist die Lage zu ernst. Ich sehe genau, was los ist: Du bist krank. Du bist verliebt. Das ist nicht gut.»

«Wieso? Ich habe hier sowieso nichts zu tun, und Sie sind ja auch verliebt. Ich weiß nämlich genau, in wen», sagte ich mit vorwurfsvollem Unterton.

«Du weißt überhaupt nichts. Schlag dir Tirana aus dem Kopf. Die kannst du nicht lieben – die ist ein Mann.»

«Das sehe ich aber anders.»

«Es ist egal, was du siehst. Die ist ein Mann, glaub mir. Die ist für dich tabu. Laß einfach die Finger von ihr, wir kriegen sonst nur Ärger.» Er brachte eine Zigarette zum Leuchten, obwohl er mit der anderen Hand noch aß. «Liebe ist nur was für Phantasten. Ich habe in meinem Roman aus guten Gründen auf Liebesszenen verzichtet und ausschließlich mit romantischen Erotiksequenzen gearbeitet. Ich *könnte* gar keine Liebesszene schreiben, denn mit der Liebe bin ich durch.»

«Haben Sie denn schon mal geliebt?»

«Ich sage: ja. Sie hieß Ahnert mit Nachnamen, Vornamen spielen keine Rolle, sie sind austauschbar, sind nur Chiffren.»

Ich begriff nicht ganz, was er damit meinte, doch wagte ich nicht, ihn zu unterbrechen. Er schien eine genaue Vorstellung von dem zu haben, was er sagen wollte.

«Weißtu, ich habe die Ahnert geliebt. Mit ihr zusammen konnte man Engelchen sehen, scheußliche Engelchen, immer wieder, an den unglaublichsten Orten. Meine Mutter hat mir nämlich mal zu Weihnachten ein scheußliches Paar flötender

Engelchen geschenkt. Bemalte Tonfiguren, konnte man nur mit Schutzbrille ertragen, der blanke Horror. Ich durfte sie aber nicht wegschmeißen, ordnete Ahnert an, weil es ein Muttergeschenk war. Monatelang war die Figur verschwunden, bis Ahnert sie irgendwann in ihrem Kleiderschrank entdeckte, weil ich sie da versteckt hatte. Ich hörte nur einen kurzen Schrei aus ihrem Zimmer. Am nächsten Morgen öffnete ich den Kühlschrank und schreckte zurück – vor der Butterdose stand ein flötendes Engelchenpaar. Dafür hatte die Ahnert sie am darauffolgenden Tag in der Handtasche. Worauf ich die Dinger dann bei einer Taunuswanderung in meinem viel zu schweren Rucksack fand. Immer wieder tauchten aus dem Nichts die zwei Horrorengelchen auf, die Angst vor ihrem erneuten Erscheinen schweißte die Ahnert und mich zusammen. Mein Gott, wie hab ich diese Frau geliebt. Das hätte ewig so weitergehen können.»

«Ging es denn nicht ewig so weiter?»

«Nein. Ich hab die Scheißdinger dann eines Tages, als ich von ihnen im Weinkeller zwischen den Margaux-Flaschen kalt erwischt wurde, vor Wut in die Mülltonne gepfeffert. Als Ahnert drei Wochen lang nicht mehr von ihnen erschreckt worden war, stellte sie mich zur Rede. Daß ich ein Geschenk meiner Mutter weggeschmissen hatte, machte sie wahnsinnig vor Wut. Sie hat mich verlassen. Und ist nie wieder zurückgekommen, obwohl ich ihr mal ein Paket mit dreißig Tonengelchenpaaren nach Bamberg geschickt habe, das sie dann auf der Post abholen mußte.»

«Eine traurige Geschichte.»

«Ja», sagte Hollenbach, «wirklich traurig.» Er gab sich wieder Feuer. «Aber irgendwie auch eklig, letztlich.» Er seufzte und stand auf. «Ach, scheiß drauf.»

Am nächsten Nachmittag hörte ich Hufe schlagen. Ich stürzte aus meinem Zementiglu. Tatsächlich: Es war Tirana! Wie sie da saß, ja thronte! Grazil im Sattel, küniginnenhaft über uns Sterbliche erhoben – ich hätte mich ihr zu Füßen werfen wollen. Zusammen mit ihrer rassigen schwarzen Stute verschmolz sie zu einer magischen Einheit von höchster erotischer Wucht und Vollkommenheit. Oder war «Verkommenheit» das richtigere Wort?

Tirana stieg ab, ich durfte die Zügel halten und Argijra zur Tränke bringen. Argijra heißt «Königin», das hatte mir Tirana schon erzählt. Ein millionenteures Rennpferd, das vorher mal «Diamond of Arabia» geheißen hatte, aber das sei kein guter Name gewesen für eine Stute, die zufällig in einem Anhänger war, der zufällig an einem Mercedes war, den Genc und Bardhyl mal zufällig in der Schweiz gefunden hatten.

«Bürste sie ab, Deutscher», rief Tirana. Sie nannte mich nur «Deutscher», weil das, so vermutete ich, sie sexuell mehr erregte, denn in ihrer Sprache hatte das einen sehr sexy Klang: «Gjermani!» Begeistert bürstelte ich mit langen, strammen Bewegungen die knackigen Arschbacken der Millionenstute und stellte mir dabei vor, daß es Tirana war, die da unter meinen Händen leise schnaubte.

Ich drehte mich zu ihr um und blickte sie entschlossen an. «Ich muß hier weg, Tirana. Du weißt es.»

«Ich weiß es, Deutscher. Wir werden darüber sprechen.»

Sie trug gutsitzende schwarze Cargohosen und ein weißes Pilotenhemd. Das Weiß ihres Leibchens konkurrierte auf verwegene Weise mit dem Weiß ihrer Zähne. Sie hatte die blendendweißesten Zähne, die ich jemals außerhalb der Colgate-Werbung gesehen habe. Strahlendhelle Perlweißbeißerchen. Wenn ich mit ihr sprach, versuchte ich, sie zum Lachen zu bringen, damit ich diesen Anblick erhaschen konnte: Zähne so weiß und rein, daß man sie einzeln an- und ablecken mochte. Ich mußte mich wirklich beherrschen. Bestimmt spürte sie das.

Immer wenn ich Tirana sah, war das wie ein großer Tod. Jedenfalls so, wie ich mir einen großen Tod vorstellte: Überwältigend, magisch und schön, weil man augenblicklich spürte, daß nun die ganz große Ewigkeit angebrochen war. Alles, was ich mir mit Ira niemals hatte vorstellen können – Hausbau, Auto- und Kinderkauf – wurde in Tiranas Gegenwart zum manifesten Wunschtraum.

Ob sie mich denn nicht auch liebe, fragte ich.

Ob ich noch ganz bei Groschen sei, fragte sie.

Ob es stimme, daß sie ein Mann sei, fragte ich.

Ob ich keine Augen im Kopf hätte, fragte sie. Und den Rest würde sie mir morgen erklären.

«Morgen?»

«Morgen machen wir einen Ausritt. Ich hole dich ab. Gute Nacht, Deutscher. Natën e mirë!»

Vier

Die ganze, lange, wachgelegene Nacht hatte ich ihr entgegengefiebert, am nächsten Morgen ritt sie tatsächlich auf ihrer Stute ein: Tirana! Im Schlepptau hatte sie ein weiteres Huftier, das hinter der majestätisch stolzierenden Argijra hertrottete wie ein moribunder Esel auf dem Weg zur Abdekkerei. Es hatte offenbar mit dem Leben abgeschlossen. Das Tier hieß «Koco», sagte Tirana, sehe zwar aus wie ein Esel, sei aber «im Grunde genommen» ein Pferd, sogar ein gutmütiges, weil es auch Anfängerfehler verzeihe. «Koco ist unter Eseln aufgewachsen, er hat nie gelernt, sich als Reitpferd zu verhalten.» Sie habe den Armen in Obhut nehmen müssen, weil sein Besitzer gestorben sei. Ich wußte nicht, ob das eine gute oder schlechte Nachricht war, da ich einerseits noch nie auf einem Pferd gesessen und andererseits noch am Leben war.

Diese Zeit sei nun vorüber, entschied Tirana, und ich konnte nur staunen, wie sie mit einer blitzartigen Bewegung von ihrer Araberdame abstieg, um mir aufzuhelfen. Dabei wäre das gar nicht nötig gewesen, auf Koco konnte man ebenerdig aufsteigen. Er war entweder tiefergelegt oder altersgekrümmt oder beides. Als ich plötzlich auf ihm saß, beeindruckte ihn das überhaupt nicht. Ohne daß ich Anweisung gegeben hätte, trabte er los.

Ich ritt! So einfach war das also. Man mußte weder bremsen noch lenken, ja nicht mal Auto fahren können. Das Pferd machte alles von alleine. Tirana trabte voraus, drehte sich manchmal um und schaute lachend auf mich herab, der ich in ihrem Windschatten hinterherschlingerte wie ein kleines Rettungsboot seiner Jacht. Was die Frauen nur immer am Reiten finden?

Mit einem Mal war alles anders, so hatte ich Albanien noch nie gesehen: Die Sonne kam hinter den Bergen hoch, blasser Morgennebel hing über den Feldern wie weiße Watte, die den Ölschlick aufsaugte und verschwinden ließ. Ich wußte gar nicht, wo ich hinschauen sollte: wie da die Bohrtürme filigran aus dem Dunst stiegen, wie da ein Greis auf einem Stein saß und fröhlich mit seinem Gewehr grüßte, wie da Tiranas Hintern forsch auf dem Sattel wippte … Schon nach einer ersten Fallsupervision war die Sache klar: Sie hatte etwas mit mir vor. Sie war krankhaft in mich verliebt. Daran bestand kein Zweifel. Es war wohl besser, sie ein bißchen zappeln zu lassen, damit sie es nicht zu einfach hatte.

Tapfer ritt ich durch tiefliegende Wolken. Wir hatten die Bunkersiedlung weit hinter uns gelassen und waren auf eine andere Hochebene gelangt. Koco leitete ein Bremsmanöver ein. Wir ließen unsere Blicke schweifen. Unten, in der Ferne, dünstete wieder diese Stadt. Rauchende Schlote. Dahinter, zwischen Himmel und Erde, glitzerte grau das Meer. Tirana erklärte mir alles: «Schau – was da qualmt und dampft, das ist die Ölraffinerie ‹Licht der Partei›, von dort ist es nicht weit zum Stahlwerk ‹Enver Hoxha›. Die Stadt dahinter heißt Fier, wo es keine Sehenswürdigkeiten gibt außer einem Lokal, das vierundzwanzig Stunden geöffnet hat und in dessen Garten Orangenbäume wachsen. Und nördlich davon liegt die Hafenstadt Durrës, von dort gehen die Fähren nach Italien.»

Alles war erschütternd grün, der Ölgeruch verflogen. Zum ersten Mal sah ich Tiere, große, dicke, schwarze Krammetsvögel. Wir ritten weiter, immer weiter, mein treuer Koco watschelte unverbrüchlich durch die Geographie, schnell wie ein elektrischer Rollstuhl und zäh wie Johannes Heesters. Manchmal, wenn er zu sehr an Tempo verlor, wendete die stolze Argijra, kam hinter Koco und schob ihn mit der Schnauze an.

Es war Nachmittag, wir ließen die Pferde grasen, lachten und machten Quatsch: wickelten Reste verbrannten Fleisches ins mitgebrachte Fladenbrot und bewarfen uns damit, holten alte Walnüsse von den Bäumen, um zu sehen, was drin war, bliesen der stolzen Argijra sanft in die Nüstern, weil sie dann wohlig schnaubte, und lagen satt wie dicke Tauben im Gras. Ameisen kamen, wir setzten uns auf zwei Betonbrokken, Überreste eines verfallenen Bunkers. Tirana holte ihr Handy raus und sagte: «Jetzt zeige ich dir ein Geheimnis, Deutscher.» Flüssigkeitskristallbewässerte Pixelzellen ließen auf dem Telefondisplay die verkleinerten Abbilder von Autos erscheinen, lauter Fotos von Mercedessen. Stolz präsentierte sie ihren Fuhrpark und kommentierte die Fahrzeuge einzeln: «Echtes Schnäppchen», «hat gar nichts gekostet», «absolut zuverlässig», «scheckheftgepflegt», «Traumauto», «geht ab wie die Sau». Es blieb unklar, woher sie die Autos hatte. Mich machten diese Metaphern der Mobilität vor allem unruhig. Mir wurde klar, daß ich so schnell wie möglich hier abhauen mußte. Es konnte schließlich noch Ewigkeiten dauern, bis das Lösegeld aus Deutschland kam. So lange konnte ich nicht warten. Ich mußte nach Hause, um dort Tiranas Übersiedlung regeln zu können.

«Ich will mit dir in Deutschland glücklich werden», sagte ich.

Ihr Lächeln erstarb auf eine neue, für mich unbekannte Weise. Daß es ja ganz spaßig und nett sei mit mir, gab sie zu – doch daß wir uns liebten, gar zusammenwohnten, das ginge leider überhaupt nicht. Schließlich sei sie ein Mann.

Das könne doch nicht sein, entgegnete ich, da sähe ich nämlich etwas ganz anderes – und deutete mit beiden Händen wippende Brüste bei mir selber an. Sie bestand hartnäkkig darauf: Sie sei ein Mann. Ein «gewordener Mann», um genau zu sein: «Ich bin eine *tobelija*, eine geschworene Jungfrau.»

Daß sie noch Jungfrau sei, hätte ich auch schwören können, sagte ich und zwinkerte, aber daß sie zum Mann geworden sei, das verstünde ich nicht. Ob sie sich habe umbauen lassen?

«Nein, nicht so», lachte sie, «sondern anders. Wie es die Gesetze unseres Volkes vorschreiben: Ich habe öffentlich geschworen, ein Mann zu sein und alleine zu leben. Wie eine männliche Jungfrau. Und diesen Schwur muß ich einhalten, sonst werde ich erschossen.» So wolle es der *Kanun*, das Gesetz ihres Volkes. Und als Mann könne sie einen anderen Mann nicht lieben, das sei klar.

Tirana erzählte mir ihre Geschichte: «Mein Vater war Arben Meksi, ein erfolgreicher Unternehmer, der drei Dörfer weiter wohnte. Er importierte Autos und Waren des täglichen Bedarfs über die grüne Grenze von Griechenland hierher. Als ich noch ein kleines Kind war, wurde er eines schrecklichen Tages, die Sonne stand schon tief, von zwei Gewehrkugeln getroffen, als er gerade im Hof an neuen Autos die Kennzeichen wechselte. Er mußte sterben, weil sein Bruder, mein Onkel Agim, der ein Vetter des Klanchefs Shkodran Meksi ist, vor vielen Jahren seinen Geschäftspartner, einen Mercedeshändler namens Muhamet Krasniqi, umgebracht hat, der wiederum ein Cousin zweiten Grades von Onkel Filip war, von Cakuli.»

Ich war perplex. «Von unserem Gastgeber?»

«Genau. Cakuli ist der Großneffe meiner Tante Endrita und mit mir blutsverwandt. Ich bin aber eine Meksi. Die

Meksis sind vom Stamm der Gegen, sie kommen aus dem Norden. Albanien ist zweigeteilt, das weißt du ja: Im Norden wohnen die Gegen, im Süden die Tosken. Cakulis Klan ist toskisch, die Tosken sind noch härter drauf als die Gegen, die gehen sogar Mischehen mit Meksi-Leuten ein. Und als man bei uns zu Hause den Leichnam meines Vaters fand, nahm man an, daß ich, gegischen Blutes, von den Tosken, von Cakulis Leuten, geschändet worden war, denn so ist es hier Brauch: daß man auch schändet, wenn man brandschatzt. Deshalb haben mich meine Leute, die Meksis, verstoßen, weil ich die Ehre der Gegen beschmutzt hatte. Ich war acht Jahre alt und wußte nicht wohin.» Während sie sich eine Zigarette anzündete, kämpfte ich mit den Tränen. «Ich flüchtete hierher, in die Bunkersiedlung, und Cakuli nahm mich auf. Durch die Rache an meinem Vater war der Konflikt seines Klans mit meinem ja gesühnt, jedenfalls von seiner Seite aus, also wurde er mein *dorëzanë*, mein Bürge», sagte sie, wobei sie die diakritischen Zeichen selbstredend mitsprach, und das wirkte schlimm sexy auf mich.

«Cakuli …», sagte sie und schwieg lange. Schluckte. Und setzte von neuem an: Cakuli habe sie dann mit nach Deutschland genommen, wo sie aufgewachsen und zur Schule gegangen sei, das Abitur gemacht und ihren Sohn zur Welt gebracht habe, den kleinen Arben, der offiziell mit einem Klempner aus Köln gezeugt worden sei. Seit einigen Jahren lebe sie nun wieder in Albanien, weil der Kleine in einem intakten sozialen Umfeld aufwachsen solle. Ein richtiger kleiner Meksi sei er, könne schon rauchen und wolle später mal «irgendwas mit teuren Autos» machen. Sie wohne in der benachbarten Bunkersiedlung allein mit Arben, das sei ihr wichtig. Da aber ein albanischer Haushalt ausschließlich von einem Mann geführt werden könne, sie, Tirana, jedoch keine Lust auf eine

Zwangsheirat mit einem ungebildeten Rüpel habe, sei sie zur «geschworenen Jungfrau» geworden. Durch ihren öffentlichen Schwur, für immer zölibatär zu leben, sei sie in die Gemeinschaft der Männer aufgenommen worden, sie dürfe fluchen, Rraki trinken, auf die Jagd gehen und Waffen tragen. Und müsse Cakuli, ihrem *dorëzanë*, lebenslang zu Diensten sein.

«Aber das ist unmenschlich! Der Mann hat deinen Vater ermorden lassen.»

Sie schnippte ihre Kippe weg und sah mich an. «Vielleicht ist es unmenschlich, Deutscher. Aber es ist unser Gesetz. In Amerika bringen sie auch ganz legal Leute um, doch niemand würde einen Henker oder einen Richter, der ein Todesurteil ausspricht, als Mörder bezeichnen. Weil er nach dem Gesetz handelt. Und wir handeln nach unseren Gesetzen. Außerdem war es die einzige Möglichkeit, alleine für meinen Sohn zu sorgen. Hast du Kinder?»

«Nein.»

«Wieso nicht?»

«Weil es noch viel zu früh ist, ich bin gerade erst mit der Ausbildung fertig.»

«Wie alt bist du denn?»

«Einunddreißig.»

«Du bist ein erwachsener Mann.»

Biologisch auf jeden Fall, und wie, da würde ich sie gern mal von überzeugen, sagte ich, aber Kinder paßten nun mal nicht so recht zu mir, sie seien meistens lebensunklug, hätten oft tiefsitzende und verfestigte Aufmerksamkeitsdefizite, und deshalb hätte ich eine negative Reproduktionsentscheidung gefällt. Punkt. «Meine Kinder sind meine Projekte», sagte ich, und begann von meinen verschiedenen Start-up-Projekten zu erzählen, von den Coaching-Services *LifeScan* und *LowSpeed*, vom Strategiekonzept *WorkLifeBalance* und dem Zeitmanagementdienst *FreiZeit*, den ich ja in Zusammenarbeit mit Professor Pelz – bis sie mich plötzlich am Arm packte und auf ein Auto aufmerksam machte: Ein blauer Mercedes schlängelte sich den Berg hinauf – in unsere Richtung! Tirana zog mich weg, wir duckten uns in ein Gebüsch. Der Mercedes kam näher und näher, hielt dann eine Weile, wendete schließlich und fuhr wieder zurück. Tirana pfiff durch die weißen Zähne. «Verdammter Sohn einer fickenden Hure, ich ficke seine Schwester und alle seine Brüder im Wald Christi. Das war Bardhyls Auto. Er ist Patrouille gefahren. Hier sind überall Cakulis Leute. Ihm entgeht nichts!»

«Cakuli hat gesagt, wir sind seine Gäste. Und Gäste dürfen auch Ausflüge machen.»

«Ja, Gäste schon.» Sie rauchte unruhig.

«Du brauchst keine Angst zu haben. Bald ist es vorbei. In Deutschland kannst du diesen ganzen Hinterwäldlerschwachsinn vergessen, ich werde für dich sorgen.»

«Wie denn? Du wirst polizeilich gesucht, das weiß ich.»

«Das will ich doch hoffen! Ich bin Entführungsopfer! Hast du Nachrichten aus Deutschland?»

Sie druckste herum. Nein, Genaues wisse sie nicht.

Wär auch egal, sagte ich, es stehe bereits fest, wie ich die Sache deichselte: Zurück in Deutschland, würde ich unser Projekt beim Auswandererfernsehen anmelden, die machten inzwischen ja auch Rückwandererfernsehen, dann hätte ich ein Kamerateam dabei, wenn ich sie hier rausholte, und die Albaner würden sich bestimmt nicht trauen, vor laufender Kamera Scherereien zu machen. So wäre ihre erfolgreiche Rückmigration nach Deutschland überhaupt kein Problem.

Das war für Tirana nichts wirklich Neues, ich hatte ihr den Plan schon einige Male, genauer: die beiden Male, die wir uns gesehen hatten, erklärt. Dann hatte sie immer gelacht.

Ich fragte sie, ob sie nicht auch jedesmal diese magische Veränderung des uns umgebenden Äthers spürte, wenn wir beisammen waren. Sie lachte wieder und sagte, das sei doch ihr Körpergeruch, weil sie sich nur einmal im Monat wasche, wie alle Männer in ihrer schönen Heimat Albanien, dem faszinierendsten Land der Welt, jedenfalls von den zwei Ländern, die sie kenne: Deutschland und das Land der Skipetaren.

Sie sah in den Himmel über uns. «Ich weiß nicht, ob ich weg will. Als ich in Deutschland war, sehnte ich mich nach Albanien. Und jetzt wünsche ich mir, in Deutschland zu sein. Ich bin Albanerin, doch ich trenne meinen Müll, komme pünktlich zu Verabredungen und benutze Taschentücher. Aber dann merke ich, daß ich denke, laut zu sprechen ist normal, daß ich zu allem Brot esse, daß ich die Namen meiner Großväter in der richtigen Reihenfolge bis zurück ins fünfzehnte Jahrhundert aufsagen kann, daß ich einen Bruder habe, der in der Bronx wohnt und noch zwölf Jahre absitzen muß, daß ich zu Hause Sinan Hoxha und Bujar Qamili in voller Lautstärke höre, daß ich meinem Sohn mit dem hölzernen Kochlöffel drohe und ihm eine Glatze geschnitten habe, damit seine Haare besser wachsen. Ich merke, daß ich in Albanien lebe, weil ich Albanerin bin.» Sie lächelte, mitleidig fast, und sagte: «Jetzt müssen wir aber los, Deutscher. Wenn wir noch länger wegbleiben, wird es Ärger geben.»

Wir ritten zurück zu meinem Bunker. Die Wiesen rochen wieder nach Öl, Argijra tänzelte geschickt über die Pechsträhnen im Gras hinweg und Koco stapfte stoisch hinterdrein.

Wie es denn jetzt mit uns weitergehe, hakte ich noch einmal nach. «Wie bist du emotional drauf, Tirana? Glaubst du, daß du mich liebst?»

«Ich bin ein Mann. Aber vielleicht liebe ich dich als Frau

ein bißchen. Vielleicht sogar ein bißchen mehr. Aber noch mehr geht nicht, so lange Cakuli lebt. Das ist so, Deutscher.»

«Warum ist das so? Soll das heißen, du würdest mich mehr lieben, wenn er nicht mehr lebt?»

Wir waren an meinem Bunker angekommen. Sie sagte: «Mag sein.»

Wie sie das meine, fragte ich.

Wie sie es sage, sagte sie, und ob ich das verstünde.

Ich schüttelte den Kopf, und sie war zufrieden, weil das in Albanien die Geste für Ja ist, was ich da aber noch nicht wußte.

Ob sie nicht viel lieber mit mir in meinen Zementwigwam kommen wolle, fragte ich, und sie schnalzte, wie nur sie es konnte, mit der Zunge und riß dabei leicht das Kinn hoch, was mich sehr anmachte, in Albanien jedoch die Geste für Nein ist, was ich da aber auch noch nicht wußte.

«In deinen Bunker? Was willst du mit mir tun? Willst du etwa Sex mit mir?»

«Na ja … Das würde natürlich vieles vereinfachen.»

«Ich habe aber keine Erfahrung mit Männern.»

«Das macht nichts. Ich auch nicht.» Ich erklärte ihr, daß ich nichts weiter wolle, als durch heftige Bewegungen an der Innenwand meines Bunkers die flackernden Schatten der Liebe zu erzeugen. Sie dachte nach.

«Du willst also dein ungewaschenes Geschlechtsteil in meine Unbeflecktheit stecken und hinterher eine Zigarette rauchen und vor deinem Freund damit angeben?»

«Ich rauche nicht.»

«Und ich bumse nicht. Gute Nacht, Deutscher.»

Sie preschte davon, verschwand in der Dunkelheit.

Ich blieb mit Koco zurück, den die ganze Vorstellung sichtlich unbeeindruckt gelassen hatte. Er schaute nur traurig.

Ich versuchte, das Gespräch aufzuarbeiten und die Konfliktenergie positiv zu drehen und zu verstärken. Über Stunden. Aber es gelang nicht. Nein, so ging das nicht. Es gab keine andere Möglichkeit: Ich mußte praktisch werden. Jetzt, sofort.

Gerade war ich dabei, meine drei Habseligkeiten zusammenzupacken, da kam – wie immer ohne anzuklopfen – der Literat in meinen Bunker und wollte wissen, ob da was «mit der Albanerin» gelaufen sei. Das ging ihn einen feuchten Dreck an. Ich gab mich wortkarg und sagte nur: «Tut mit leid, Herr Hollenbach, aber ich haue ab.» Ich setzte ihm die Lage in Stichworten auseinander: meine Gründe, meine Route, mein Pferd – alles Tatsachen, an denen nichts mehr zu ändern sei.

Er schnaufte und ließ sich aufs Bett fallen. «Echt jetzt? Hör mal, das kannst du nicht bringen. Du kannst mich doch nicht alleine hier sitzen lassen.»

«Ich kann Ihnen anbieten, *Mobile coaching* zu machen», sagte ich. «Telefonisch, damit wir die Realisierung der erarbeiteten Ansatzpunkte weiter vorantreiben. Außerdem sind wir mit unserem bisherigen *Face-to-face-coaching* sowieso nicht weit gekommen. Und über die Bezahlung haben wir immer noch nicht gesprochen.»

Er grummelte Unverständliches und stierte an die Decke. Er war wieder bis obenhin voll mit Pillen, das sah ich sofort.

Ja, es tue ihm «im Prinzip» leid, daß ich da mit reingeschlittert sei, natürlich sei alles seine Schuld, er könne halt nicht mit Geld umgehen, er hätte sich nie mit diesen Albanern einlassen sollen. «Aber ich sag dir ehrlich: Es ist alles halb so schlimm, mach dir keine Sorgen, Mann. Die Entführungsscheiße ist bald vorbei, dann sind wir wieder zu Hause.»

«Woher wollen Sie das denn wissen?»

«Ich weiß das. Ich bin zu schnell nach oben gekommen,

wie eine Rakete. Aber dabei hatte ich einen Fehlstart. Und jetzt wird der Start eben wiederholt, dann habe ich super Ausgangsbedingungen. Das mit dir, daß du da mit drin bist, Amigo, das war irgendwie ein Versehen, aber das wird wieder, glaub's mir.»

«Ich verstehe kein Wort.»

«Na ja, kennengelernt hab ich dich ja zufällig. Du warst halt abends plötzlich dabei. Und Genc und Bardhyl haben Rücksprache mit Cakuli gehalten, und der war der Ansicht, daß es authentischer wirkt, wenn zwei Leute entführt werden, das käme einfach besser rüber. So wie damals in Afghanistan, das waren ja auch zwei entführte Deutsche. Daß man den einen erschossen hat, das war mehr ein Versehen. Und der andere, dieser Ingenieur, der ist als fetter, kurzatmiger Mann entführt worden und kam als vollschlankes Konditionswunder wieder zurück. So mußt du das mal sehen. Das ist doch 'ne astreine Chance!»

Ich mußte mich setzen.

«Soll das etwa heißen – – –»

«Ja, daß die ganze Sache nicht wirklich schlimm ist, also nicht bedrohlich. Die spielen hier nur. Wollt ich dir schon lange sagen, aber irgendwie hat sich das bis jetzt nicht so richtig ergeben. Weißtu, für mich ist das ja auch neu und ungewohnt, und ich –»

«Das ist alles inszeniert? Alles nur gespielt? Daß man mich bewußtlos macht, daß man mich verschleppt und foltert, daß ich echte, schlimme Todesangst habe? Das soll nur ein Spiel sein?» schrie ich. «Sie haben diesen ganzen Wahnsinn geplant? Ich meine – wie krank ist *das* denn? Nur damit ich … damit Sie … daß …»

«Zur Schuldenglattstellung, genau. Das ist doch klar, daß mein Verlag mich da schnellstmöglich rausholt. Entführungen sind heute das Normalste von der Welt. Und die Opfer tun immer allen leid – das ist doch super! Mein Verlag wäre ja wahnsinnig, wenn der seinen Dukatenesel in Albanien versauern ließe.» Er lächelte mich an, irgendwie blöde, und er schaute noch immer blöde, als er von mir – rechts, links, piff, paff – eine Portion Backpfeifen erhielt. Ich war außer mir.

«Sie sind der widerlichste Mensch, dem ich jemals begegnet bin. Ich hasse Sie! Leben Sie unwohl!»

Ich knallte die Stahltür hinter mir zu und versperrte sie von außen mit dem rostigen Riegel, der daran hing. Meinen Plan hatte ich gefaßt. Koco schnaubte leise, als ich ihn an den Zügeln nahm und aufsaß. Ich hatte ihn zwar nicht eingeweiht, aber er machte mit. Die Nacht war kühl. Schnell hatten sich meine Augen an die Dunkelheit gewöhnt. Koco watschelte los. Er schien den Weg zu kennen. Ich ritt in die Nacht. In der Ferne flackerten Gasfackeln. Das Licht der Partei.

Fünf

Filip Cakuli saß hinter einem winzigen Schreibtisch und brüllte. Zwei Polizisten hingen in Ledersesseln, rauchten, tranken Schnaps und schauten interessiert zu. Cakulis Stimme hallte von den Wänden wider, sein Dienstbunker war überraschend geräumig, so konnte sein großer, kubischer Kopf gefahrlos vor Erregung hin und her pendeln, ohne irgendwo anzuecken.

«Ich bin außer mir, ich fasse es wirklich nicht!» Er sah mich an, senkte plötzlich seine Stimme. «Mein lieber Mik, Sie werden also mißhandelt?»

«Wie kommen Sie darauf?»

«Sie werden mißhandelt und mißbraucht?»

«Ich weiß nicht, wovon Sie sprechen.»

«Gefoltert?»

«Pfff.»

«Sie werden gequält, erniedrigt und beleidigt? Hier, bei mir? Obwohl Sie eine herrliche Ferienwohnung haben, vierundzwanzig Stunden Roomservice, unverbaubare Aussicht auf die Berge und mit feinsten Speisen bewirtet werden? Habe ich Ihnen nicht mit Brot, Salz und Herz die Ehre erwiesen?»

«Sie halten uns gefangen.»

«Gefangen? Ich? Sie?» Cakuli schüttete sich aus vor Lachen. Die Polizisten grinsten um die Wette. «Ein hervorragender Scherz, ich muß kräftig lachen. Sie genießen in vollen

Zügen die albanische Gastfreundschaft und sagen, Sie seien gefangen. Ich habe noch niemals etwas so Lustiges gehört.»

Die Polizisten geierten noch immer. Mit einer kurzen Handbewegung ließ Cakuli sie verstummen. Er beugte sich vor, näher zu mir. Ich sah Gold. «Hören Sie, Mik, Sie haben etwas sehr Schlimmes getan: Sie haben meine Ehre beschmutzt durch nachteiliges Reden! Ich! Ausgerechnet ich! Als ob ich jemals einen Gast schlecht behandelt hätte! Ein Gast ist das Heiligste, was es für einen Albaner gibt. Eher würde ich die Mutter meiner Schwester von einem Heer räudiger Chinesen im Wald Christi durchficken lassen, als einem Gast nicht die gebührende Gastfreundschaft zu erweisen. Ich würde jahrelang auf allen vieren rückwärts durch die Wüste robben und dabei Ihre Scheiße als Zahnpasta benutzen, wenn ich Sie dadurch als Gast zufrieden machen könnte, Miku, verstehen Sie?»

«An der Zahnbürste soll es nicht scheitern.»

Cakuli sprang auf, ging um seinen viel zu kleinen Schreibtisch, der mit einem vollen Aschenbecher und sechs Handys vollständig belegt war, und fuchtelte mit den Händen: Daß sein Ruf jetzt «völlig ruiniert» sei, schrie er, daß die beiden Polizisten regelrecht entsetzt gewesen seien, wie schlecht ich über ihn, Cakuli, gesprochen hätte. Besonders schockierend für ihn sei meine Behauptung, daß mein mitentführter Kumpel zwei Tage ohne Zigaretten geblieben sei: «Ich habe doch bereits erklärt, daß das ein Versehen war! Wie oft soll ich das noch betonen? Und was habe ich getan? Ich habe sofort gehandelt, habe Ihren Kompagnon mit Zigaretten und teuren Medikamenten versorgt, Fernsehen, Klima, alles! Was denn noch, bitteschön?»

Je wütender ich die beiden Polizisten anschaute, desto mehr grinsten sie. «Scheißbullen», zischte ich.

Stundenlang war ich durch die Dunkelheit geritten, wie drei Ewigkeiten war mir das vorgekommen, Koco war wirklich eine verdammt wirksame Entschleunigungsmaschine. Erst in der Morgendämmerung hatte ich die Stadt erreicht, war an versifften Hochhauskästen, zertrümmerten Fabriken und Autowracks vorbeigeritten. Die Straßen wie ausgestorben, nur eine Bar war beleuchtet, sie hieß «24 orë». Im Vorgarten standen beleuchtete Orangenbäume, darunter saßen Männer. Eine Maschinenpistole ging reihum. Ich rief «Polis! Polizia! Gendarmeria! Carabinieri! Garda! Polente! Bullerei!» Die Albaner lachten, dann aber erhoben sich zwei und brachten mich einige Straßen weiter, öffneten eine Haustür, tasteten sich in einen Raum, Neonröhren flackerten, sie setzten sich Dienstmützen auf – und waren plötzlich die verlangten Polizisten. Mit Händen und Füßen schilderte ich mein Anliegen: daß ich entführt worden sei, zusammen mit einem Bestsellerautor, daß ich dringend nach Deutschland zurückmüsse, daß Filip Cakuli dahinterstecke. Als ich den Namen nannte, pfiff der eine, der andere zückte verschreckt die Brauen. Sie nickten, versprachen mir zu helfen, dann brachten sie mich zu ihrem Polizeiwagen, einem zerbeulten Kleintransporter, überhaupt das erste Auto, das ich hier sah, das kein Mercedes war. Sie fuhren halsbrecherisch durch die Nacht, Koco wankte im Laderaum, mir war mulmig – und schon kurz darauf war ich wieder in meiner Bunkersiedlung gelandet.

«Das Haus des Albaners gehört Gott und seinem Gast!» schrie Cakuli ungebremst weiter und ließ sich dabei in seinen Chefsessel fallen. An der Wand hinter ihm hingen Fotos, die ihn beim Händeschütteln zeigten: Cakuli mit Mick Jagger, mit Oskar Lafontaine, mit Gary Glitter. Außerdem viele gerahmte Zeitschriftentitel mit komischen Namen: «Hosteni 2000», «Poezia Plus», «Porno Total». Von manchen grinste breit das Konterfei des Mannes, der mir gegenübersaß. Er verlangte, daß ich mich bei den Polizisten für meine Unwahrheiten entschuldigte. Ich war müde, hatte Kopfschmerzen, ich war gefangen – ich konnte einfach nicht mehr. Ich sprang auf und brüllte: «Gottverdammte blöde Kackscheiße! Kruzitürken noch mal!»

Sie schauten mich an. Alle drei. Voller Entsetzen.

«Aber …», stammelte Cakuli, «so geht das doch nicht.» Sein kantiger Kopf pendelte nicht mehr, sondern starrte fest in meine Richtung. «So kann man doch nicht fluchen! So schlecht darf *ein Mann* nicht fluchen! Nicht in diesem Land, mein Herr», schrie der Albaner, und die beiden Dienstmützen nickten empört mit dem Kopf.

Die nächsten Tage oder Wochen saß ich in meinem Bunker und schaute fern. Man hatte mir einen altertümlichen Kasten überlassen, der so ähnlich aussah wie die Fernseher, die ich in meiner Kindheit beobachtet hatte. Ein Kleiderbügel diente als Antenne. Es war nur italienisches und albanisches Fernsehen zu empfangen, und das sah ebenfalls aus wie in meiner Kindheit. Inspektor Derrick züchtete Tränensäcke und jagte Verbrecher. Daß er dabei albanisch sprach, machte ihn irgendwie unglaubwürdig. Auch alte «Traumschiff»-Folgen wurden gezeigt, in denen Harald Juhnke so tat, als sei er betrunken, und Elmar Wepper, als sei er ein großer Schauspieler. Man hatte sich nicht die Mühe gemacht, die drögen Dialoge zu synchronisieren, sondern einfach den Ton etwas runtergeregelt, darüber sprach eine albanische Männerstimme und erklärte die sowieso nicht vorhandenen Handlungsumschwünge. Mein Lieblingssender im albanischen Fernsehen hieß Klan TV. Dort kam täglich die Sendung «Fiks Fare». Zwischen allerhand folkloristisch geschminkten Schmalzbarden wurde über besonders skandalöse Betrugsfälle und Gaunereien berichtet, eine Art «Nepper, Schlepper, Bauernfänger». Ich wartete die ganze Zeit, daß Cakuli darin auftauchte – er kam aber nicht. Er hatte sich überhaupt unsichtbar gemacht. Die Dinge schienen sich alle zu verzögern. Bislang hatte ich mit so was nie Probleme gehabt – jetzt zermürbte es mich.

Wenn das Programm mich anödete, ging ich spazieren und zog Koco an einem Strick hinter mir her. Vorbeifahrende Albaner grüßten mich aus ihren Mercedessen, sie hatten mich als einen der ihren erkannt.

Mit Hollenbach sprach ich gar nicht mehr, ich war immer noch wütend auf ihn. Dieser unmögliche Mensch! Seinen eigenen Coach zum Entführungsopfer zu machen! Wenn das Professor Pelz erfährt, dann …, dann würde der auch maßlos enttäuscht sein. Von Hollenbach. Oder eher von mir? Schließlich hatte *ich* mir ja diesen Klienten ausgesucht. Das sprach gegen mich. Oder war Hollenbach am Ende unschuldig? Hatte er aus reiner Verzweiflung so gehandelt, weil er die Entscheidung zur Scheinentführung noch ohne Coach fällen mußte? Ich hatte auch keine Beweise, daß er meine Flucht verraten hatte. War es etwa Tirana, die mich verpetzte? Sie hatte sich schon lange nicht mehr blicken lassen. Aber vielleicht ließ man sie nur nicht zu mir? Nein – petzen, das würde sie nie tun. Ich kam zu keinem Ergebnis.

Was mich jedoch am meisten fertigmachte, mehr noch als die sinnlose Warterei, das war die Freundlichkeit der Menschen um mich herum. Wo ich auch war, wem ich auch begegnete – man begrüßte mich wie einen verlorenen Sohn. Kinder, die mit einem Schaf am Strick auf dem Feld standen, winkten mir zu, auch die jungen Mütter, die vor ihren Bunkern Waffen- und Munitionskisten chinesischer Herkunft neu anstrichen und mit der Aufschrift «Beretta, Italia» versahen.

Junge Männer mit Gewehren gingen mit mir mit, wenn ich irgendwohin ging; alte Männer, die unter Orangenbäumen Schach spielten, sprangen auf, gaben mir Bruderküsse, rieben freundschaftlich meinen Unterarm und boten mir einen Stuhl an. Ehrwürdige Mütterchen, schwarz vermummt, schenkten mir Zigaretten oder luden mich zur Boza in ihren Bunker. Boza ist eine süße, braune, zähe Pampe aus vergorenem Gerstenbrei, man trinkt sie am Stück. Ich lehnte meist dankend ab, ebenso den Rraki, den ich pausenlos angeboten bekam.

Einmal nahm mich eine zahnlose Alte beiseite. Sie sei die Mutter von Filip, und sie habe von der Sache gehört: Das sei ja wirklich schlimm, sagte sie, daß ich nicht richtig fluchen könne. Das müsse ich unbedingt beherrschen, ein albanischer Mann könne mich sonst nicht «ernst nehmen». Sie selbst spreche noch von Kriegszeiten her gut Deutsch, schon die damaligen faschistischen Besatzer hätten katastrophal schlecht geflucht, aber nur so lange, bis sie, Aleppa Cakuli, den deutschen Soldaten Unterricht gegeben habe. Beim überstürzten Rückzug der Faschisten hätte sie noch manches Mal die neu erlernten Flüche in den Wäldern hallen hören. Die Alte lachte und zeigte mir eine Leiste blitzender Goldzähne, die sie im Dunkel ihres Mundes verborgen hielt. Dann erst sah ich es: Das Dunkel bestand aus schwarzgerauchten Stümpfen.

«Höre, mein Söhnchen», sagte sie und zog mich an sich ran. «Du mußt dir eines merken: Wenn du auf dem Balkan bist, mußt du kunstvoll fluchen. Du kannst sagen: ‹Ein alter Esel soll dich ficken, mit einem Kopfsprung vom Balkon›, oder ‹Eine verlauste Karpaten-Wölfin soll deinen Schwanz lutschen› – so kannst du sagen. Besser ist aber, wenn die Mutter dabei ist: ‹Der Teufel soll deine Mutter ficken› oder ‹Ich ficke die Seele deiner toten Mutter›. Egal, was du sagst, auf dem Balkan wird alles gefickt. Du kannst auch sagen: ‹Ich ficke den Boden, auf dem du stehst›, oder ‹Ich ficke die Törtchen auf dem Tisch mit deinem Leichenschmaus› oder ‹Ich ficke deine Familie bis in die fünfte Generation›. Aber noch besser ist, wenn du sagst: ‹Dein Großvater soll deine Mutter ficken› – denn wichtig ist: Ficken plus Mutter plus X. Wir haben viele Spezialitäten in unserer Region, wir können beim Fluchen genau hören, woher einer kommt: Wenn nur die Mutter gefickt wird, ist es meistens ein Kroate, wenn der Vater gefickt wird, ein Montenegriner. Und wenn die Schwester gefickt wird, dann, mein Söhnchen, bist du in Albanien.» Sie lachte meckernd und streichelte dabei meinen Unterarm. «Merke dir Söhnchen, Phantasie ist alles! ‹Ich stecke meinen Schwanz in die Biene, die den Nektar schleckt von der Blume auf dem Grab deiner Mutter› – das ist schon gut, den hab ich auch meinem Sohn beigebracht, und der ist immer gut damit gefahren. Noch besser ist aber: ‹Ich ficke den Wald Christi, in dem dein Großvater den Baum gefällt hat, aus dem dein Vater den Schrank mit der Schublade gezimmert hat, aus dem euer Nachbar den Präser genommen hat, der danach beim Ficken in der Möse deiner Schwester, die im Leib deiner Mutter wohnt, geplatzt ist!›» Die Alte kreischte vor Lachen und zauberte einen feuchten Zigarettenstummel zwischen den Goldzähnen hervor. Mir wurde übel.

Eines Nachmittags, das ‹Traumschiff› hatte gerade vor der Osterinsel Anker geworfen, kam Genc in den Bunker, um mich und Hollenbach abzuholen. Ein sofortiger Termin bei Cakuli. Worum es gehe, wisse er nicht. War das Lösegeld endlich angekommen?

Die Begrüßung war knapp. Der Albaner schenkte Kaffee ein und sagte: «Liebe Freunde, die Lage ist nicht gut.» Er legte eine *Bild*-Zeitung vor uns auf den Tisch. Auf der Titelseite, direkt neben dem Logo, stand in zigarettenschachtelgroßen Lettern:

Skandalvideo Hollenbach:
KULTAUTOR AUF DER FLUCHT!
Bedrohte er Behinderte mit Waffe?
Ist er ein Komplize von Schill?
Seine Mutter: «Er ist tablettensüchtig!»

Der dazugehörige Artikel auf Seite sechs meldete eher wortkarg, daß der bekannte Bestsellerautor Jo Hollenbach seit Wochen polizeilich gesucht werde, weil er Mitarbeiter eines Frankfurter Großpharmazeutikums mit vorgehaltener Waffe und in Begleitung eines unbekannten Komplizen zur Herausgabe rezeptpflichtiger Medikamente gezwungen habe. Der Autor sei vermutlich im Ausland untergetaucht, auch sein Verlag wisse nichts.

Ich war ein wenig enttäuscht, daß ich nicht als Coach, sondern als unbekannter Komplize gehandelt wurde, Hollenbach dagegen war richtiggehend sauer. Er murmelte was von «Tatsachenverdrehung» und «erbärmlichen Lohnschreiberlingen», die ihn, Hollenbach, «vernichten» wollten.

Auch Cakuli war aufgebracht. So sei das nicht vereinbart gewesen. Wer würde schon Lösegeld zahlen für einen Mann, den die Polizei suche, der in der Öffentlichkeit als Verbrecher dastehe? Das sei unmöglich, heulte er. Heute trug er einen Jogginganzug, der seine Erscheinung vor allem in der Körpermitte noch kompakter, ja klumpiger machte. Erschöpft griff er nach einer Fernbedienung, startete einen DVD-Player, und dann schauten wir uns auf seinem Flachbildfernseher ein blasses, unscharfes YouTube-Filmchen an. Kleine Sequenzen mit Hollenbach und mir in der Hauptrolle waren zu sehen: in der Sofaecke eines Büroraums sitzend, Medikamentensäcke schleppend, man sah den Bestsellerautor mit gezückter Pistole, wie er einen Rollstuhlfahrer bedrohte und hin- und herrollen ließ. Unschöne Szenen.

Wie man denn unter diesen «wirklich sehr schlechten Voraussetzungen» an eine Lösegeldzahlung kommen solle! Rauchend ging unser Gastgeber im Kreis, Wolken und Worte ausstoßend. Wahrscheinlich sei uns das Ausmaß der Katastrophe gar nicht bewußt, finanziell sei die jetzige Situation «ein furchtbares Desaster». Ausgerechnet in dieser «schweren, schweren Zeit» müsse ihm das passieren. Die weltweite Rezession habe vor Albanien nicht haltgemacht, klagte Cakulis Würfelkopf und wackelte besorgniserregend. Die Geschäfte liefen immer schlechter, es kümmere sich sowieso keiner um dieses kleine Land, kleiner noch als Belgien, mit gerade mal so vielen Einwohnern wie Berlin. «Unser Land existiert doch gar nicht wirklich, vor allem nicht für euch Deutsche! Wo Albanien auf einer mentalen Landkarte liegt – da ist bei euch doch gar nichts, nicht mal ein weißer Fleck.» Er schien betrübt. «Wir sind das ärmste Land Europas, die Hälfte aller Albaner muß mit einem Euro am Tag auskommen. Wir können nur existieren, weil ebenso viele Albaner im Ausland leben wie in der Heimat. Das ist tragisch, Freunde!»

«Aber ihr habt Öl», sagte ich. «Das müßt ihr doch nur verkaufen.»

Der Albaner lächelte gequält. Sicher, das schöne Öl! Überall quelle es aus dem Boden und verpeste das Land. Aber die korrupte Regierung könne sich nicht mit den korrupten Ölkonzernen einigen, wer wen über den Tisch zieht. Öl und Gas könne man ja nicht mit Eimern fördern, und solange die Regierung den ausländischen Prospektoren keine Sicherheit garantiere, solange ginge auch nichts voran. Jammern wolle er eigentlich nicht, lange Zeit sei es hier durchaus bergauf gegangen, sei der Fortschritt sogar in Albanien einmarschiert: «Frauen durften Busse benutzen, Homosexuelle mußten keine blauen Hüte mehr tragen, und bei den Mädchen wurde das heiratsfähige Alter auf acht Jahre angehoben. So sind wir auf einen Schlag mit Kasachstan gleichgezogen. Anderes Beispiel: Vor zehn Jahren gab es noch keine Geldautomaten, ja nicht mal Girokonten. Jetzt haben wir das alles. An die Girokonten kommen wir derzeit noch nicht ran, aber der Fortschritt ist nicht aufzuhalten – bald werden unsere Computertechniker soweit sein. Mit den Geldautomaten dagegen kommen wir schon zurecht, die reißen wir einfach mit einem Traktor aus der Hauswand. Wir sind Albaner, wir sind Praktiker!» Dennoch sei der Geschäftsklimaindex schlecht. Lange Zeit habe er, Cakuli, vom Gebrauchtwagenhandel gelebt, aber der Markt für «interessante Fahrzeuge» sei längst überhitzt, die elektronischen Wegfahrsperren sorgten für immer weniger Mobilität. Er hielt seine Pall Malls hoch. «Hier, Zigaretten!»

Hollenbach griff automatisch zu, doch Cakuli zog sie wieder zurück, deutete auf das Päckchen. Das sei ja auch so eine Sache. Es werde immer weniger geraucht – wohin also «die Kippen» noch exportieren? Ein Päckchen koste ihn im Einkauf achtzig Cent. In Lettland sei die Ware gerade mal einen Euro wert, in Deutschland dagegen vier, in England immerhin acht. Der Transport nach Großbritannien sei allerdings unverhältnismäßig schwer – «jetzt röntgen sie sogar die Lastwagen», empörte er sich. Und mit den gestiegenen Benzinpreisen sei auch der Weg nach Deutschland kaum noch rentabel, zudem werde «bei euch» immer weniger geraucht, «nur elfhundert Kippen pro Kopf und Jahr!» ächzte Cakuli und sah mich so vorwurfsvoll an, daß ich spontan Lust auf eine Zigarette bekam. «Was soll ich tun?» rief er. «In Griechenland rauchen die

Leute das Dreifache, die Griechen sind die besten Raucher Europas, und es ist direkt um die Ecke. Also liefere ich hauptsächlich nach Griechenland, obwohl wir Albaner die Griechen traditionell hassen, weil sie intelligenter sind als wir.» Auch der Finanzmarkt sei in Albanien viel härter geworden, im klassischen Betrugsgeschäft gehe «kaum noch was», und das sei nicht zuletzt dem ständigen Vormarsch der nigerianischen Trickbetrüger zu verdanken, schnaubte er und wackelte vor Wut heftig mit dem Kopf. «Diese Nigerianer!» schrie er, «diese Angeber!» Dabei sei man in Albanien schon viel weiter! Er pflanzte sich direkt vor dem Schriftsteller auf: «Sagen Sie selbst – kann jemand so blöd sein und auf diese nigerianischen Trickbetrüger reinfallen? Das sind doch Stümper!»

Hollenbach schwieg betreten, und Cakuli war schon beim nächsten Krisensegment: dem Waffenhandel. Auch der lasse stetig nach. Habe man früher europaweit «russische Qualitätswummen und amerikanische Kleinkaliber» gehandelt, sei der Markt heutzutage mit asiatischer Billigware überschwemmt. «Mit großem Aufwand» lasse er gerade chinesische Pistolen zu «guten italienischen Berettas» umarbeiten, die dann nach Afghanistan geschafft würden, aber das koste Zeit und Farbe, und auf lange Sicht rechne sich das nicht, er mache das nur aus «Gefälligkeit» gegenüber «alten Kumpels von der Nato».

«Ihr braucht die Waffen doch nur an eure eigenen Leute zu verkaufen», schlug Hollenbach vor.

Cakuli winkte ab. «Seit dem Lotterieaufstand von 1997 ist der Markt hier absolut gesättigt.»

«Die Lotterie hat rebelliert?» Hollenbach war amüsiert.

Nein, sagte der Kartonkopf, im Jahr 1997 habe ganz Albanien investiert, und zwar in Pyramidensysteme. Banken gab es ja keine, wo man das Geld, das die Auslandsalbaner schikken, hätte deponieren können. Also gab man es Geschäftsleuten, die versprachen, es nach vier Wochen mit einhundert Prozent Zins zurückzuzahlen. Das klappte am Anfang, als er, Cakuli, das Geschäft startete, noch sehr gut: Fast alle Kredite wurden zu einhundert Prozent bedient. Doch dann wollten immer mehr Menschen ihr Geld und die Zinsen haben. Seine Landsleute drehten durch, die Ersparnisse waren weg, die meisten Familien ruiniert, und da die korrupte Regierung den Anlagebetrug forciert und daran mitverdient hatte, brachen Unruhen aus. Geschäfte wurden gestürmt, Kasernen geplündert und die restlichen, noch funktionierenden Fabriken demontiert. Seitdem hätten alle Albaner Waffen, und zwar mehr, als sie tragen könnten. Der Zusammenbruch der Pyramidensysteme sei eine Katastrophe gewesen – für die vielen Albaner, die all ihr Geld verloren hatten, und auch für ihn, Cakuli, da er sein Vermögen außer Landes in Sicherheit bringen mußte und sich selbst gleich dazu.

So sei er nach Saarbrücken gegangen, um dort in einer der größten Diskotheken des Landes als Türsteher zu arbeiten, genau genommen als «Cheftürsteher». Er hätte Gäste aus aller Welt begrüßt und mit Getränkebons versehen, sagte er, setzte sich an seinen Kinderschreibtisch und deutete auf die Fotos hinter ihm an der Wand. Doch habe ihn diese Tätigkeit nicht ausgefüllt, so daß er nebenher ein Fernstudium der Betriebswirtschaft an der Fernuniversität Hagen begonnen und mit Promotion abgeschlossen habe. «Fernpromotion natürlich», wie er hinzufügte. Tirana, seine «damalige Pflegetochter», sei zur Schule gegangen, er habe sie nachmittags in Deutsch und Englisch abgefragt und sie ihn abends in Wirtschaftsrecht.

Aber mit einer solchen Qualifikation könne er doch jederzeit ins Beraterbusiness wechseln, entgegnete ich, das laufe sehr gut, das könne ich aus eigener Erfahrung sagen. Gute Kunden zahlten bis zu zweitausend Euro am Tag.

«Du spinnst wohl», sagte Hollenbach.

«Neinneinnein», rief Cakuli, er sei jetzt in einem ganz anderen Markt tätig! Er schnaufte tief, breitete die Arme aus und rief: «Print!» Genau. Im Printsektor, da gehe «noch was», da sei noch «Potential», ja sogar «Musik drin». So gebe er inzwischen diverse Zeitschriften heraus: «Poezia Plus, Hosteni 2000 und Krass Erotika», sagte er, die gingen gar nicht schlecht, und darüber hinaus handle er mit Literatur- und Filmrechten, das sei, zumindest in Albanien, ein «nach oben offener Markt». Gerade sei er dabei, sich international zu positionieren. «Und in diesem Bereich, liebe Freunde, müssen wir jetzt zusammenarbeiten!»

«Ich habe aber keine Lust, mit Ihnen zusammenzuarbeiten», sagte Hollenbach, und ich schloß mich an.

Cakuli blickte finster. Er wirkte plötzlich sehr abgebrüht, ja fest entschlossen, voller Machenschaften.

«Mein lieber Herr Hollenbach. Ich muß Ihnen wohl nicht in Erinnerung rufen, was mit Paul Getty passiert ist?»

«Ich habe keine Ahnung.»

«Nun, das war kein einfacher Fall für meine Kollegen von der N'Dragheta. Anfang der siebziger Jahre hing Paul Getty III, der Enkel des amerikanischen Ölmilliardärs Jean Paul Getty, in Rom herum. Er war erst sechzehn Jahre alt und konnte die Schulden bei seinen Dealern nicht mehr bezahlen. Also ließ er sich zum Schein entführen und hoffte, sein Großvater würde für die geforderten siebzehn Millionen Dollar aufkommen. Der Alte war aber geizig und zahlte nicht. Verständlicherweise waren meine italienischen Kollegen sauer, sie hatten ja auch einen gewissen Aufwand. Also machten sie aus dem Spiel Ernst, versteckten den Jungen in einem Erdloch in Kalabrien und fütterten ihn mit Heroin, um ihn ruhig zu stellen, schnitten ihm eine Haarlocke und ein Ohr ab und schickten es mit der Post an eine Zeitung nach Rom. Es war Sommer, die Post streikte, so kam das Ohr erst nach vier Wochen in Rom an. Völlig verrottet. Nach längerem hin und her wurden schließlich läppische 3,2 Millionen bezahlt, der Junge kam frei, war traumatisiert, rutschte ganz in die Drogenszene ab, erlitt einen Schlaganfall und sitzt heute gelähmt, stumm und blind in einem Rollstuhl.» Cakuli grinste. «Die Entführer wurden nie gefaßt.»

Es war leider schon dunkel in Cakulis Dienstbunker geworden, sonst hätte man unsere betretenen Gesichter sehen können. «Das mit dem Heroin ist ja okay», murmelte Hollenbach, «aber der Rest ...»

«Ja, eine wirklich dumme Geschichte», sagte der Mann hinter dem Liliputanerschreibtisch. «Aber das kann uns nicht passieren, nicht wahr? Wir wollen gesund bleiben, nicht wahr? Wir brauchen unsere Ohren, um Zigaretten dahinterzustekken, so ist es doch, nicht wahr? Wir bleiben alle gesund, das ist das beste! Laßt uns auf unsere Gesundheit trinken!» Der Bürochef sprang auf, öffnete eine Flasche Rraki und schenkte uns ein. «Rraki ist heiliges Wasser», schrie er. «Nur albanischer Rraki ist so stark, daß man ihn mit zwei R schreiben darf. Kommt, meine Freunde, stoßt mit mir an, und ich erzähle euch, wie wir alle gesund bleiben!»

Ich trank nicht mit. Kein Alkohol für mich, schon gar nicht in einer solchen Situation. Ich schützte Unwohlsein vor, da wedelte Cakuli erst recht vorwurfsvoll mit der grünen 1,5-Liter-Pet-Flasche. Sie war noch halbvoll mit Doppel-R-Getränk. Ich konnte genau erkennen, wie sich das Innere der Plastikflasche bereits auflöste und in feinen Schlieren in Rraki überging.

Cakuli nahm einen Hocker und setzte sich so vor Hollenbach, daß er dasaß wie ein Schuhverkäufer.

«Mein lieber, guter Freund, es ist ganz einfach: Wenn deine Leute nicht bezahlen wollen, dann mußt du selbst für das Geld sorgen.» Jetzt war der Albaner schon beim Du. «Für dich ist alles ganz einfach. Du hast den besten Roman aller Zeiten geschrieben, übrigens ein fabelhaftes Buch, ich habe es in einem Rutsch gelesen. Der Titel ist wirklich genial.»

«Ja, das sagen alle.»

«Und auch die leidenschaftliche Sexszene im Asylantenwohnheim hat mich sehr berührt.» Er lachte und wurde zum Breitmaulfrosch. «Fast hätte ich mich wiedererkannt. Mein Lieber! Ganz großes Tennis, wirklich wahr.»

«Jaja, schon recht», grummelte der Autor.

«Und wenn du ein so erfolgreiches Buch geschrieben hast» – der Frosch kam immer näher an Hollenbachs Ohr –, «da wird es dir doch nicht schwerfallen, für mich einen noch besseren Roman zu schreiben. Oder einen fast genauso guten.» Hundertfünfzig Seiten würden schon genügen, mehr müsse es nicht sein, dann werde er, der Verleger Filip Cakuli, dieses Manuskript «erfolgreich vermarkten». International. Im ganz großen Stil. Er gab seinem Autor einen kumpelhaften Knuff ans Knie.

Und jetzt sollten wir beide mal voranmachen.

«Ihr junger Kollege wird Ihnen bestimmt gerne helfen. Sie beide schreiben – hopphopphopp – den zweitbesten Roman aller Zeiten. Viel Glück! Dalsh faqebardhë!»

Sechs

Die Forderungen hatte Dr. Hollenbach bereits gestellt. Um überhaupt «auch nur ansatzweise» ans Schreiben gehen zu können, müsse er, Cakuli, uns erst mal diverse Arbeitsmaterialien und -geräte liefern.

«Wir brauchen einen Laptop.»

«Kriegen Sie.»

«Und Internet.»

«Kriegen Sie.»

«Ein ruhiges Arbeitszimmer.»

«Kriegen Sie auch.»

«Zigaretten, Medikamente, Champagner und Jägermeister.»

«Kriegen Sie. Jägermeister müssen wir drüben in Italien holen, Champagner kriegen Sie von meinem eigenen.»

«Zwei steile Anzüge in gedeckten Farben: Einreiher, englischer Schnitt, schmales Revers, zwei Schlitze hinten, drei Knöpfe vorne.»

«Kriegen Sie, Miku.»

«Und Erdbeeren.»

«Aber warum denn Erdbeeren?»

«Weil es ohne nicht geht.»

«Kriegen Sie, Miku, kriegen Sie alles.»

Cakuli murmelte Unverständliches, spuckte aus und verschwand. Es würde wohl eine ganze Weile dauern, bis alles beisammen wäre.

«Wieso denn Erdbeeren?» fragte ich den Schriftsteller.

«Weil das bei ‹Asterix der Gallier› genauso ist. Ohne Erdbeeren kann man zwar auch Zaubertrank machen, aber er schmeckt dann nicht so gut.»

«Und warum die Anzüge?»

«Wenn sich ein Mann wie ein Gentleman kleidet, so wird auch jeder seiner Gedanken eine ähnlich elegante Erscheinung haben – so daß er nichts zu tun braucht, als seine Feder zu ergreifen und zu schreiben, wie er selbst ist.»

«Was Sie nicht sagen.»

«Sagt Laurence Sterne, Autor des Longsellers ‹Tristram Shandy›. Und er hat recht. Kennstu Mike Batt? Kennstu natürlich nicht, das ist der Musiker, der ‹The Wombles› vertont hat. Als Batt die Musik zur Serie komponierte, hat er sich jeden Tag ein zentnerschweres Wombleskostüm übergezogen und sich damit vors Klavier gesetzt. Nur so konnte er es hinkriegen, daß die Musik auch voll womblesmäßig klang.

«Was hatten Sie denn an, als sie den besten Roman aller Zeiten schrieben?»

«Nichts. Ich habe nackt geschrieben.»

Zu unserem Erstaunen lieferte Cakuli das Geforderte schon am darauffolgenden Tag – aber alles nur so ähnlich, als zweite Wahl, als Schwundstufe. Die Erdbeeren kamen als Marmelade, die Anzüge sahen aus wie vom Gemeindebasar, und als Arbeitsraum wies man uns – was sonst? – einen großen Halbkugelbunker zu. Darin standen ein alter Küchentisch und zwei Stühle, ein dreibeiniger Sessel und Koco, der sich wohl verlaufen hatte. Über dem Eingang hatte Cakuli ein Schild mit der Aufschrift «Kreativbunker» anbringen lassen. Das fand er anscheinend witzig. Und auf dem Küchentisch eine Reiseschreibmaschine Marke «Triumph Gabriele».

«Was ist das denn für ein schwules Teil?» rief Hollenbach. «Packt das sofort wieder ein. Wollt ihr mich verarschen? Ich schreib doch nicht mechanisch, Mann!»

Das sei eine absolute «Erfolgsschreibmaschine» erklärte Cakuli, berühmte Bestsellerautoren wie Johannes Mario Simmel und Astrid Lindgren hätten ihre größten Erfolge auf einer «Gabriele» geschrieben, das müsse uns doch «inspirieren». Aber er kam bei Hollenbach nicht damit durch. Offenbar hatte er Mühe, ein Laptop für uns aufzutreiben. Möglicherweise hing das mit der schlechten Stromversorgung zusammen. Elektrizität gab es immer nur stundenweise. Deshalb verlangte Hollenbach auch zusätzlich noch einen eigenen Generator.

Tage später stand auf dem Küchentisch ein neues, schreibmaschinenartiges Gerät. Angeblich war es ein Laptop. Zum Hochfahren mußte man die prähistorische Rechenmaschine vorglühen und die Belüftungsschlitze weit öffnen. Den Betriebsgeräuschen nach funktionierte es dampfgetrieben. Der Makroprozessor war mit einer dachpappengroßen Floppy Disk zu starten, man operierte direkt auf der DOS-Ebene, und der Bildschirm flimmerte grünlich und fahl wie in alten Astronautenfilmen.

Auch der versprochene Internetanschluß hatte seine Tükken. Er war sehr langsam und unsynchronisiert, er funktionierte per Boten. Wenn wir etwas zu googeln oder runterzuladen hätten, erklärte Cakuli, sollten wir dies auf einen Zettel schreiben, und sofort würde sich Genc mit dem Mercedes in Bewegung setzen, um im zwanzig Kilometer entfernten Internetcafé die Recherche auszuführen und das Ergebnis als Ausdruck mitzubringen. Mailverkehr sei natürlich nicht gestattet, das müßten wir verstehen.

Tag für Tag saßen wir im Kreativbunker, sahen in unseren Altkleideranzügen aus wie anatolische Gemüsehändler und warteten auf Inspiration. Auf Eingebungen. Auf frei fliegende Musenküsse. Doch je länger wir saßen und gegen die Bunkerdecke starrten, desto mehr verfestigte sich die Gewißheit, daß wir absolut keinen Plan hatten, was wir schreiben sollten. Vom Tod des Großvaters? Über eine Reise nach China? Einen Ausflug ins Eis? Eine Zugfahrt ins Nichts? Alles schien gleichermaßen möglich und sinnlos. Jetzt wurde mir klar, warum mich die Welt der Literatur nie beschäftigt hatte: Sie war mir unheimlich. Womit nur anfangen? Als Romancier konnte man ja schlechterdings über alles schreiben, was es auf der Welt gab – mußte dann aber davon ausgehen, daß das niemanden auf der Welt interessierte.

Am vierten tatenlosen Tag im Bunker übernahm ich die Initiative. Der Musensohn döste vor der Maschine, ich rüttelte ihn wach und sagte: «Hollenbach! Ich hab's: Sie müssen einfach etwas Interessantes schreiben, etwas, das alle unmittelbar packt und anspricht.»

«Echt? Ja, jetzt, wo du's sagst ...» sagte Hollenbach und verdrehte die Augen. Nein, er habe es lange genug probiert, es sei nun mal so: Ohne «Ausgangsmaterial» ginge es einfach nicht. «Ich habe den BRAZ doch von überallher zusammengesampelt.»

«Und wenn wir zum Beispiel ganz lösungsorientiert mit Phantasie-Modulen arbeiten? Uns einfach systematisch was ausdenken?»

«Ausdenken, ausdenken!» blaffte der Autor. «Was soll das denn jetzt heißen! Glaubst du vielleicht, ich hab Lust, mir irgendeine Scheiße auszudenken? Irgendeinen daherphantasierten Schwachsinn? Das kann doch jeder Trottel!» Nein, Literatur müsse «relevant» sein, gut recherchiert, faktenschwer – und «geil wie das Leben». Bereits als Kind habe er Schreibversuche unternommen. «Anfangs wollte ich beim

Schreiben immer verständlich sein. Aber meine Mammi hat gesagt: ‹Wenn du schon nichts mitzuteilen hast, dann sollte es wenigstens möglichst unverständlich sein.› So lehrte sie mich das moderne dekonstruktivistische Schreiben, das heute leider als überwunden gilt. Tja, kamman nix machen», seufzte der Ex-Dekonstruktivist.

«Ja, sobald man spricht, beginnt man schon zu irren – das sagt auch Professor Pelz.»

«Den Typ kannstu echt in der Pfeife rauchen, Amigo.»

«Es hilft nichts, wir müssen in die Gänge kommen, sonst sitzen wir in zehn Jahren noch hier. Machen wir's konkret, lassen Sie uns am besten gemeinsam einen Plot erstellen», rief ich und wunderte mich selbst über meine Entschlossenheit. «Nehmen wir … nehmen wir einfach mal einen Mann. Einen Mann, der –»

«Nein, wir nehmen eine Frau», fuhr Hollenbach dazwischen, kaum daß ich mein erstes Kreativitätsfeuerwerk zünden konnte. «Es sind zu achtzig Prozent Frauen, die Bücher kaufen – und übrigens auch *ver*kaufen!»

«Jaja, ich weiß. Also gut, eine Frau. Sagen wir, diese Frau ist … mmh … tatatataa: zweiundfünfzig Jahre alt und lebt im … im Vogtland.»

«Auf keinen Fall Ossis, da krieg ich Krämpfe. Sagen wir, sie lebt im Siegerland, dem Vogtland des Westens.»

Ich war begeistert. Es klappte! Kreativ spielten wir uns die Bälle nur so zu: «Genau, im Siegerland!» rief ich. «Sie ist verheiratet, hat zwei Kinder, also zwei Heranwachsende, die allmählich dabei sind, in die Welt aufzubrechen.»

Hollenbach tippte etwas in die Dampfmaschine. «Okay. Haustiere?»

«Ja, und zwar einen Golden Retriever namens Fünki.»

«Meinetwegen.»

«Und da gibt es noch eine Nachbarin. Achtunddreißig Jahre alt und erst kürzlich mit ihrem Mann Wilfried, ihren Kindern Lukas und Lea und der Schäferhündin Andrea aus Bremen zugezogen, weil Wilfried im nahegelegenen Maschinenbaubetrieb eine Stelle als Chefzerspaner bekommen hat.»

«Aha.»

So ließ ich meinen Ideen freien Lauf, entwarf Plots, Szenen und Schicksale, bis wir nach einer Stunde verblüfft feststellten, daß uns diese Frau aus dem Siegerland und ihr dröges soziales Umfeld nicht im geringsten interessierte. So ging es also auch nicht. Warum er sich denn so anstelle, fragte ich den Romancier, warum er nicht einfach kurzerhand einen zweiten Geniestreich hinlege, damit wir endlich nach Hause könnten.

«Haben Sie nicht selbst gesagt, Sie bräuchten zum Schreiben einen *Ort der Vernichtung*? Mensch, und jetzt leben Sie nicht nur in der Wohnung eines Entführten – jetzt sind Sie sogar selber entführt! Das müßte doch flutschen wie nix!»

Der Entführte blickte gereizt hinter einer Rauchwolke hervor. «Du hast ja wohl die ganz große Ahnung, Mann! Wenn du so genau Bescheid weißt, dann schreib *du* halt ein beschissenes Erfolgsbuch! Damals hatte ich meinen Stoff doch schon zusammen, ich hatte alle Samples dabei, das ganze Rohmaterial. Aber hier ist nichts! Keine Bücher, gar nichts.»

«Dann bestellen wir eben welche! Wozu haben wir Genc?»

Es dauerte eine ganze Weile, bis wir Genc, der in unserem Bunker kaum aufrecht stehen konnte, klargemacht hatten, was wir wollten: große Literatur, Weltliteratur, aber auch lokale Bestseller und triviales Zeugs. In Buchform, und zwar sofort. Genc nickte beflissen, brauste mit dem Benz über die Felder – und kam schon am nächsten Mittag freudestrahlend wieder. Tatsächlich trug er einen großen Stapel Bücher vor sich her. Hollenbach stürzte sich begeistert auf die Exemplare, schrie noch: «Stephen King! Super! Er hat Stephen King!» – blätterte – und erblaßte. «Scheiße! Verdammte Scheiße!» Wütend knallte er das Buch auf den Tisch. «Alles in Kuffnuckensprache. Albanisch! Verdammt noch mal! Und kyrillisches Zeug ist auch noch dabei!»

Nun hatten wir viele bunte, teils abgegriffene, teils nagelneue Bücher in bizarren Fremdsprachen. Hollenbach war einfach fassungslos, wie ein Mantra las er wieder und wieder die Buchtitel vor: «Shtjefen King – Mjerimi. Mario Puzo – Kumbarë, Zot – Shkrimi i Shenjte». Ratlos blätterten wir in den Dingern herum, der Computer knatterte, und Dr. Hollenbach flüsterte leise: «Scheiße … Scheiße …»

Nachmittags schaute Cakuli gelegentlich im Schreibbunker vorbei und spendete uns unangenehm lange den Glanz seiner Gegenwart. Ich glaube, ihm gefiel diese Atmosphäre knisternder Kreativität, die bei uns herrschte. Er war sich auch nicht zu schade, den meistens mit glasigem Blick seinen Rauchfähnchen hinterherstarrenden Bestsellerautor mit Tips und Hinweisen zu versorgen. «Schreiben Sie in kurzen, klaren Sätzen», sagte er dann. Oder: «Schreibt packend und emotional, meine Freunde.»

Er wolle «einfach eine gute Geschichte», am besten «mit Migrationshintergrund». Auf keinen Fall wolle er jedoch «experimentelle Literatur» oder «saumseliges Innerlichkeitsgewäsch» lesen. Ein «Poproman» komme ihm erst recht nicht in die Tüte. «Schreiben Sie irgendwas mit einem Mann um die dreißig. Das ist das beste. Oder über mich, aber dann müßten Sie mich jünger und schöner machen.» Er lachte, sein Quadratschädel wackelte fröhlich hin und her.

Als immer mehr Tage vergangen waren, ohne daß er etwas zu lesen bekommen hatte, wurde unser Lektor mißtrauisch.

Vertrösten ging nicht mehr, er war die Ausreden leid. Bis zum Bücherherbst würden wir es ja sowieso nicht mehr packen, beschwerte er sich, aber auf der Frühjahrsbuchmesse in Leipzig wolle er den Roman «auf jeden Fall» vorstellen. Er beraumte ein «Work-in-progress-Gespräch» für den nächsten Tag an. Da sollten wir ihm unsere «Konzepte» vorlegen.

Hollenbach wurde nervös.

Als Cakuli abgerauscht war, fing der Autor zum ersten Mal richtig an, etwas in die Tastatur zu klopfen. «Konzepte, Konzepte», schimpfte er und tippte dabei. «Dem werd ich Konzepte geben. Ich habe nämlich Konzepte. Ich werde ihm irgendeinen Mist präsentieren und behaupten, das sei ganz große Bestsellerliteratur.»

«Meinen Sie, daß das klappt?»

«Das klappt immer. Man muß es einfach nur behaupten. Die Ärzte nannten sich ‹Die beste Band der Welt›, das Volksmusikduo Ster- & Grissemann schrieb ‹Das schönste Lied der Welt›, und so 'n oller Bibelfilm heißt ‹Die größte Geschichte aller Zeiten›. Alles Behauptungen, kann keine Sau nachprüfen. Vielleicht veröffentliche ich ja sogar unter Pseudonym: Hallo, hier kommt Dr. med. Destruction mit seinem Superseller ‹Ich ficke alle anderen Bücher›!»

«Bestimmt haben Sie recht. Sie wissen das, Sie sind der Intellektuelle.»

«Keine Anzüglichkeiten bitte! Zum Schreiben sollte man sehr intelligent sein – aber keinesfalls ein Intellektueller. Der Intellektuelle ist der Todfeind von Drama und Gefühl.» Er rotzte auf den Boden und besah interessiert die noch zuckende Schleimauster. «Aaah, fuck. Ich brauch jetzt dringend einen Nikotindownload.»

Merkwürdigerweise war sich Hollenbach seiner Sache sehr sicher. «Glaub mir, ich krieg das locker hin», sagte er und wechselte die klodeckelgroßen Disketten. «Das ist kein Problem für mich.»

Ich schlief schlecht in dieser Nacht. Erst spät am Abend hatte Hollenbach seine Elaborate ausgedruckt und mir zu lesen gegeben. Es waren mehrere Romananfänge, manchmal nur ein genialer, prägnanter Satz, manchmal auch mehrere. Mir gefielen sie alle sehr gut, aber ich konnte nicht einschätzen, ob wir damit Cakulis Geschmack treffen würden.

Sieben

Frisch gekämmt saßen wir anderntags im Verlegerbunker, der nur zwei Bohrtürme von unserem entfernt lag. Ich nahm diskret in einer Ecke Platz, um für den Fall der Fälle aus der Schußlinie zu sein. Der Belletrist setzte sich selbstbewußt hinter Cakulis Kinderschreibtisch und steckte sich eine ins Gesicht.

«Hören Sie, Cakuli, Sie müssen sich jetzt sehr konzentrieren. Wir stellen Ihnen nämlich mehrere Konzepte vor, Skizzen teilweise und Rohfassungen, von denen wir aber absolut überzeugt sind. Warum? Weil sie eins a geschrieben sind und den Leser unmittelbar abholen. Es sind *echte Killertexte*, wenn ich das mal so sagen darf. Sie konzentrieren sich, hören zu, suchen sich einen aus, und wir machen die Geschichte dann rund.»

Cakuli schüttelte den Kopf. Er stimmte zu.

«Also ...» Hollenbach räusperte sich, sortierte einige Papiere, schaute Cakuli streng an und sagte: «Erster Romananfang.» Er räusperte sich erneut, dann legte er los: *«Als Jürgen H. eines Morgens aus unruhigen Träumen erwachte, fand er sich in seinem Bett zu einem total großen Ungeziefer verwandelt. Er lag auf seiner panzerartig versteinerten Lederjacke und sah, wenn er den Kopf ein wenig hob, seinen gewölbten Bauch und eine bogenförmige Versteifung, auf deren Höhe sich die Bettdecke, zum gänzlichen Niedergleiten bereit, kaum noch erhalten konnte. Da fiel H. sein geträumter Hauptgedanke wieder ein: Van Morrison ist wirklich die einzige Musik, zu der man gut wichsen kann, hatte er im Traum gedacht. H.'s Blick richtete sich dann zum Fenster, und das trübe Wetter –»*

«Mmmmmh!» Cakuli verzog das Gesicht. «Lieber! Das ist keine gute Literatur. So was wollen die Leute nicht.»

«Aber das ist autobiographisch», entgegnete der Literat.

«Ich bleibe bei meinem Nein. Ich hoffe, Sie haben etwas Besseres.»

«Nun gut. Besserer Romananfang: *Es war der Pfingstsonntag des Jahres 2008, als wir in See stachen – könnte ich jetzt sagen, aber alles an diesem Satz wäre falsch, denn bekanntlich ist der Dnjepr gar kein See, auch wenn er meistens so aussieht, und es war auch nicht das richtige Pfingsten, denn es war schon Juni, die Ukrainer hinken unserem westlichen Kalender ja ziemlich hinterher, und von wir konnte auch keine Rede sein, ich war allein, Großmutter war nicht an Bord, sie hatte mich mit ihrer launenhaften, durchtriebenen und tückischen Art mal wieder zum Narren gemacht.*»

«Furchtbar!» schrie Cakuli. «Großmütter! Ich ficke alle Schreiberlinge dieser Erde und die Schwestern ihrer Brüder, wenn dieses Großelternzeugs auch nur einen einzigen Leser interessiert. Das ist Kitsch! Hinfort damit! Verbrennen Sie es!»

«Wie Sie meinen.» Hollenbach drückte in aller Seelenruhe seine Zigarette auf dem Manuskript aus, knüllte es zusammen und warf es hinter sich.

«Anderer Romananfang: *Ich bin Zeus Hammerswinger, ich brauche keine Fahrkarte, ich komm überall umsonst rein, blaffte der gut gebaute Dreißigjährige mit Sonnenbrille und abgeschlossener Berufsausbildung. Doch der Busfahrer lächelte nur, denn er war ein freundlicher Mann und begriff sofort, daß er es mit einem ausgemachten Musteridioten zu tun hatte.*»

«Das ist ja grauenhaft!» ereiferte sich der Albaner. «Das ist ganz und gar indiskutabel. Seid ihr verrückt geworden?»

«Sie wollten doch was über einen Mann um die dreißig.»

«Ja, aber nicht so. Lesen Sie mir was anderes vor.» Er schnaufte erregt.

«Meinetwegen. Also, alternativer Romananfang: *Solange ich denken kann, habe ich Hämorrhoiden. Viele, viele Jahre habe ich gedacht, ich dürfte das keinem sagen. Ich dürfte das keinem sagen, daß ich nicht mit dem Kopf, sondern nur mit den Hämorrhoiden denken kann.*»

Cakuli würgte ihn sofort ab. «So etwas kommt gar nicht in Frage, das ist billige Provokation auf Schreibschulniveau, das ist Wohlstandskinderkitsch, absolut durchschaubar! Ich weiß wirklich nicht, was ihr euch dabei gedacht habt!»

Nun schaute er plötzlich mich an. Wahrheitsgemäß sagte ich: «Nichts.»

«Ja, nichts», übernahm nun Hollenbach. «Gutes Schreiben muß absichtslos geschehen!» sagte er und blickte Cakuli nachhaltig an. «Es muß *von selbst* geschehen, nur dann ist Literatur wahr.»

Mitten in den Nachhall dieser gewichtigen Worte brüllte Cakuli: Er, Hollenbach, solle sich dieses «Authentizitätsgehubere» sparen und endlich etwas Brauchbares verlesen.

«Wie Sie meinen.» Der Bestsellerautor ließ das Blatt auf den Boden fallen. «Dann habe ich noch diesen, wahrscheinlich erfolgversprechenderen Romananfang: *Roh warf Dieter Ingrid auf den Perser. Lust, Lust, Lust, so schrien seine Negeraugen und der –*»

«Grauenhaft! Ein absolut gescheiterter Romananfang! Undruckbar! Weiter, der nächste.»

«Hmm. Dann eben so: *Ilsebill salzte nach. Bevor gezeugt wurde, gab es Hammelschulter zu Bohnen und Birnen, weil Anfang Oktober.*»

«Das ist schön! Das gefällt mir», rief Cakuli.

«Aber mir nicht», pflaumte Hollenbach ihn an. «Das ist jetzt mal *wirklich* grauenhaft, das ist echter Schriftstellerkitsch, das ist der Anfang vom ‹Butt›, ganz gräßlich mißratene Episodenscheiße, pfui Teufel.»

Cakuli lachte nur und verwarnte Hollenbach wegen zu schlechten Fluchens. Die gute Stimmung wollte ich ausnutzen, ich hatte nämlich auf einmal das Gefühl, auch etwas vortragen zu können. Ich sprach frei: «Wie wäre es damit: *Tirana, Licht meines Lebens, Feuer meiner Lenden. Meine Sünde, meine Seele. Ti-ra-na: die Zungenspitze macht einen Sprung den Gaumen hinauf und stupst dann zweimal gegen die Zähne. Ti. Ra. Na. Sie war Ti, einfach Ti am Morgen, wenn sie zwei Meter hoch auf ihrer eleganten Stute saß, sie war Ra in Reithosen, sie war –»*

«Was fällt dir ein, Mik, so von meinem Sohn zu reden!»

«Sie ist nicht Ihr Sohn. Sie ist eine attraktive Frau mit herben Gesichtszügen.»

«Sie hat geschworen, mir wie ein Sohn zu sein, und ich als ihr *dorëzanë* habe den Schwur angenommen, damit sie alleinerziehend als Haushaltsvorstand leben kann.» Er hielt kurz inne, um sich weitere Worte zurechtzulegen und mich dann sehr streng aus seinen Augenschlitzen zu fixieren. «Davor war sie meine Tochter, aber das ist eine Familiensache, und ich rate dir gut, mein lieber Freund: Laß die Finger von ihr!»

«Wissen Sie was?» sagte Hollenbach mit einem etwas zu breiten Grinsen. «Das ist doch astreiner Romanstoff.»

Cakuli sprang auf. «Und wissen Sie, was ich allmählich glaube? Ich glaube, Sie *können* gar nicht schreiben! Ihren BRAZ haben Sie doch auch nicht selbst verfaßt, sondern alles nur abgeschrieben!»

«Hee, noch so ’n Satz, Zahnersatz, mein Lieber!» Hollenbach schnellte hinter dem Schreibtisch hervor. «Davon verstehen Sie nichts! Aber Nietzsche, der verstand was davon. Und was hat er gesagt? ‹Neunundneunzig Theile alles Schaffens ist Nachmachen, in Tönen oder Gedanken, Diebstahl, mehr oder weniger bewußt.› Das hat er gesagt.»

Cakuli ließ das nicht gelten. Er wolle endlich einen guten Text, «eine Story mit Emotionen».

Da kam mir schon wieder eine Idee. Ich war direkt verblüfft, wie einleuchtend und klar sie war. Ich ging auf Cakuli zu. «Wenn Sie Emotionen wollen, dann nehmen wir eben die stärkste Emotion: Haß. Wir werden ein Haßbuch schreiben, und zwar ein echtes Albanerhaßbuch!»

Hollo nahm die Vorlage sofort auf. «Genau! Ein kunstvolles Albanerbeschimpfungsbuch! Wo alles drin ist: die angeborene Kriminalität, die Dumpfheit dieser Menschen, ihre Unfähigkeit, irgendwas zustande zu bringen, ihre ewige Streitsucht, ihre totale Verkommenheit. Das geht bestimmt total ab! Alle Menschen hassen doch die Albaner. «

Der Albaner war fassungslos. «Was habt ihr nur für ein kaputtes Albanerbild! Für euch existieren wir nur als Stereotypen, als Killerklischees, für euch sind wir die *Outcasts of Europe*, uns kann man wohl alles andichten, ja? Kennt ihr ‹Julia und ihre Liebhaber›, den Film? Wo Peter Falk die ganze Zeit widerliche Witze über Albaner macht? In der Romanvorlage von Mario Vargas Llosa sind es noch Seitenhiebe auf die Bolivianer, aber in der Verfilmung hat man Albaner daraus gemacht. Warum? Weil man es mit uns einfach machen kann!»

Cakulis Kopfblock geriet in ein gefährliches Pendeln.

«Das findet ihr wohl witzig? Was glaubt ihr überhaupt, wo ihr seid? In einem Vergnügungscamp? Habt ihr eine Ahnung, was mich der ganze Spaß hier kostet? Ich habe drei Bunker für euch angemietet, das sind alles laufende Kosten. Bunker sind teuer in Albanien. Wir haben nur sechshunderttausend Stück, sie sind unser nationales Erbe. Sie sind geschützt! Der Bunker ist der einzige Platz, wo man ungestört sein kann, wo einen die Sippe nicht nervt. Halb Albanien ist in Bunkern gezeugt worden! Außerdem brauchen wir die Dinger zur Verteidigung! Schon morgen können die Mazedonier hier einmarschieren, diese verkommenen Hurenböcke, oder die Serben, diese Söhne von wundgefickten Hunden, oder die Konquistadoren von der NATO. Oder diese griechischen Bastarde da unten – die lauern doch nur darauf!»

«Ich bin gerührt», sagte Hollenbach.

Der Verleger hatte nun jegliche Fassung verloren. Er tobte und schrie und ging vor Wut so schnell im Kreis, daß man glaubte, die Luft zischen zu hören. Er schnaufte. Er stampfte. Leider war es sehr hell im Bunker, so daß er unsere amüsierten Gesichter sehen konnte.

«Was ist los? Haltet ihr mich vielleicht für bescheuert? Glaubt ihr, ich habe keine Gefühle? Oh, wie ich diesen Abschaum hasse, diese verkommenen Schweineficker, die uns Albaner sinnlos hassen, und sowieso immer aus den falschen Gründen.» Er schoß auf mich zu und stierte mich an. «Ich ficke auf dieser Welt nichts mehr als den Wald Christi, in dem diese perversen Söhne von totgefickten Müttern hausen, die den Haß auf Albanien oder andere Adriaanrainerstaaten predigen!»

Unser Meeting begann unproduktiv zu werden. Wir taten beide desinteressiert, Hollenbach hatte auch nichts mehr vorzulesen, und Cakuli kriegte sich überhaupt nicht mehr ein. «Na, vielen Dank, das war ja eine tolle Vorstellung. Ihr seid Stümper! Ganz elende Hurenstümper! Wenn ich nicht bald etwas Brauchbares zu lesen bekomme, dann ist das erste Ohr fällig!»

Er schmiß uns raus. Die Nachmittagssonne hatte die Farbe der Orangen in den Bäumen, die Luft war vorsommerlich warm.

Erst nahmen wir Cakulis Drohungen nicht besonders ernst. Daß er nun aber entschlossen war, die Zügel straffer zu ziehen, die Kontrollen und den Druck zu verstärken, das merkten wir, als wir eines Morgens Bardhyl im Kreativbunker antrafen, wie er gerade durch die Dateien auf unserem Rechner ging. Daß wir ihn überraschten, war ihm nicht im geringsten peinlich, im Gegenteil. Er schaute vom Bildschirm auf, stierte Hollenbach verächtlich an und wurde unangenehm laut: «Ey, wenn du glaubst, daß du uns mit deim Text ficken kannst, dann sag ich dir konkret, daß ich mich nicht von so einem Text ficken laß, Alder. Ich sag alles meim Chef! Du hast voll die scheiß Erzählperspektive, Alder.» Stand Bardhyl ein solches Urteil überhaupt zu? Er fixierte uns. «Wenn ihr hier Scheiße baut, dann bin ich meinen Job los und meine Ehre, und ich schwör: Dann habt ihr Streß.» Er ging zur Tür, drehte sich noch mal zu Hollenbach um und sagte: «Ey, wenn du ungeil schreibst, ich mach dich kalt, Alder!»

Doch je größer der Druck wurde, desto größer und unüberwindlicher wurde auch Hollenbachs Schreibblockade. Paralysiert saß er vor seinem Holzvergaserrechner und verfeuerte eine Zigarettenstange nach der anderen. Auch ich war wie betäubt. Warum schaffte ich es nicht, auch mal irgend etwas aufzuschreiben? Als Spammer hatte ich doch nie Probleme gehabt, mich an ein Millionenpublikum zu wenden. Aber vielleicht fiel das Spam-Dichten ja leichter, weil es nicht so anonym war, nicht so unpersönlich wie das Schreiben eines Buches. Als Spam-Autor wendet man sich ja ganz individuell an den jeweiligen Empfänger. Vielleicht sollten wir statt eines einzelnen Romans lieber eine Million kurzer individueller Texte verfassen? «Naked Viagra Botox cheap celeb porn prescription free family incest sex.» Oder so ähnlich, und dann alle möglichen Kombinationen dieser Worte?

«Er hat doch gesagt, er will keine experimentelle Literatur», sagte Hollenbach teilnahmslos, als ich ihm die Idee verkaufen wollte. Es war zum Verrücktwerden. Totale Blockade, massiv total sogar. «Mist», sagte ich nach einer endlosen Zeit des Schweigens. «Ich habe einfach nichts erlebt. Also ich meine damit: nichts Dramatisches ...»

«Mir geht's genauso. Schöne Scheiße.»

«Und wenn wir das einfach zum Thema machen? Wenn wir die Wahrheit schreiben?»

«Die Wahrheit schreiben? Die Wahrheit ist für Weicheier, Amigo.»

Ich dachte weiter nach, obwohl mir fast der Schädel zersprang. Mir kamen nur noch blöde Gedanken.

«Vielleicht wäre das ja ein Einstieg», sagte ich. «Paß mal auf: *Die albanische Rechtspflege hat bekanntlich ihre Eigentümlichkeiten, sagen wir geradezu: ihre Schattenseiten, die um so deutlicher hervortreten, je entlegener die Gegend ist, um die es sich handelt. Unter den dortigen Verhältnissen ist es nicht verwunderlich, daß da, wo die verschiedenen zuchtlosen, sich ewig befehdenden Stämme der Skipetaren ihre Wohnsitze haben, von einem wirklichen ‹Recht› fast gar nicht gesprochen werden kann.*»

«Was soll das denn jetzt bedeuten?»

«Keine Ahnung, ist mir gerade eingefallen. Vielleicht was Grundsätzliches am Anfang, und dann immer konkreter werden.»

«Quatsch. Du mußt direkt rein, es muß gleich knacken. Und wenn schon Skipetaren, dann richtig und fetzig, so wie Karl Mays ‹Durch das Land der Skipetaren›.»

«Und wie fängt der an?»

«Keine Ahnung. Kannst ja mal die Kuffnucken hier fragen.»

Mit dieser negativen Grundhaltung kämen wir aber nicht weiter, belehrte ich meinen Klienten. «Wenn es so nicht klappt, dann versuchen Sie es doch mal auf Tabletten! Auf Drogen! Die sollen doch so eine sagenhafte Inspirationsquelle sein!»

Akut gereizt blickte Dr. med. Hollenbach hinter seinem Berg von Tablettensäckchen hervor. «Was glaubst du eigentlich, was ich seit Wochen hier tue?»

«Sie machen aber keinen berauschten Eindruck auf mich.»

«Dein Problem.»

«Vielleicht probieren Sie's mal mit einer Überdosis? Bis jetzt hat es ja offensichtlich nicht gewirkt.»

Er dachte kurz und intensiv nach, legte diverse Gesichtszüge längs, dann wieder quer und versprach, den Vorschlag zu prüfen. Er griff vor sich, öffnete verschiedene Packungen, drückte Dragees, rote Pillen und grüngelbe Kapseln in eine leere Kaffeetasse, leerte einen halben Beutel weißer Tabletten darauf, klaubte ein weiteres Plastiksäckchen aus der Anzugtasche und holte mit Daumen und Zeigefinger einige winzige graue, getrocknete Pilze heraus.

«Hab ich hier gefunden, die wachsen in alten Öllachen», sagte er, bröselte sie in die Tasse und zerdrückte alles mit einem Löffel. «Das gibt so 'ne Art CZwo-TZwo-Generikum, müßte aber 'ne Spur besser kommen», murmelte er, goß die Mischung mit grünlichgelbem Rraki auf – und ließ den Cocktail mit einem beherzten Seufzen in den Schluckschacht am Ende seiner Mundhöhle glucksen. Wenn ich das Ergebnis hätte ahnen können, dann hätte ich sicher auf das Inspirationsexperiment verzichtet.

Hollenbach blickte leer aus sich heraus, atmete pfeifend

und lächelte neandertalerhaft. Wenige Sekunden später begann er zu tippen. Er tippte und tippte, der Zweitaktrechner knatterte und keuchte vor Anstrengung.

«Das wird Wahnsinn», schrie der Erfolgsautor. «Das wird der absolute Wahnsinn, das ist *meine eigene Geschichte*, das wird sie umhauen, diese Scheißalbaner!»

Es war gespenstisch. Er hörte überhaupt nicht mehr auf zu schreiben. Ich sah mir das eine Weile an, dann ließ ich ihn allein in seinem Bunker.

Mitten in der Nacht wachte ich auf, weil ein Irrer mit beiden Fäusten an meine Bunkertüre hämmerte. «Koitus! Ich hab den Koitus!» drang es dumpf durch den Stahl. «Den Koitus der Literatur! Laß mich rein, Mick, ich muß es dir erzählen!»

Sein wirres, atemlos vorgebrachtes Referat handelte von Höhepunkten des Lebens im allgemeinen und der Literatur im besonderen, vom «Text-Kamasutra», welches er, Hollenbach, endlich gefunden habe, weil er «Theorie und Praxis» ebenso in Einklang gebracht habe wie «Mensch, Natur, Umwelt und Kosmos»; man könne auch «Menuk» dazu sagen. Außerdem habe er endlich begriffen, daß Literatur – «ja Literarizität!» – nicht nur «im geordneten Blablabla» zu finden sei, nein, es gebe ja auch eine «Literatur der Bildschirme, der Zigarettenpackungsaufschriften, der Fremdsprache, der Textilbeschriftungen» usw., das alles sei der «Nouveau Roman des Alltags, des Lebens, des Universums», und genau daran schreibe er, der «nackte Wahnsinn» sei das, er habe einen «Flow» wie niemals zuvor in seinem Leben. Ja, der «Flow» dauere sogar unvermindert an, deswegen kehre er jetzt gleich zurück an seinen Holzcomputer, er hole nur noch neue Tabletten.

«Ich hab den Dreh, glaub's mir, Mann! Penn ruhig weiter. Morgen früh ist alles fertig. Dann tragen wir vor, und dann sind wir frei!»

Acht

Am Morgen eines schon etwas heißeren Tages saß ein schon etwas heiserer albanischer Verleger vor unserem Dampfcomputer. Er schluckte und wischte sich Schweiß von der Stirn. Nach einem spontanen und sehr anstrengenden Brüllanfall war seine Stimme leicht angeknackst, er mußte erst zu Atem kommen. Doc Hollenbach preßte immer wieder neue Dachpappen in den Diskettenschlitz, fand aber nicht, wonach er suchte.

«Wie bitte, was ist jetzt? Ich habe meine Zeit nicht gestohlen!»

Der Erfolgsautor stocherte nervös in der Maschine herum. «Ich weiß auch nicht», murmelte er. «Verficktes Scheißding … vorhin waren die Dateien doch noch da …»

Seine Augen waren klein und rot wie entzündete Pickel, er mußte die ganze Nacht durchgeschrieben haben. Der Haufen leerer Tablettenpackungen, der sich im Mülleimer türmte, zeugte von übermenschlichen Anstrengungen. Cakuli sprang von seinem Stühlchen auf und rotierte wie eine fette Motte um unseren Kreativküchentisch herum, fuchtelnd und schimpfend. Wie oft würde ich diese erbärmliche Show noch mit anschauen müssen?

Nachdem Hollenbach den Rechner mit schlechtem Zureden, Tritten und einer Kaffeeinfusion traktiert hatte, hißte dieser noch eine letzte kleine Rauchfahne und gab endgültig auf. Der Schriftsteller fluchte, eine «super Geschichte» sei das gewesen, absolutes «Kultmaterial», sogar «viel besser als mein Roman». Erinnern konnte er sich aber an nichts mehr.

Cakuli tobte. Wir seien «Stümper», schrie er und schlug mit der Faust auf den Tisch, ja «Garnichtskönner, die in lauwarmem Wasser planschen, in dem zuvor der Ochse gebadet hat, der den Mann getragen hat, der am Heiligen Abend die Mütter eurer Schwestern gefickt hat». Und jetzt sollten wir uns endlich mal Mühe geben. «So schwer kann das doch nicht sein! Der amerikanische Drehbuchautor Joe Eszterhas hat für drei Schreibmaschinenseiten drei Millionen Dollar bekommen – warum? Weil er auf diese Seiten den Entwurf von ‹Basic Instinct› geschrieben hat.

Er gab uns eine «Gabriele»-Schreibmaschine und eine Frist von achtundvierzig Stunden – dann wollte er Ergebnisse sehen.

Zwei Tage? Das war doch viel zu knapp. In zwei Tagen würde Hollenbach, nachdem er nun schon so lange nichts Überzeugendes gedichtet hatte, erst recht nichts fertigbringen. Am Nachmittag erwischte ich Cakuli in seinem Dienstbunker und erbat Aufschub.

«Hollenbach wird es in zwei Tagen nicht schaffen. Er arbeitet jetzt viel gründlicher als früher. Ich habe ihn entschleunigt.»

Irritiert sah er mich an, und ich genoß es. In wenigen Worten erklärte ich ihm das Prinzip der *LifeTime*-Lehre nach Professor Pelz, meine neue Zeitrechnung und das Glück der totalen Entschleunigung. Er hatte sichtlich Mühe, mir zu folgen, weil er als einfacher Mann aus dem Bergvolk keine Antenne für revolutionäre Ideen hatte.

«Wir brauchen keine neue Zeitrechnung», schnaufte er. «Wir haben noch nicht mal die alte bewältigt. Was Sie erzählen, ist Unsinn! Der Mensch soll sich nicht entschleunigen, sondern Gas geben, schnell leben, heftig und intensiv. In den Bergen Albaniens ist jede Stunde kostbar wie ein Tag. Sie sind auf einem Irrweg!»

Er stand auf, kam auf mich zu und legte seinen Arm um mich, was so unangenehm war wie das plötzliche Duzen.

«Ist er dein Freund?»

«Weiß ich nicht. Kann man so nicht sagen.»

«Du liebst ihn?»

«Nein.»

«Du haßt ihn, weil er dich in diese Situation gebracht hat?»

«Nein, ich habe ihm vergeben. Er braucht Rat und Hilfe. Er vertraut mir, und dafür bewundere ich ihn. Vielleicht fürchte ich ihn sogar.»

«Macht er dir angst?»

«Möglich. Wenn ich mich vor ihm fürchte, der ich ihn bewundere – wie muß dann er, der sich selbst bewundert, sich vor sich selbst fürchten?»

Cakuli schaute mich lange an.

«Ich fürchte, ich habe dich nicht verstanden, mein Freund. Aber das macht nichts. Viel wichtiger ist, daß du mich verstehst. Was glaubst du, was das hier ist?»

Er hielt mir einen Brief hin, gab ihn jedoch nicht aus der Hand. Vorne drauf stand: *Für meinen Gjermani.* Er drehte ihn um. Auf der Rückseite stand nur ein Wort: *Tirana.* Ich bekam feuchte Hände.

«Geben Sie mir den Brief! Sofort!»

Cakuli lachte. Sein kantiger Kopf schien mit einem Mal aus lauter Einzelteilen zu bestehen: aus List, Tücke und Boshaftigkeit. Mit seinen Wurstfingern zerriß er den Brief in kleine Fetzen. Genüßlich ließ er sie auf den Boden rieseln. Er sah mich an.

«Du weißt, Tirana steht unter meinem persönlichen Schutz. Wenn ich es nicht will, wirst du keinen Kontakt zu ihr haben. Keine Briefe, keine Besuche, nichts. Aber ich habe ein großes Herz – wie unsere selige Mutter Teresa, die berühmteste Frau Albaniens. Wie sie habe auch ich Respekt vor der Liebe, mein Freund, schließlich bin ich vom Stamm der Tosken und kein herzloser Idiot wie diese Gegen. Sobald mir dein Freund Hollenbach ein aussagekräftiges Manuskript aushändigt, wirst du Tirana wiedersehen können. Das verspreche ich dir.»

Wütend stapfte ich zurück zu meinem Bunker. Unglaublich, wie gemein dieser Mann war. Ich kam mir immer verlorener vor, ohnmächtig. Was hatte Tirana mir nur geschrieben? Daß sie das Warten satt hatte und mit mir durchbrennen wollte? Daß sie sich geschworen hat, keine geschworene Jungfrau mehr sein zu wollen? Es war zum Verrücktwerden. Obwohl sie nur wenige Kilometer entfernt lebte, konnte ich sie nicht treffen. Keiner wußte, wo Tirana wohnte – und die es wußten, sagten es mir nicht.

Wirklich keiner?

Moment mal!

Da war doch einer, der ganz genau wußte, wo Tirana lebte: Weil er nämlich direkt von da herkam. Genau: Koco! Mein kleiner, elender Klepper – er mußte es doch wissen!

Koco stand sinnlos hinter meinem Bunker herum und zupfte Gras aus der Krume. Ich sah ihn streng an. Es wurde doch immer wieder von der sagenhaften Intelligenz der Pferde berichtet: daß sie so ein unglaublich gutes Gedächtnis hätten, so einen hervorragenden Ortssinn. Ob Koco das wußte? Ich redete intensiv auf ihn ein, nannte den Namen seiner Besitzerin und schilderte ihm mein Problem. Er blickte mich interessiert an und sagte: «I-aah.»

Ein seltsames Verhalten für ein Pferd. Ich saß auf, legte meine Hand zwischen seine erstaunlich langen Ohren und flüsterte: «Tirana! Tirana!» Koco überlegte eine Weile, schnaubte verhalten, dann trabte er los. Nicht wie beim letzten Mal, als ich die Richtung vorgab, hinunter zur Stadt, sondern hinauf in die Berge. Er schien sich seiner Sache sicher zu sein. Den Wachposten, die ich unterwegs passierte, rief ich «Të përshëndes!» zu, «Grüß dich!», und deutete mit einer Kreisbewegung an, daß ich nur einen kleinen Rundritt machte.

Schon nach kurzer Zeit war der Ölgeruch verflogen. Gierig atmete ich den Duft der grünen Wildnis ein, das Aroma der Freiheit. Das sanfte, gleichmäßige Gehoppel brachte meinen Zerebralapparat wieder in Schwung. Das hatte ich lange nicht mehr erlebt, ich war wohl unter dem Einfluß der Öldämpfe in eine Art sommerlichen Winterschlaf gefallen. Ich nutzte die Gelegenheit und führte eine spontane Fallsupervision durch. Was waren meine Ziele, meine Visionen?

Ich wußte es nicht, ich sah nur Tiranas hübsches Gesicht vor mir, ihre hohen Wangenknochen, ihre kühn geschwungenen Brauen, die Perlenschnur ihrer Zähne. Eine gute, eine schöne Vision. Massiv schön sogar. Leider schob sich immer wieder ein langhaariger, vor einer Tastatur schnarchender Mediziner davor, was nicht so schön war. Ich war mit ihm nun länger zusammen als jemals mit einem Menschen zuvor. War er mein neuer Lebenspartner? Oder war es Tirana, mit der ich, wenn ich alles zusammenrechnete, wohl nicht einmal vierundzwanzig Stunden verbracht hatte? Ich merkte nur, wie ich süchtig nach, ja abhängig von ihr war. Und neidisch auf Hollenbach. Er kam gut mit dem Leben zurecht, weil er keinen Respekt davor hatte. Das Leben hingegen war gut beraten, Respekt vor Dr. Hollenbach zu haben, sonst würde es nämlich ordentlich was aufs Dach kriegen. Aber kam ich in Hollenbachs Leben überhaupt vor? War er wirklich ein «Bodhisattva des Mitgefühls», wie er immer von sich behauptete? Und wie sah das bei Tirana aus? Was hatte ich überhaupt in der letzten Zeit erreicht? Eigentlich nichts. Obwohl …, das stimmte nicht. Die Trennung von Ira hatte besser geklappt, als ich dachte. Auch innerlich. Sämtliche mir zur Verfügung stehende Begehrpower war von Tirana absorbiert worden. Außerdem hatte Ira nicht das Geringste getan, um mich hier herauszuholen. Ich war schließlich seit Wochen abgängig, sie hätte längst ein internationales Suchkommando auf den Weg bringen können, das mich in dieser ölverpesteten Vorhölle aufgespürt hätte.

Was war mein Plan? War ich überhaupt Herr meiner Lebenszeit, das Subjekt meiner Handlungen? Oder nur der Avatar meiner eigenen Projektionen? Also, wenn Sie mich so direkt fragen: Ich fühlte mich längst bis zur Kaputtheit entschleunigt. In einer Sackgasse, nichts ging voran. Ob Hollenbach endlich schreiben, ob ich Tirana je wiedersehen, ob Cakuli sein Wort halten würde – alles schien gleich nebulös und unklar. Meine neue Zeitrechnung interessierte hier keine Sau, die hatten ja noch nicht mal die alte verstanden. Gut, Professor Pelz sagt immer: «Wenige Ziele sind besser als zu viele Ziele» – aber inzwischen kam mir das genau so dämlich vor wie seine anderen Sprüche. Der Mann hatte doch keine Ahnung!

Die schwarzen Skelette der Öltürme waren in der Ferne verschwunden, das Gelände unwegsamer geworden. Wie ferngesteuert trabte Koco vor sich hin, navigierte in ein kleines Seitental, das bald zur engen Schlucht wurde. Es ging durch Gestrüpp, an düsteren Böschungen entlang, Zweige kratzten an meinen Beinen. Auf einmal öffnete sich die Schlucht, und ich gelangte in ein Wäldchen von Tannen und Walnußbäumen. Klar, daß ich Tirana hier niemals aufgespürt hätte.

Auf einer Lichtung ruhte eine Handvoll Betoniglus, in der Mitte eine erloschene Feuerstelle. An einer zwischen Bäumen gespannten Wäscheleine hingen große Plakate. Hier lebte sie also! Koco steuerte direkt auf einen der Bunker zu. Ich hyperventilierte. Hoffentlich war sie auch zu Hause. An die Bunkerwand hatte jemand mit einem dicken Pinsel Buchstaben gemalt: W.I.E.H.

Ich rief: «Mirëdita!»

«Cakuli?» fragte eine Stimme, die eindeutig nicht Tirana gehörte. Dafür war sie zu dünn, zu hell. Ein zierlicher, alter Mann mit monströser Hornbrille kam aus dem Bunker. Sein Grauhaar war nach hinten gepappt. Als er uns sah, rief er voller Freude: «Koco!» und umarmte mein Pferd. «Koco, alter Junge, da bist du ja wieder!»

Der alte Junge nahm die Freudenbekundungen gelassen hin. Ich fragte den Alten, was das solle, und wo Tirana sei. Irritiert schaute er mich an und deutete mit dem Arm in eine Himmelsrichtung.

«Hundert Kilometer nach Norden, glaube ich.»

«Echt? Ich dachte, sie lebt hier.»

«Wie meinen?»

Erst einige Wortwechsel später hatten wir geklärt, daß ich nicht die Hauptstadt Albaniens meinte. Er blinzelte mich durch seine Kristallglasscheiben an.

«Sie sind einer von den Neuen, nech? Hab schon gehört, daß Cakuli wieder neue Leute gekriegt hat. Dabei ist kaum noch Platz. Was ist denn Ihr Projekt?»

Ich verstand nicht, und das sah er mir an. Er sprach schnell, getrieben, fast atemlos, während er mir absteigen half und Koco aufgeregt streichelte. «Was ich meine? Na, daß Sie jetzt auch zu Cakulis Brain-Park gehören, nech. Willkommen im Club! Sie sind nicht die einzigen. Das wissen Sie nicht? Schauen Sie, die Bunker hier – alle bewohnt von Kollegen, nech. Wir können tun und lassen, was wir wollen. Wir können nur nicht weg, aber das wissen Sie bestimmt, nech. Cakulis Leute» – er deutete ins Irgendwo der blauen Berge, die sich vor uns erhoben – «sitzen überall. Die haben Gewehre, und wir nicht.»

Das wisse ich nun wieder, sagte ich. Aber was er mit «Projekt» meine, und wie lange er schon hier sei.

«Ich?» Er lachte kehlig. «Hab ich vergessen, ist ja auch egal. Woanders ist es nicht besser. Wir werden landestypisch ernährt, also fettig und schlecht, und müssen zweimal im Jahr irgendwas Schriftliches abliefern. Etwas, das Cakuli zu Geld machen kann, nech. Er hofft immer noch auf den ganz großen Wurf. Kommen Sie, ich zeig Ihnen was!»

Er nahm mich mit in seinen Bunker. Es war das gleiche Modell wie meiner, die Ein-Mann-Standardversion. Neben seiner Pritsche stand ein Tisch, darauf eine Schreibmaschine. Der Boden war komplett mit Manuskripen bedeckt, mit Schnipseln und langen, eng beschriebenen Papierfähnchen. Auf der Pritsche, die aus alten Landvermesserlatten gezimmert war, lag ein Plakat, das mit vielen Manuskriptzettelchen beklebt war.

«Mein nächster Roman. Er soll ‹Julia oder die Gebälke› heißen. Mit dem Titel bin ich mir noch nicht sicher, aber das Format steht fest: auf jeden Fall DIN A1. Die Erzählung läuft in zehn Spalten gleichzeitig nebeneinanderher, nech. Das ist revolutionär, das hat noch keiner versucht.» Er kicherte und schob mich wieder nach draußen. «Ich habe Cakuli klargemacht, daß ich noch Jahre brauche, um fertig zu werden. Aber dann könnte er Millionen damit verdienen. Er ist drauf reingefallen. Also schreibe ich, und so lange ich schreibe, lebe ich hier in Ruhe. Was war Ihr Projekt noch mal? Na, ist ja auch egal, Sie werden's schon wissen. Denn wer kein Projekt mehr hat, wer nichts mehr bringt, den verkauft Cakuli an die IRAS, nech.»

Ich blickte den Alten verständnislos an.

«Mein Gottchen, Sie sind vielleicht ahnungslos. Na ja, Frischlinge ... Die IRAS ist so 'n Forschungskreuzer der UNO, randvoll mit internationalen Künstlern, Intellektuellen und Wissenschaftlern. Die IRAS klappert einmal im Jahr die Mittelmeerküsten ab und stockt die Bestände auf. Und Cakuli kassiert pro Nase. Dann tuckert sie wieder aufs offene Meer und dümpelt in den Roßbreiten vor sich hin, so eine Art schwimmender Elfenbeinturm, um im Falle einer Superkatastrophe die Kreativbestände der Welt zu erhalten. Aber ohne mich, mein Herr, auf dem Pott hängen die ganzen Idioten rum, Süskind, Salinger und Pynchon und diese ganzen Kasper, mit denen hab ich mich noch nie verstanden, nech.»

«Aber ... das ist ja Menschenhandel», sagte ich. «Und das ist von der UNO organisiert?»

«Von der UNESCO genau genommen, nech. Eigentlich hochgeheim, weiß aber jeder.» Er mußte schon wieder lachen. «Kennen Sie Kadare?» Er stellte sich in Positur. «‹Die einzige Möglichkeit für eine Stadt auf dem Balkan, mit den grauen Barockstädten Mitteleuropas gleichzuziehen, ist die Ersetzung der fehlenden Türme und Kathedralen durch archaische Verbrechen und Ängste.› Das hat Ismail Kadare geschrieben, der einzige echte Schriftsteller, den Albanien je hervorgebracht hat. Und der muß es wissen, er ist in Gjirokastër geboren, wie auch unser verehrter Enver Hoxha, man sprach ja nicht umsonst von der ‹Hoxha-Kadare-Diktatur›. Diese Hominiden hier werden ihren Laden nie in den Griff kriegen, das sag ich Ihnen. Hier geht's nur ums Schachern. Schau'n Sie sich's doch an. Die Orangen verfaulen an den Bäumen, weil es bequemer ist, Orangensaft via Griechenland ins Land zu schmuggeln. Wer schafft denn in Europa die Kulturwerte? Nur Griechen, Romanen, Germanen; Inder in der Philosophie. – Die Slawen sind typisch kulturlos, mein Gott: Schach und 'n bissel Musik!»

Ich fragte ihn, warum er nicht abhaue.

«Sehen Sie, ich hab's sowieso nicht leicht, Intelligenz ist ein Schicksalsschlag, und das Leben ist eine Qual, egal wo. Hier ist das Klima aber angenehmer. Und wenn ich keine Lust mehr habe, kann ich mich jederzeit albanisch naturalisieren lassen.» Sein hornumranktes Antlitz kam sehr nah. «Aufs Dorf ziehen. Doof sein. Rammeln. Maul halten. Kirche gehen. Und wenn 'n großer Mann in der Nähe auftaucht, in 'n Stall verschwinden.»

Er hatte mich zu einem anderen Bunker geführt.

«Schade, daß ich Ihnen Charly nicht mehr vorstellen kann, er ist vorgestern abgeholt worden. Zusammen mit zwölf anderen, die weiter hinten im Wald wohnten, da ist noch 'ne ganz große Bunkerkolonie, nech.»

Charlys Bunker war menschenleer, in der Mitte stand, wie eingeklinkt, ein großer Schrank.

«Charly hat auch geschrieben, er ist schließlich mein Urgroßneffe, er ist ein echter Schlawiner. Er hat sich diesen alten Schrank besorgt, ihn mit Alufolie ausgeschlagen und sich hineingesetzt. Um, wie er sagte, ‹Enge und Verzweiflung konkreter zu erfahren›. Hat Tag und Nacht geschrieben, der arme Kerl, aber noch nie ein Buch veröffentlicht. Und das Verrückteste – er ist freiwillig gekommen. Er sagte, er schreibe einen Roman über Äpfel, so solle sein Buch nämlich heißen: ‹Äpfel›. Ich habe ihm geraten, wenn er sich so quäle, dann solle er doch lieber ein Buch über Apfelsaft schreiben, dafür würde er auf jeden Fall den Literaturnobelpreis erhalten. Er aber antwortete: ‹Ich verachte den Literaturnobelpreis, weil die Guten, wie Kafka, Hamsun, Svevo, ihn nie erhalten haben, und wenn man ihn mir verliehe, dann faßte ich das als Beleidigung auf, es wäre für mich nichts anderes als die Faser einer Ente in einem inzwischen tauben Backenzahn nach einem Besuch in dem chinesischen Wirtshaus in der Köstlergasse in Wien.› Verrückt, nicht wahr?» schloß der Alte sein Referat und fügte hinzu: «Äpfel. Meine Güte. Und jetzt hat er die Idee, einen Roman über die IRAS zu schreiben. Deshalb hat er sich abholen lassen. Ohne meine Zustimmung, wohlgemerkt. Der hat sie doch nicht mehr alle.»

Seltsam sei, sponn der Alte seinen endlosen Gesprächsfaden weiter, daß Koco wieder da sei. «Koco war Sudaus Gaul, ist aber vor ein paar Monaten plötzlich verschwunden, als Sudau den Löffel abgegeben hat, so sagt man doch, nech?» Es würden ja nicht wirklich alle abgeholt, manche blieben auch für immer hier, sagte er kichernd und führte mich zu einem weiteren Bunker. Mit Mühe öffnete er die Tür, es war dunkel, ein widerlicher Geruch schlug uns entgegen. Als er den Lichtschalter gefunden hatte, wurde mir schlecht. Von der Decke hing etwas, das einmal ein Mensch gewesen war. Der Leichnam war schon halb verwest, nur seine Jeansjacke schien die Reste noch zusammenzuhalten. Die Schuhe mit den Füßen lagen unter ihm auf dem Boden.

«Auch ein Schriftsteller», sagte der Alte wie triumphierend. «Sogar aus Deutschland. Schade um den armen Kerl. Als Cakuli sich neulich die Bescherung anschaute, sagte er nur, daß der Mann in diesem Zustand keinem mehr was nütze. Als er noch frisch gewesen sei, da hätte er auf dem Gebrauchtorganmarkt eine schöne Summe gebracht. Aber so … Cakuli hat ihn einfach hängen lassen, vielleicht zur Abschreckung, keine Ahnung. Kennen Sie ihn?»

«Cakuli?»

«Nein, den hier.» Er stupste den Hängengelassenen an, der daraufhin zu pendeln begann. Horrorshow. Ich würgte.

«N-N-Nein.»

«Ich auch nicht. Nicht wirklich, nech. Sein Name soll Holger Sudau gewesen sein, angeblich ein Schriftsteller aus dem Osten. Cakuli hat ihn aus dem Vogtland herschaffen lassen, er war ihm als Bestsellerautor empfohlen worden. Mit uns sprach der nicht. Nur mit Koco. Er liebte Koco, ritt fast jeden Tag mit ihm aus, um die Zentaurin zu suchen.»

«Die was?»

«Die Zentaurin, eine Pferdefrau, halb Gaul, halb Frau. Ein Hirngespinst, aber er jagte ihr verzweifelt hinterher. Er war ganz sicher, daß es sie wirklich gibt, daß er sie im Wald hat reiten sehen. Ich bin mir dagegen ganz sicher, daß er verspult war. So sagt man doch heute, nech: verspult? In den Nächten schrieb er Oden an Getränke oder an Pilze, aber nichts davon gefiel Cakuli, so daß der schließlich die Abholung veranlaßte: Am nächsten Tag würde ein Mercedes kommen und ihn runter in die Hafenstadt fahren. Die IRAS war schon am Horizont zu sehen. Da drehte der Arme durch. Er sei ‹Waldmensch›, sagte er, die See sei nichts für ihn, nech. Tja, und am frühen Morgen fanden wir ihn so.»

Ich taumelte aus dem Bunker. Koco schaute uns traurig an und sagte mit gebrochener Stimme: «I-aaah.»

Schnell stieg ich auf und ritt zurück in die Schlucht. Ich hörte den Alten noch lachen, drehte mich aber nicht mehr um, als er mir hinterherrief: «Denken Sie dran: Es gibt keinen Beweis, daß Cakuli seine Finger nicht im Spiel hatte.»

Neun

Bei meiner Rückkehr wartete Genc schon im Bunker auf mich. Er war noch aufgeregter als ich. Kaum hatte er die Türe hinter mir geschlossen und die Schießscharte verrammelt, teufelte er auf mich ein. Ich hatte Mühe, alles zu verstehen, ich war noch völlig verspult von meiner bizarren Begegnung im Wald. Den Weg zurück hatte ich wie in Trance erlebt, war geritten wie ein Automat. Ab und zu war mir, als ob ich Koco leise schluchzen hörte.

Es sehe nicht gut aus, sagte Genc, die Lage sei ernst. Man habe Cakuli gemeldet, daß ich einen erneuten Fluchtversuch unternommen, daß ich Kontakt mit anderen «Gästen» aufgenommen hätte. Und daß ich Jo Hollenbach aufgehetzt hätte, die Kooperation zu verweigern. Außerdem hätte ich einen «schlechten Einfluß» auf Tirana. Daher werde Cakuli uns «mit Sicherheit» die Ohren abschneiden, sagte Genc. Aber Cakuli sei ja gar nicht das große Problem – sondern Bardhyl. Der drehe nämlich gerade durch. Ja, der arme Bardhyl rase förmlich vor Wut und Eifersucht. «Es ist schrecklich», sagte Genc, «und ich bin an allem schuld.» Er zitterte, ich konnte ihn kaum beruhigen. Tirana habe mir nämlich einen Brief geschrieben und ihm, Genc, diesen Brief gegeben, um ihn zu überbringen.

«Weißt du zufällig, was in diesem Brief gestanden haben könnte?»

«Klar, hab ihn ja gelesen: Sie hat geschrieben, daß sie sich alles gründlich überlegt hat, daß sie kein Mann mehr sein will und mit dir nach Deutschland geht.»

«Super!» rief ich.

«Nein, gar nicht super. Ich hab den Brief eingesteckt und bin losgefahren. Unterwegs hab ich noch einen getrunken. Bardhyl war auch in der Bar. Als ich von der Toilette wiederkam, war Bardhyl verschwunden – mitsamt dem Brief. Er muß meine Jacke durchsucht haben. Das macht er immer, wenn irgendwo Jacken rumhängen, und ich Trottel hab nicht dran gedacht. Jedenfalls hat er den Brief sofort zu Cakuli gebracht. Dort hat er geschworen, dich umzubringen, aber das hat Cakuli ihm verboten, weil du sein persönlicher Gast bist.» Und deswegen, stammelte Genc und wirkte völlig verzweifelt, habe Bardhyl nun beschlossen, Tirana zu ermorden. Das habe er, Bardhyl, ihm, Genc, selbst gesagt – eben erst vor einer halben Stunde, als sie mit den Autos unten am Fluß waren zum Ölwechseln.

«Aber warum Tirana? Sie hat keinem etwas getan!»

«Du verstehst nicht! Bardhyl kommt auch aus dem Nachbarklan, er ist ein Meksi, wie Tirana. Früher waren die Beziehungen zwischen den Klans gut. Shkodran Meksi und Cakulis Vater waren Blutsbrüder. Bis eine Blutrachefehde sie verfeindete, den Anlaß kennt man aber nicht mehr. Noch als Bardhyl ein Kind war, hatte man ihm Tirana versprochen. Er mußte sie allerdings auslösen, zehn Mercedesse für sie geben, also richtige Daimler, SL und SEL. So wurde er nach Deutschland geschickt, Autos klarmachen. Dort hat er aber versagt, hat kein Bein auf den Boden gekriegt. Er hatte keinen Plan, keine Ideen. Kam dann in einem gestohlenen Golf zurück, in einem Kleinwagen. Alle haben ihn ausgelacht, und der alte Meksi hat ihn verstoßen. Da lief er über zu Cakuli und wurde von dem, eher aus Mitleid, als Schuldeneintreiber zurück nach Frankfurt geschickt. Seine zweite Chance. Dort lernte ich ihn kennen, ich machte gerade ein Praktikum als Geldwäscher in einer tamilischen Pizzeria, in der er immer rumhing. Er versprach mir Prozente bei seinen Geschäften, doch aus den Geschäften wurde nichts. Und jetzt kann er nicht mal Tirana heiraten – obwohl sie vom selben Klan sind. Weil sie zur geschworenen Jungfrau geworden ist. Alle wissen natürlich, daß sie ihm mal versprochen war, aber da sie inzwischen ein Mann ist, wäre Bardhyl, wenn er mit ihr zusammenlebte, offiziell schwul – und eine größere Erniedrigung ist für einen Albaner nicht denkbar. Außer vielleicht, in einem Kleinwagen gesehen zu werden.»

Der große, mannhafte Genc war zu einem Häuflein Elend zusammengesunken. Er kenne Bardhyl, sagte er. Wenn der in Rage sei, halte ihn keiner auf. Dann fließe Blut, dann herrsche hier «offener Krieg». Das sei das Ende der Bunkersiedlung, schluchzte er, rot würde die Erde werden, «getränkt von albanischem Blut».

Ich fragte ihn, warum er nicht wieder nach Deutschland gehe.

«Das werde ich tun», sagte er. «Aber dazu brauche ich erst eine Idee. Und ich hab noch keine.»

Je verworrener die Lage wurde, desto klarer sah ich alles: Cakuli war ein gefährlicher Irrer, der ein Heer von Autoren schuften ließ, um ihn reich zu schreiben. Wenn wir ebenso versagen würden wie die anderen, würde er uns die Ohren abschneiden oder uns aufhängen lassen oder, wenn wir Glück hatten, an den Brain-Tanker verkaufen. Und Bardhyl wollte Tirana töten. Da war keine Zeit mehr für Entschleunigung.

«Los, Hollenbach, her mit der Geschichte. Wir müssen wieder zum Pitch.»

Der Schriftsteller war nur schwer wachzukriegen, er lag wie einbetoniert in seinem Bett. Müde, allzu müde blickte er mich an. «Habe ich die Fresse von einem, der hienieden irgendeine Aufgabe hat? Das hat Emile Cioran gesagt, bevor ihn die Würmer fraßen, und ich schließe mich seiner Meinung an.» Er rappelte sich auf, suchte nach Zigaretten und erklärte, mit dem heutigen Tag in einen «unbefristeten Totalstreik» zu treten. Er habe «keine Böcke» mehr, Schluß, aus, fertig. Wenn er einfach «Knall auf Fall» den nächsten Welterfolg abliefere, dann sei er schon morgen ein freier Mann – und was Schlimmeres könne ihm, dem inzwischen völlig entspannten und zufriedenen Dr. Jürgen Hollenbach, doch gar nicht passieren. Das sei ihm gerade erst klargeworden.

«Mann, ich fühle mich hier ganz okay. Zum ersten Mal interessiert sich jemand wirklich für mich. Gut, wir sind in Scheiß-Albanien, ich wollte da nie hin – was aber bittschön hab ich in Deutschland verloren? Ich habe Deutschland nicht bestellt, da warten eh nur Scherereien auf mich. Das ist hier *the last good place*, und das beste ist: Keiner weiß es.» Seine Augen funkelten gelb und rot. Schwer zu sagen, auf welchen Pillen er gerade war. «So sieht's aus. Mann. Alle wandern doch jetzt aus – das ganze Fernsehen ist voll mit Auswanderer-Dokusoaps, alle hauen ab, um im Ausland erneut zu versagen. Aber niemand geht nach Albanien! Pah, Deutschland! Gut, dort liebt man mein Buch und trägt mich auf silbernen Schilden, aber das brauch ich nicht. Das ist alles geheuchelt, die warten doch nur darauf, daß ich versage, daß ich mich als One-Hit-Wonder oute. Hier dagegen bin ich das Genie, verstehstu? Außerdem gibt's die geilsten Drogen!»

Sein Entschluß sei daher unumstößlich, und das habe er, Hollenbach, Cakuli auch vorhin erklärt: Er brauche erst einmal eine «ewig lange, vielleicht jahrelange Schreibpause», bevor wieder was gehe. Da habe der vielleicht geschaut, der albanische Verlegerwürfel, grinste der Verweigerer. Stinksauer sei Cakuli abmarschiert und habe immer wieder «Ira» gebrüllt oder so ähnlich.

«IRAS hat er gerufen.»

Ich klärte Hollenbach auf, was nicht einfach war. Im Gegenzug erklärte er mich für verrückt. «Du hast 'n Riesendachschaden gekriegt, Amigo, das tut mir echt leid für dich. Wart mal, ich glaube, ich hab da paar Pillen für dich.»

«Ich will keine Pillen, Hollenbach, ich will, daß Sie ihre Story abliefern. Nur ein paar Seiten, irgendwas!»

Er ließ sich wieder zurückfallen, brachte Tabak zum Glimmen und sinnierte. «Ich habe Ruhe gefunden, Mann. Vorher war ich auf Kollisionskurs mit der Welt, ich habe sämtliche Eruptionen des Daseins als persönlichen Angriff auf mich gesehen, und jetzt bin ich zum ersten Mal Teil dieser Welt – das ist doch absolut hervorragend, sag doch selbst!»

Ich sagte nichts, sondern schrie: «Mensch, wie soll das denn weitergehen mit uns? Ich jage bis zum Sankt-Nimmerleins-Tag Tirana hinterher, und Sie tapern breit durch die Rohölpfützen, lallend und lachend, je nachdem, was Sie gerade eingeworfen haben – das ist doch kein Leben! Das ist doch voll die Provinz! Hier werden die Menschen mit Idiotie und Kropf geboren! Die Tagesvergnügungen sind Inzest und Blutrache. Schauen Sie sich die Typen doch mal an! Doof sein. Rammeln. Maul halten. Ohne mich, ey! Und überhaupt, Hollenbach: Was wollen Sie denn alleine hier anstellen?»

«Ich bin nicht allein.»

«Wen haben Sie denn?»

«Dich.»

«Mich können Sie knicken. Ich haue ab.»

«Hast du schon mal gesagt.»

«Aber jetzt wirklich. Dann sind Sie allein.»

«Bin ich nicht.»

«So? Wen haben Sie denn?»

«Genc und Bardhyl. Die haben Ideen.»

«Haben die nicht.»

«Haben die wohl.»

«Nicht.»

«Wohl.»

«Nicht.»

«Wohl.»

«Und Medikamente gibt's auch keine mehr. Das hat mir Genc erzählt. Cakuli hat Ihre Bezugsrechte schon streichen lassen.» Das war zwar gelogen, machte ihn aber nachdenklich. Ich hatte den *point of return* gefunden! Jetzt mußte ich nur noch seinen konkreten Interaktionsnutzen besser herausstellen. «Sie profitieren, wenn Sie Ihre Geschichte präsentieren – weil nur dann die Medikamentenversorgung gewährleistet ist! Sie profitieren, wenn ich nach Deutschland abhaue – weil ich dort behaupten werde, Sie seien in den albanischen Bergen ermordet worden. Dann werden Sie für tot erklärt, sind ein Held und haben Ruhe vor Ihren Schuldnern. Sie profitieren – auch moralisch. Weil Sie dann vor sich selbst nicht als Arschloch dastehen.»

Der Belletrist brummelte etwas in sich hinein. Ich merkte, daß er meiner Argumentationstechnik wehrlos ausgeliefert war und setzte nach: «Liefern Sie was ab, Hollenbach, tun Sie's für mich. Und für Tiranas Leben! Dann sind Sie raus aus der Nummer, bleiben hier und haben Ihren Frieden!»

Und tatsächlich – er sagte zu.

«Hand drauf?»

«Hand drauf, Chef. Ich tu's für dich, weil du in Ordnung bist und weil ich wirklich kein Arschloch bin. Jedenfalls kein größeres als du. Versprochen: Ich mach euch den Dichter. Morgen trage ich vor.»

«Sie müssen es», sagte ich.

Sekunden später stand ich vor Cakulis Kinderschreibtisch und machte die Ansage: Daß der Weltbestsellerautor Jo Hollenbach morgen sein nächstes Millionenprojekt vorstelle. Sofort griff sich Cakuli eines seiner vielen Handys und telefonierte.

Zehn

Am nächsten Morgen war Cakulis Kommandozentrale zum Bersten voll. Die Firma Sonne und Himmel Albaniens hatte einen prächtigen Tag im Angebot und ärgerte sich, daß sie damit nicht durch die dreißig Zentimeter dicke Betonbunkerdecke dringen konnte, die uns umwölbte.

Mit großer Gebärde hatte Cakuli sie uns bereits angekündigt: «Leuchttürme der Literaturkritik» hätte er eingeladen, um Hollenbachs Saga zu hören, «hochrangige Experten», auf deren Urteil er vertraue, denn allesamt seien sie aufrechte Tosken und keine «Hundesöhne aus der Gegend der Gegen».

Dr. Hollenbach klemmte sich hinter Cakulis Puppenstubenschreibtisch, im Halbkreis vor ihm saß eine Ansammlung erstaunlicher Herrschaften, die der Gastgeber uns als den «Rat der albanischen Literaturfachleute» vorstellte. Um einen sehr länglichen, gutgekleideten Jogginganzugträger, der in der Mitte residierte, saß halbkreisförmig die Corona herum: ein Eierkopf, ein Hutzelweibchen, ein Gemütlicher im Schlagersängersakko, ein Vollbartmann und ein kurzgeschorener Jeanstyp. Man schwatzte und rauchte, erste Doppel-R-Getränke machten die Runde. Durch dreimaliges, scharfes Schwenken seines Würfelkopfes mahnte Cakuli die Jury zur Ruhe. Er bellte Albanisches, wechselte dann unvermutet ins Deutsche und bemerkte, daß ja «seit den Tagen von Wilhelm von Wied, unseres geliebten Fürsten von Albanien», fast jeder hier im Raum diese «Kultursprache» beherrsche. Dabei zwinkerte er beidäugig und wünschte allen Anwesenden gute Unterhaltung.

Hollenbach räusperte sich. «Na gut, ihr habt es so gewollt. Ich erzähle euch, was ich habe, und was ich habe, ist nur eine Geschichte – doch ist es *meine* Geschichte.» Er senkte seinen mächtigen Kopf, schob einige bekritzelte Papiere wie sinnlos hin und her, schließlich ganz beiseite und schloß kurz die Augen, bevor er mit leiser und ungewohnt zarter, fast brüchiger Stimme zu lesen begann:

Wo haben sie Mammi nur hingebracht? So weit weg wie möglich hoffentlich, hinter Schloß und Riegel, wo sie mir nicht mehr dazwischenfunken kann. Das ist die Hauptsache. Ich muß meine Ruhe haben, muß mich gut vorbereiten, denn jetzt bin ich dran, jaja, hehe. Ich habe niemand etwas Böses getan, niemand ist mir verpflichtet, und momentan will ich niemand sehen – lauter niemand, das ist wichtig. Das hält mich im Gleichgewicht. Mein Zimmer ist ein amtliches, gar nicht zu kleines Menschenzimmer, es hat vier Wände, die durch rechtwinklige Ecken fest miteinander verbunden sind, wie sich das gehört. Die meiste Zeit meines Lebens mußte ich in Räumen zubringen, die krumm oder oval, fünfeckig oder dreigliedrig waren. Wie der menschliche Organismus, hat Papi immer gesagt, so soll deine Heimstatt sein. Dabei ist mein Körper gar nicht krumm, oval auch nicht, eher rund. Aber darauf kommt es nicht an. Es kommt darauf an, die richtigen Worte zu finden.

Endlich bin ich wieder drin in der Gesellschaft, bin unter Menschen, höre ihre Stimmen, lausche dem Rauschen des Verkehrs, dem Hupen der Autos, den Flüchen der Anlieferungsfahrer, wenn das Tor nicht sofort geöffnet wird. All das wäre Papi schon wieder zu viel gewesen, er hätte einen seiner Koller gekriegt, wäre ausgerastet und hätte mit Flaschen geworfen, pah!

Jetzt ist Ruhe in der Truhe, Schicht im Schacht, Papi ist selber schuld. Die Beweislage ist absolut klar, ich habe keinem etwas getan. Nur die Herren Türhüter – die haben natürlich noch ein paar Fragen. Solche Schwierigkeiten hatte ich als einfacher Mann vom Lande nicht erwartet. Sollen sie ruhig fragen, sie werden schon Antwort bekommen. Wundern werden sie sich.

Allenfalls Mammi könnte die Sache noch vermasseln. Wenn sie wieder anfängt zu jammern, zu klagen und zu stöhnen in ihrer schusseligen und einfältigen Art. War ja klar, daß man sie auch gleich mitgenommen hat. Ich konnte ihr gerade noch einschärfen, absolut nichts zu niemandem zu sagen. Wir sind schließlich – ob sie es will oder ich nicht – enge Familienangehörige, die müssen sich nicht gegenseitig belasten.

Meine Beziehung zu Mammi ist mehr oder weniger völlig normal. Sie gab mir Milch und Brei und Medikamente, sie spielte Verstecken und Doktor mit mir, sie sorgte dafür, daß ich nicht in schlechte Gesellschaft geriet. Mammi war meine beste Freundin, lange Zeit jedenfalls, ich teilte alle Geheimnisse mit ihr: wie meine drei Lieblingsnachspeisen hießen, wie lange die Käfer unterm Feuerzeug noch gezappelt hatten, was das B-Sprachen-Wort Pfabannebekubucheben in Wirklichkeit bedeutete, wo Iris und Bettina jetzt lagen, wie lange ich von der letzten schmerzhaften Dauererektion traktiert worden war. So was hatte ich häufig, ich litt an Phimose, an Vorhautverengung. Papi sagte, da müsse er mit dem Messer ran. Mammi war gegen eine Operation, sie gab mir von ihren Tabletten ab, doch die Schmerzen blieben, und als ich in die Pubertät kam, wurden die Erektionen zum Dauerzustand, sie wuchsen, schwollen an, wurden größer und größer. Tagsüber ging Mammi mit immer neuen Pillen dagegen vor, mit violetten, roten und gelben; in der Nacht schaltete ich auf Handbetrieb, das half zeitweise. Erst als ich auf die Idee kam, meine Probleme einfach wegzuessen, wurde es mählich besser. Auch der Zusammenhalt mit Mammi wurde da immer stärker, denn auf Papi war kein Verlaß. Er hatte auf dem Feld zu tun – angeblich. Doch Flaschen wuchsen nicht auf Feldern.

All das werde ich den Türhütern erklären, in meinen eigenen, wohlgesetzten Worten. Das Reden soll Mammi nur mir überlassen, die Verteidigung führe ich. Bla, bla, bla, ich rede, und der Sieg ist unser. Ich werde nämlich den Spieß einfach umdrehen und aus einer Verteidigung eine Anklage machen, eine Klageschrift gegen das Böse und Unselige, gegen das Unrecht, das die Welt mir angetan hat, mir – einem Mitglied der westlichen Wertegemeinschaft, einem Individuum mit dem Recht auf Menschenwürde, auf ein gesundes Streben nach Glück, auf Ausgleichs- und Entschädigungszahlungen in unbekannter Höhe, auf ein glückliches Dasein in Saus und Braus. Ein Leben lang habe ich geschwiegen, nichts gesagt, mir die Vorwürfe verkniffen, die ich dieser verfickten Scheißwelt zu machen habe. Doch nun wird die saubere Gesellschaft eine Klageschrift entgegenzunehmen haben, wie es keine zuvor gegeben hat. Ich bin bestens präpariert.

Ja, jetzt kommt die Mutter. Nein, nicht Mammi, sondern die Mutter, vor der längst schon alle zittern: die Mutter aller Klageschriften, ja, aller Schriften überhaupt, der Vater aller Verkündigungen, Sohn des Sinns, der Ahn aller Ablässe und Absolutionen, der Heilige Geist der Schrift, der alle anderen Schriften ablöst, ungültig macht und ersetzt, der Schlußstein im Gewölbe der Weltverteidigungsliteratur, die Fanfare der Vernunft, das Gespenst der Freiheit. Ein Wahnsinn. Ich setze mich an den Resopaltisch und nehme den Spiralblock zur Hand. Ein bißchen aufgeregt bin ich schon, denn nun werde ich mit Worten die Welt verändern. Ich schreibe:

«Sehr geehrte Herren Türhüter, in den Lüften hallt es wie Geschrei, Sie haben ja nullkommanix Ahnung, Sie gehen am spitzen Kopf entzwei und glauben wahrscheinlich, daß ich in Tateinheit mit meiner Erzeugerin den vermißten Nachbarn oder den Herrn Studienrat Greifeneder habe verschwinden lassen, aber das – Schtzngrmm!, das gehört beiläufig nicht hierher – das ist: ratziputzi falsch, das ist ...»

Mit leichter Hand, ohne jede Anstrengung oder Verkrampfung, war dieser erste Satz einfach aufs Papier geflossen. Ein gutes Zeichen, finde ich. Genau so wird es nun weitergehen, alles wird sich aus meiner Lebensgeschichte heraus erklären, ganz von selbst. Das ist immer am besten, die Wirklichkeit ist ein krasser Bringer. Klar, manchmal ist sie ein bißchen schwach auf der Brust, manchmal ist die Klischeeanhäufung zu groß, dann muß man eben was tun, muß frisieren, damit das Reale richtig rockt. Ich werde also noch ein paar Sachen dazuerfinden müssen, damit ich als Person plastischer und als Opfer authentischer rüberkomme. Das ist zulässig, das machen alle. Vielleicht werde ich behaupten, daß ich unter Schlafstörungen leide? Nee, besser nicht, das tun doch alle. Daß ich am ganzen Körper tätowiert bin? Quatsch, damit kann man höchstens brave Bürgertöchter beeindrucken. Außerdem würde dann unweigerlich die Frage aufkommen, wie ich mir denn auf einem abgelegenen Bauernhof eigenhändig den Rücken tätowiert hätte. Trinkervergangenheit? Ich ja nun nicht, ich esse lieber. Aber Essen ist unspektakulär. Egal, ich werde schon noch was finden, etwas radikal Überkrasses, vielleicht war ich ja Taliban und hatte Sprengstofffässer im Keller. Schreibt man Sprengstofffässer jetzt eigentlich mit drei f?

Genau. Das alles packe ich in meine Verteidigungsrede hinein, ein Aufschrei wird durchs Land gehen, ich werde mit einem Schlag berühmt. Das ist mittlerweile ganz einfach, noch nie waren die Zeiten so gut zum Berühmtwerden wie heute.

Nur hypermoderne Medien setze ich ein, um meine Geschichte bekanntzumachen. Schon kurz nach dem Prozeß wird man verdeckt gefilmte Mitschnitte der Verhandlung auf YouTube anschauen können, in einem eigens hierfür eingerichteten Internetforum werden viele tausend Menschen meinen Fall diskutieren, auf meiner MySpace-Seite werde ich mit meinen Fans und Freunden chatten. Virales Marketing, klar, das sowieso. Bei der Verhandlung trage ich ein T-Shirt mit Sponsorenaufklebern, ritze mir meine Netzadresse in die Stirn und verkaufe die Filmrechte ans Privatfernsehen. Die ganze Talk-Show-Tretmühle mache ich natürlich auch mit, aber erst nachdem mir irgendeine Superillustrierte gegen horrendes Geld meine Geschichte exklusiv abgekauft hat. Mammi gebe ich nichts davon ab, sie glaubt sowieso nicht an Geld.

Ich hoffe, sie glaubt wenigstens an mich, hat sie bisher ja auch immer getan. Sie wußte von Anfang an, daß aus mir eines Tages was ganz Großes werden würde, daß ich wahrscheinlich Schachgroßmeister oder Großwildjäger oder Großschriftsteller werden würde, da waren mir strenggenommen keine Grenzen gesetzt. Höchstens technische. Ich hatte mich schon früh damit vertraut gemacht, mich an die ganze Welt zu wenden, aber ich kam maximal zwei, drei Kilometer weit.

Vor dreißig Jahren, als Deutschland ein Herbstmärchen war, kalt und bleiern, als die betonversiegelte Mauerstadt immer unwirtlicher und die Luft immer dicker wurde, da packten meine Eltern ihre Sachen, legten ihre Lehrämter nieder und schlugen die Tür ihrer Wohngemeinschaft endgültig hinter sich zu. Das war der Einstieg in den Ausstieg. Sie kauften einen verwahrlosten Hof in einer sumpfigen Senke der süddeutschen Tundra, irgendwo zwischen Stuttgart und Heidelberg, einen eiskalten Einöd- oder Tannödhof, mittendrin im verkommenen Landleben, eingepfercht zwischen Rindviechern, Schweinebauern,

Batteriehühnerzüchtern und Jaucheausfahrern. Dort wollten sie ihr Glück finden. Und das Schlimmste: Sie nahmen mich mit.

Um es kurz zu machen: Es ist für einen Heranwachsenden, der den Beat der Großstadt schon mal gespürt hat, keine größere Qual denkbar als die des gesunden Landlebens. Ich bin ein Stadtboy! – wenn ich das auf dem Schulhof sagte, lachten die Jauchekinder, hämisch und blöd, und hielten mir ihre angebissenen, fettgebackenen Pfannkuchen hin: I aa!, I aa!, schrien sie, doch den Dialekt der Jauchemenschen verstand ich nie. Wenn sie redeten, starrte ich sie an, und was sahen sie? Einen zitternden Körper mit einem rundlichen Kopf, mit zwei Armen und zwei Händen, die eines dieser kleinen Jauchekinder so lange würgten, bis mich ein feiger Lehrer von hinten an den Haaren zog. Die Jauchekinderschule durfte ich danach nicht mehr besuchen, zum Glück, auch andere Schulen nicht, weil ich barmherzigen Jauchetöchtern gezeigt hatte, was eine richtige Phimose ist. So wurde ich auf dem Hof unterrichtet, von meinen Eltern. Bei Mammi hatte ich Deutsch, Englisch, Französisch, Latein, Altgriechisch und Astrologie, bei Papi alles mit Zahlen. Das Löten brachte ich mir selber bei. Von der Schulpflicht war ich entbunden, weil Mutter, als sie mit mir schwanger ging, in die USA geflogen war, um mich dort in die Welt zu werfen: als amerikanischen Staatsbürger, der in Deutschland nicht zwangsläufig schulpflichtig war.

Die Schulstunden waren lähmend und langweilig. Ich war allein, konnte nirgends abschreiben, niemanden ärgern. Papi fuhrwerkte auf dem Feld herum, trank Selbstgebrannten und düngte den Dinkel mit Eigenurin; Mammi war auf der Weide und las den Rindviechern Merseburger Zaubersprüche vor. Papi hatte mir schadstofffreie Holzschuhe geschnitzt, in denen lief ich nackich auf dem Hof herum und wünschte mir, daß andere Kinder vorbeikämen, damit ich ihnen das Birkenwäldchen zeigen könnte, am hinteren Ende der Au. Dieses Wäldchen kannte nur ich, es war nicht mehr auf unserem Land, war auf keiner Karte verzeichnet und wegen der vielen Bäume von oben nicht zu sehen. Es war mein Reich. Dort wollte ich mit anderen Kindern spielen. Aber der Hof blieb leer und sah immer noch so heruntergekommen aus wie an jenem trüben Herbsttag, als wir ihn bezogen hatten. Überall stank es, weit und breit war weder ein Mensch in Sicht noch eine Revolution. Kein Fernseher, kein Telefon, der Briefkasten war abmontiert. Die Eltern hatten mir Bücher dagelassen, in denen ich lesen sollte. Lies, sagte meine Mammi, lies Lenin, Bakunin, Steiner und Hesse, je mehr du weißt, desto mächtiger wirst du werden. Eines Tages bist du Großschriftsteller und schreibst über deine Eltern, die dir dies alles ermöglicht haben.

So begann ich zu schreiben, aber das Schreiben langweilte mich. Es war keine Herausforderung. Mir glückte einfach jeder Text. Was ich auch schrieb, es wurde zu großer Literatur. Wenn Mammi in meinen Manuskripten wühlte und irgend etwas zu lesen begann, erbleichte sie jedesmal. Das ging mir auf die Eier, ich wollte nur meine Ruhe.

Weil mir nichts anderes übrigblieb, wurde ich Protestesser. Ich aß den ganzen Tag, von morgens bis abends, alles, was da war, und was nicht da war, das ließ ich mir anliefern. Ich stopfte ungeheure Mengen in mich hinein: Bauernfrühstück mit Schinken und Wurstplatte, Braten mit Knödeln und dazu Kloß mit Soß, ein Schock Spiegeleier mit Speck und Ragout, ein Landbrot, ein Stadtbrot, ein Wurstbrot dazu, drei Kilo Auflauf, Grütze und Brei, Gänsestopfleber und dann noch ein Ei. Auch jede Menge Beilagen, Pudding mit Sahne und Süßigkeiten der Saison. Fassungslos schauten Mutter und Vater dabei zu, wie ich fetter und fetter wurde. Aber das war gut. Ich führte ein schweres Leben und mußte selber schwer sein, um das Gleichgewicht herzustellen, die Waage im Ausgleich zu halten. Sie konnten mir das Essen auch schlecht verbieten, denn ich aß ausschließlich gesunde Landkost, nur eben sehr viel davon, und das war letztlich ein gutes Zeichen, es sprach für die Qualität unserer Anbauprodukte, wie Papi ratlos mutmaßte. Auch wurde das Leben auf dem Hof nun lebendiger. Mein Appetit hatte sich herumgesprochen, es kamen immer mehr Jauchebauern aus der Umgebung mit ihren Traktoren angeknattert, um mich zu besichtigen. Einer wollte mich ausleihen, um mich bei einem Schützenfest als Sensation auszustellen.

Mehr und mehr zog ich mich zurück, las Bauanleitungen und Schaltpläne, bis ich mir eines Tages tatsächlich ein CB-Funkgerät zusammengelötet hatte. Hallo, hier Django 09, QTH Einödhof, habe QRM, mache QRT, 55 und 77! Endlich aktiver Zugriff auf die Außenwelt! Ich funkte um mein Leben. Auf einmal hatte ich Kontakt mit fremden Menschen. Meistens Fernfahrern, die auf der nahegelegenen Autobahn unterwegs waren. Lange hatten Papi und Mammi gegen die Trassenführung protestiert, und weil sie nicht nachgaben, wurde die Autobahn einfach krumm gebaut; kurvig schlang sie sich um unser Land herum, da war Papi halbwegs zufrieden, weil es organisch aussah. Mammi aber war nie zufrieden, sie wollte, daß ich endlich berühmt wurde mit der Schriftstellerei. Jeden Tag, wenn von der Weide her das Scheppern der Milchkannen zu hören war, wenn sie kurz nach Sonnenaufgang die Kannen im Hausflur verstaute, wenn sie sich auf den Schemel setzte, um die Gummistiefel auszuziehen, wenn ich noch gar nicht angezogen war, nur gerade mal so ein bißchen wach, dann schoß ihre spitze Stimme die Stiegen empor: Jogi! Schreibst du auch schon?

Schrieb ich schon? Lebte ich noch? Wo war der Unterschied? Schreiben, dachte ich, ist ein Prozeß, und den hatte ich doch längst gewonnen. Haushoch. Bereits vor Jahren war ich in den

Weltraum meiner Worte aufgebrochen, doch war dieser Raum für mich ohne Reiz. Denn da ich streng avantgardistisch schrieb, gab es darin praktisch keine gemütlichen Ecken, die Einrichtung war irgendwie sperrig und schief. Man muß vielleicht dazusagen, daß die Möblierung sparsam war, spartanisch schon, man konnte sich nirgends hinsetzen, eine Küche gab es auch nicht. Mein Wortraum ging mir allmählich auf den Sack, ich sann über Flucht nach. Langsam setzte ich einen Fuß vor den anderen, wiederholte die Schrittfolge, dann wieder und wieder, wurde schließlich schneller, immer schneller und schneller, wie ein ängstlicher Tormann, ein Drachenläufer, wie ein fliehendes Pferd. Vom Schreiben hatte ich erst mal genug, ich wollte lieber essen. Seit ich richtig zu essen begonnen hatte, war ich größer geworden, hatte mich geweitet, mich entspannt, es gab auch keine phimösen Verengungen, keine Schmerzen mehr. Mein Bauch hing wie eine Schürze über meinen Pliestermann, und Mammi fand, mit meinen vierzehn Jahren sähe ich eigentlich ganz manierlich aus.

Als ich eines Morgens aus unruhigen Träumen erwachte, hörte ich nicht Mammis Stimme, sondern die des Nachbarn. Ich zog die Decke über den Kopf. Hoffentlich fragte er nicht nach mir, denn dann würde es Probleme geben. Ich war heimlich mit Evchen zusammen gewesen, sie war seine Jüngste. Sie verstand kein Wort von dem, was ich sagte. Manchmal, wenn wir im Birkenwäldchen lagen und ich ihr die Feinheiten des Doktorspiels erklärte, schmiegten wir uns eng aneinander. Ich zeigte ihr die Ruhestätte von Iris und Bettina, meinen beiden Meerschweinchen. Wir rauchten, wir husteten, wir lachten. Wir waren jung – sie jedenfalls –, und wir machten uns nichts aus gesellschaftlichen Konventionen, davon hatte im Reich der Jauchebauern sowieso noch nie jemand was gehört. Es war ein herrlicher Sommer auf dem Lande. Dann wurde sie schwanger und begann zu weinen. Ich trocknete ihre Tränen und brachte sie den steilen Weg hinauf zur Hauptstraße. Wir liefen zur Autobahn, und sie bestieg einen LKW Richtung Holland, den ich zuvor angefunkt hatte. Ich habe nie wieder etwas von ihr gehört. Der Nachbar wohl auch nicht, sonst hätte er jetzt nicht ein solches Geschrei veranstaltet. Daß er da unten vor der Haustüre stand und auf Mammi einbrüllte, das war keine gute Sache. Ich brauchte meine Ruhe. Also öffnete ich das Fenster, wuchtete den Lötamboß hoch und ließ ihn einfach plumpsen. Und endlich war Ruhe in der Truhe, Schicht im Schacht.

Doch dies alles war nicht das Thema, das würde keinen Türhüter interessieren, unglaubwürdig war es obendrein. Die Türhüter sind stumpfe Gestalten, sie leben nach Paragraphen und bewachen das Gesetz. Ich bin der Mann vom Lande und begehre nun Eintritt in dieses Gesetz, von dem ich auf dem Einödhof noch nie einen echten Vorteil gehabt habe. Ich will nur einen gerechten Lastenausgleich.

Ich setze mich wieder an den Resopaltisch und feile weiter an meiner Verteidigungsanklageschrift. Jetzt muß aber bald mal was Inhaltliches kommen, etwas genial Supergeiles, was meine Zuhörer fesseln und mindestens wehrlos machen wird. Ja, ich werde ihnen schön Saures geben, immer rein mit den Zwiebeln in den Kuchen, keiner wird sich unter Niveau amüsieren!

Papi ist gar nicht das Problem, er kann sich sowieso nicht mehr einmischen. Wir haben ihn gut unter die Erde gebracht, Mammi und ich. Nein, das eigentliche Problem ist das Landleben. Mein «J'accuse!», das weiß ich jetzt, wird sich gegen die unfaßbare Perfidie der Landbewohner richten, gegen ihre Brutalität, ihre Bräuche und Sprache, gegen den Sumpf aus Provinzborniertheit, Analphabetentum und inzestuösem Katholizismus, gegen blutige Schlachtfeste und stumpf dahergefurzte Blasmusik. Bauern sind Mörder! werde ich den Türhütern entgegenrufen, sie werden erbleichen und hoffentlich alles verstehen. Auf dem Lande werden Menschen im großen Stil gebrochen, und alle schauen dabei zu! Sodomie ist Trendsport, und wenn einer ausschert, dann wird er untergepflügt. Oder dick gemacht. Die Schweinshaxen machen die Männer dick, und die Männer die Frauen. So sieht's aus! Die Konsequenz heißt Komafressen total. Wir Adipösen müssen alles aufessen, die letzten Reste wegspachteln, und dürfen die Rechnung bezahlen. An uns bleibt alles hängen, die anderen machen sich dünne. Und wenn im Himmel kein Platz mehr ist, sind wir Dicken die ersten Opfer – wir bleiben auf der Erde zurück.

So oder ähnlich werde ich mit dem Landleben abrechnen und die Beweise später in einer gesonderten Beweismappe nachreichen. In ruhigen Worten werde ich meine Verteidigungsschrift verlesen, allerdings unter Ausschluß der Öffentlichkeit, denn ich vertrete die Reinheit der Gesetze und will sie gemeinsam mit den Türhütern feiern. In leichter, natürlicher, nicht in Kinderarbeit gefertigter Kleidung wollen wir bei angenehmen Temperaturen zwanglos im Kreis sitzen, ganz ohne Zuhörer und Gaffer, um billige Lacheffekte ebenso zu bannen wie ostentatives Schnarchen oder die Geräusche gelangweilt hin und her rutschender Arschbacken, wenn das Jauchemenschenpublikum mal wieder kein gepflegtes Hochdeutsch versteht – darauf kann ich gerne verzichten.

Meiner Sache bin ich mir absolut sicher. Ein explosives Stück Verteidigungsliteratur, das mir den Weg in eine bessere Zukunft freisprengen wird. Aber – hm. Wenn das alles nichts nutzt? Vielleicht sollte ich die Türhüter besser bestechen? Aber womit? Ich habe noch keine Entschädigungsgelder erhalten. Mist. Soll ich es nicht besser gleich mit Gewalt versuchen? Gewalt ist eigentlich immer eine Lösung, eine unkonventionelle sogar, so hätte ich das Überraschungsmoment auf meiner Seite. Aber dann, hm, dann wird man mir die Freilassung verweigern. Nein, ich werde es mit friedlichen Mitteln versuchen müssen.

Mit friedlichen – aber auch drastischen Mitteln. Also doch: Drittes Reich! Aha. Sieh mal einer an. Ich werde also tatsächlich das Nazi-Faß aufmachen. Warum auch nicht, ich bin schließlich Deutscher, etliche Wohlgesinnte werden sich bestimmt dafür begeistern. Vielleicht schildere ich mein Schicksal aus der Sicht eines SS-Mannes? Nein, das ist unrealistisch, das kauft mir keiner ab. Und persönliche Verstrickungen sind angesichts meines Geburtsdatums unglaubwürdig, Papi war sowieso Antifaschist, und Opa war meines Wissens nur einmal auf einer KdF-Dampferfahrt dabei. Reicht das? Wahrscheinlich nicht. Wirklich eine verdammt harte Nuß. Dann doch lieber irgendwas mit Flucht aus dem Osten, Opa stirbt in meinen Armen, Vertriebenenfamilie, Migrationshintergrund, diese ganze abgefuckte Täter-Opfer-Sühne-und-Vergebungs-Nummer. Das könnte die Türhüter eventuell beeindrucken. «Vor dem Hintergrund des Nationalsozialismus zeichnet er ein faszinierendes Bild unserer Zeit» – so was Ähnliches würden sie dann sagen und dabei wichtige Gesichter aufsetzen. Und ob das alles stimmt, das kann ja keiner nachprüfen, jedenfalls nicht, wenn Mammi dichthält.

Die Wahrheit ist nämlich meistens trostlos und in meinem Fall kein richtiger Bringer. Es war Winter, Vater kam vom Feld den steilen Weg herunter zum Hof. Er muß stark geschwankt sein, dachte ich später, so viele Flaschen hatte ich noch nie eingesammelt. Zuvor hatte es geregnet, mit seinen Holzbotten kam er ins Rutschen, glitschte aufs blanke Eis und raste in Schußfahrt den Weg hinab, direkt in die Biegung, die um die fünfhundert Jahre alte Eiche führte. An ihr entstand kein Sachschaden. Was von Papi übrig war, vergruben wir im Wäldchen. Wir mußten es tun – und ihn dann als vermißt melden. Ein Toter auf unserem Hof, das habe ich Mammi mühsam einschärfen können, das würde die Türhüter hellhörig machen, das würden sie uns nicht abkaufen. Einen Vermißten schon eher, bei uns sowieso. Vermißte gab es immer. Jedes Jahr verschwinden in Deutschland hunderttausend Menschen. Wir gruben und gruben, Mammi half dabei, die Erde war hart und frostig, und ich mußte beim Graben aufpassen, daß Iris und Bettina nicht in ihrer Ruhe gestört wurden, auch nicht der Nachbar oder der Studienrat Greifeneder oder der neugierige CB-Funker, der diesen Django 09 einfach mal kennenlernen wollte.

Sobald ich in Freiheit bin, hole ich sie nach, das habe ich Mammi versprochen. Wir gehen ins Ausland, habe ich ihr gesagt, wir würden ein schönes neues Leben führen, würden essen und rauchen, soviel wir wollten, dafür würde ich schon sorgen. Würde, würde, würde. Genau. Die Würde des Menschen ist unantastbar, und meine erst recht.

Elf

Lange hatte die Runde geschwiegen. Sehr lange. Quälend lange. Dann brach, jäh und ohne jede Ansage, ein Gewitter über uns herein.

«Das war eine Scheißgeschichte», donnerte der Eierkopf.

«Ja, totale Scheißgeschichte!» rief das Hutzelweibchen, «viel zu konventionell erzählt!»

«Ohne jeden aktuellen Bezug! Die hat ja nicht mal Migrationshintergrund!» entlud sich der Kurzgeschorene. «Außerdem viel zu journalistisch!»

Der Vollbart faßte sich ans Kinn: «Ein semiotisch nicht wirklich philosophisches Konstrukt, in seiner glossalen Getriebenheit vermutlich als Textganzes mißlungen.»

«Ich finde den Text ganz gut», sagte der Gemütliche.

Cakuli fauchte ihn an: «Wie bitte? Der Erzähler hat ja noch nicht mal seine Mutter gefickt!» schrie er außer sich vor Wut. «Dieser Versager! Er hat in keiner Weise die Grundregeln des ländlichen Lebens begriffen, ich bin fassungslos und entsetzt! Baff und perplex! Mir fehlen die Worte! Nicht mal mehr richtig fluchen kann ich! Donner und Blitzen!»

Der Eierkopf legte noch einen nach: «Die Protagonisten werden überhaupt nicht greifbar, der Text hat kein Ziel, er riskiert nichts!»

«Ich danke Ihnen», sagte der Jogginganzugträger, der bisher geschwiegen hatte, und lächelte indigniert in sich hinein. Eine Stille entstand. Es war unklar, ob die Show nun weiterging oder nicht. Cakuli faßte sich mit Mühe. Sein Körper zitterte, als er sich von seinem Stuhl erhob. «Meine lieben Freunde, die ihr so spontan hierhergekommen seid – es gibt keine Worte für die Schmach, die mir dieser Mann, dieser angeblich weltbeste Autor angetan hat. Vielleicht ist aber auch sein Berater schuld.» Er deutete auf mich. Viele dunkle Augenpaare starrten mich an. «Sie haben meine Gastfreundschaft mißbraucht und euch enttäuscht. Das ist unverzeihlich. Deshalb müssen sie sterben. Jetzt, sofort.»

Gemurmel setzte ein, die Jurymitglieder tuschelten, dann sagte schließlich der Jogginganzug: «Wir alle finden, sie sollten noch eine Chance bekommen.»

«Genau! So ganz schlecht war die Geschichte nun auch wieder nicht», sagte der Eierkopf.

«Ja, man kann durchaus auch wieder konventionell erzählen», das Hutzelweibchen.

«Eben, eben», meinte der Gemütliche.

«Heutzutage hat doch fast alles Migrationshintergrund», sagte der Kurzgeschorene. «Darauf kann man wirklich verzichten!»

«Vom semiotischen Standpunkt aus neigt die Philosophie sowieso immer zu Konstrukten, von der Arbitratität der Zeichen mal abgesehen, daher ist das Textganze vermutlich zugleich auch gelungen, ja genial», sagte der Vollbart und lächelte.

Abermals legte der Eierkopf nach: «Daß ich mich überhaupt noch an die Charaktere erinnern kann, das zeigt doch ganz deutlich, daß sie greifbar und plastisch sind. Was der Text riskiert hat, hat er gewonnen.» Dafür erntete er einen neidischen Blick vom Vollbart.

Der Jogginganzug glaubte sogar, für alle sprechen zu können: «Ich glaube, ich kann für alle sprechen, wenn ich sage:

Der Text hat eindeutig Potential! Und dieses gilt es nun herauszuarbeiten und den Rest total umzuschreiben. Wir werden uns erneut am Abend versammeln.» Er lächelte zufrieden in die Runde, und man erhob sich.

Hollenbach saß wie erloschen an seinem Schreibtisch. Der Schock war ihm deutlich anzusehen. Er hatte ein Hauptgericht mit Nachschlag und Sahne erwartet und ein Stück Knäckebrot bekommen.

Der Expertenrat hatte den Bunker verlassen, die Luft war schlecht. Cakuli klaubte sich einige Schweißmurmeln von der Stirn, sagte, er lasse uns jetzt die Schreibmaschine holen, und dann sollten wir mal zusehen.

«Ihr habt Glück, daß meine Freunde soviel Vertrauen in euch haben. Ich kann nur hoffen, daß ihr diese letzte Chance nutzen werdet. Sonst …» Er machte eine van-Gogh-typische Handbewegung und verschwand.

Hollenbach saß stumm vor der «Gabriele», eine Wachspuppe seiner selbst. Der Arme wußte eindeutig nicht, was er schreiben sollte, und ich wußte es auch nicht. Verzweiflung kam auf.

«Eine Riesenscheiße ist das», sagte der Autor. «Das Problem ist, daß wir einfach nichts Geiles erlebt haben.»

«Ja, was hätten wir nicht alles erleben können, wenn wir die letzten zwei Monate hier nicht so sinnlos rumgehangen hätten.»

«Du sagst es», seufzte er und versuchte, ineinander verschlungene Rauchringe auszustoßen. «Du sagst es, Mann. Du …» Er bekam einen Hustenanfall, röchelte und rotzte erschütternd vor sich hin. Als er wieder zu Atem gekommen war, stand er auf, ging auf mich zu. Seine Augäpfel rotierten, er lächelte gleißnerisch, faßte mich mit beiden Händen und schüttelte mich durch. «Mensch!» schrie er. «Du sagst es! Die letzten zwei Monate! Unsere Albaniengeschichte, Mann, das ist sie! Ist doch alles total abgefahren, was wir hier durchgemacht haben!»

Mein Gott, waren wir denn mit Blindheit geschlagen? Der Bestsellerautor hatte natürlich völlig recht! Unsere Story! Sein untrügliches Gespür für den richtigen Stoff hatte ihn also doch nicht im Stich gelassen! Sein unablässiges Wähnen hatte die Lösung gebracht! Wir spürten sofort, daß die unglaubliche Geschichte unserer verrückten Entführung das Zeug zum Welterfolg hatte. Das würde mindestens der zweitbeste Roman aller Zeiten werden, wenn nicht sogar der allerbeste! Weil einfach «alles drin» war, wie Hollenbach sofort schlagwortartig notierte:

Liebe (Tirana, Ira)
Not (materiell)
Tod (existentiell)
Betrug
Verrat
Glaube
Hoffnung (Mammi)
Sodomie (Mick & Koco)

Den letzten Punkt strich ich wieder, ansonsten war dieses Strategiekonzept perfekt. Der Damm war endlich gebrochen, und so schrieb und schrieb und schrieb und tippte und hackte der Dichter Hollenbach um unser beider Leben. Wort um Wort drosch er in die wehrlose Gabriele, ein Maschinengewehrsperrfeuer aus Buchstaben, Silben und Sätzen. Jetzt habe er den Dreh, rief er, er nehme einfach mich als Erzähler der Geschichte! Ich war natürlich geehrt und warf ihm begeistert

Stichworte oder Tabletten oder Zigaretten zu, und er, dieser «Fürst der Faction», wie er sich jetzt lachend nannte, schrieb einfach alles der Reihe nach auf. Ich stand hinter ihm, las mit – und war total begeistert.

Die Geschichte kam bei der Jury prima an, die Stimmung war gut, dann wurden wir unter ziemlich spektakulären Umständen freigelassen und nach Paris ausgeflogen. Bei Sonnenschein landeten wir auf dem Flughafen Charles de Gaulle, wo uns der Präsident der Republik empfing und uns seine wunderschöne Frau vorstellte, die uns sofort etwas vorsang. Sie waren zufällig in der Nähe, zeigten sich hocherfreut, uns kennenzulernen, nahmen uns ein Stück mit und setzten uns im Deux Magots ab, wo an einem reservierten Tisch hinten links, an dem Malraux und Oscar Wilde früher immer Siebzehnundvier gespielt hatten, schon Hollenbachs Mammi und Ira auf uns warteten. Was für ein Hallo! Am Nebentisch saßen Ingrid Betancourt und Susanne Osthoff und prosteten uns zu. Ma Hollenbach hatte sich ihre Turmfrisur in frischen Sommerfarben färben lassen, Ira trug als Erkennungszeichen ein weißes T-Shirt mit der Aufschrift «I read BRAZ». Wir hatten Tränen in den Augen. Ich umarmte sie, setzte sie dann aber auf den Schoß meines Klienten. Sie fragte, ob denn die Aktion «Big Raushole» gut geklappt hätte. Ja, sagte ich, das sei ja ein echter Überraschungscoup gewesen, wie uns der internationale Elitetruppenverband aus 101-Airborne-Rangers, der GSG 9 und der Fremdenlegion da rausgeschossen hätte. In diesem Augenblick kam Ulrich Wickert in das superberühmte Bistro und lud uns ein in eine Sondersendung, die er gerade eben mit der ARD und CNN klargemacht hatte. Ich hatte kaum Zeit, ihn um ein Autogramm zu bitten, denn jemand klopfte auf meine Schulter. Ich dreht mich um und sah, weil er mir nur bis zur Brust reichte, einen wütenden

Zwerg, der sagte: «Typisch, wenn man keine Idee hat, kommt irgendwann ein Zwerg daher.» Sofort fing der Zwerg an, uns mit glühenden Eisen zu traktieren. Er spannte uns auf eine Folterbank und beschriftete unsere Körper mit Brandeisen. Es zischte und roch nach verbrannter Haut.

Das machte mich stutzig, und ich fragte Hollenbach, was das denn eigentlich für ein wahnwitziges Zeugs sei, das er da eben in die Maschine tippte. «Wieso sind wir denn plötzlich in Paris?»

Er lachte. «Na, alle Erfolgsromane haben doch ein Paris-Kapitel, das machen gute Schriftsteller so, die haben alle ein Paris-Kapitel drin, diese Kaputtniks. Erinnere dich doch: ‹Der Glöckner von Notre Dame›, ‹Zazie in der U-Bahn›, ‹Die Buddenbrooks›…»

«Sind Sie da ganz sicher?»

«Im Prinzip ja. Und wenn ich unsere Story schon aufschreibe, da wäre es doch Wahnsinn, wenn wir zwei Hübschen am Ende noch immer in diesem beschissenen Albanien sitzen würden.»

«Aber das ist total unglaubwürdig», sagte ich und öffnete das Bunkerfenster, um geölte Luft reinzulassen.

Hollenbach sah das nicht ein, er war von seinem «Dreh» überzeugt. Das sei ein «klassischer Plot-Point», an dem sich die Handlung noch einmal überraschend drehe. «Ist doch scheißegal, ob es unrealistisch ist. Hauptsache, es rockt und wir kommen raus!»

«Aber so kann man es nicht machen. Man kann die Protagonisten nicht nach dem Happy-End noch mal in die Hölle schicken und mit Brandeisen foltern.»

«Kann man doch! Muß man sogar, andersrum geht es nicht! Das Schlimme folgt auf das Schöne, das Leise auf das Laute, das Große auf das Kleine, das Teure auf das Billige, so ist das immer! Erhard folgt auf Adenauer, Sonne auf Regen, Rüstung auf Leben, 11 auf 47!»

«Ich hab eine Idee», rief ich. «Wir lassen das Ende einfach offen! Dann ist die Geschichte auch schwerer ausdeutbar für Germanisten.»

Schon nach kurzer Fallsupervision stimmte Hollenbach zu. Wir schüttelten uns die Hände und waren zufrieden. Ich heftete das Manuskript zusammen. Totaler Erfolgsstoff – das konnte sich sehen lassen. Jeder Satz ein Hammer. Cakuli würde vor Begeisterung weinen. Unsere Freilassung stand unmittelbar bevor.

Es war Zeit, voneinander Abschied zu nehmen.

«Ich bin zwar noch gefangen», sagte ich, «aber ich fühle mich so frei wie nie zuvor. Ich werde mit Tirana eine Familie gründen und dem kleinen Arben all mein Wissen weitergeben. Ich merke, ich bin jetzt reif dafür. Außerdem hab ich richtig Lust, was Konkretes an den Start zu kriegen. Ich verstehe gar nicht, wie ich all die Jahre auf Professor Pelz und diesen Entschleunigungsquatsch reinfallen konnte.»

«Du warst ganz normal abhängig von diesem Quacksalber, Amigo.»

«Wenn ich zurück bin, werde ich den Mann auf Betrug verklagen.»

Hollenbach grinste. «Und falls er Ärger macht, sagst du einfach den Albanern Bescheid. Die werden dann mal mit ihm reden.»

Wir mußten beide lachen. Ich fragte ihn, ob er nicht mitkommen wolle. Er massierte seine Bartgirlande, die an den Seiten mittlerweile zu respektablen Kotelettenbüschen ausgewachsen war.

«Nein. Ich werde hierbleiben. Das ist zwar nicht die beste aller Welten, aber es ist auf jeden Fall die *Dritte Welt*, nach der ich und Pynchon immer gesucht haben. Der wird sich totärgern, wenn er erfährt, daß ich sie schon gefunden habe.»

Seine Bescheidenheit rührte mich. Und daß ich ihn vielleicht nie wiedersehen sollte, machte mich traurig. Ich bot ihm erneut das gleichberechtigte, beiderseitige Du und aus ganzem Herzen meine Freundschaft an. Er winkte ab. «Ich kann niemandes Freund sein, denn dann wäre ich abhängig, hätte Verpflichtungen. Ich bin aber niemandes Sklave. Ich bin nichts als ein Held unserer Zeit, und Helden müssen einsam sterben.»

«Müssen wir denn sterben?»

«Für dich kann ich nicht sprechen, aber ich muß es auf jeden Fall. Ist nur noch offen, wann. Ganz sicher ist hingegen, daß es nicht hier sein wird, in diesem beschissenen Schwesternfickerland. Vorher fliehe ich nach Gomera.»

«Ich hoffe nur, daß keiner Probleme kriegt, wenn ich mit Tirana abhaue. Bardhyl soll rasen vor Wut, Genc macht sich große Sorgen, und Cakuli vielleicht auch …»

Der Arzt gab mir einen Stupser. «Alter, du leidest ja voll am Stockholm-Syndrom! Du sorgst dich um deine Entführer! Ist wirklich höchste Zeit, daß du verschwindest.»

Wir umarmten uns.

Zwölf

Erst am Abend hatte Cakuli uns aus dem Bunker gelassen. Er war hocherfreut zu hören, daß wir eine neue Geschichte hatten. «Ihr müßt mich verstehen, Freunde», sagte er und ließ seinen Kastenkopf vertraulich hin und her wippen. «Wie stehe ich denn als Verleger vor meinen Gästen da, wenn ihr so einen Mist abliefert. Ist doch klar, daß ich da überreagiere.»

Jetzt gebe es keinen Grund mehr zur Besorgnis, erklärte Hollenbach, denn wir hätten «den überkrassen Stoff». Dabei sah er Cakuli tief in die Augen.

Im Vorgefühl seines großen Triumphes rief der Verleger die Leuchttürme der Literaturkritik zusammen. Weil es ein milder Abend war, setzten wir uns im Freien in einen großen Kreis, in der Mitte wurde mit alten Mercedesreifen ein Feuer entzündet, Tee und Rraki kreisten in Tassen und Flaschen, die Stimmung war gar nicht schlecht.

Gerade wollte Dr. Hollenbach mit der Lesung beginnen, da setzten die Vibrationen ein. Erst sehr schwach, kaum merklich, doch dann erzitterte der Boden. Ein Brummen, Tosen und Knattern wurde hörbar, irgend etwas Großes, Gewaltiges rollte wie ein Lawine auf uns zu. Cakulis Männer griffen zu den Gewehren. In diesem Moment gingen Lichter an. Viele. Vielleicht hundert, sie strahlten alle aus einer Richtung. Es war gleißend hell, wir konnten nichts mehr sehen. In rasender Geschwindigkeit kamen die Scheinwerfer näher, das Brummen der Motoren wurde ohrenbetäubend laut, Türenschlagen war zu hören, dann aufgeregtes, wildes Geschrei. Im staubigen Gegenlicht materialisierten sich die Silhouetten unzähliger Männer. Eine helle, kreischende Stimme ertönte, dann herrschte Ruhe.

Ein faltiges Männlein trat in den Kreis. In seinem Gesicht wucherte ein Gewächs, das man getrost als die Mutter aller Schnauzbärte bezeichnen könnte, wenn das vom Sexus her nicht so unstimmig wäre. Nietzsche hätte diesen Mann aus tiefstem Herzen bewundert. Er hob sein Gewehr und zeterte Unverständliches. Genc, der auf einmal hinter mir stand, flüsterte: «Der alte Meksi!»

Es war der Meksi-Klan, der uns einen Überraschungsbesuch abstattete. Bis jetzt war kein einziger Schuß gefallen. Die Meksi-Leute hatten die unseren schnell entwaffnet, ihre Überzahl war erdrückend. Das Männlein keifte einige Worte, dann wurde eine Person neben ihn in den Kreis geführt. Ich traute meinen Augen nicht: Es war Tirana! Sie trug keine Waffe, ihre Hände waren auf den Rücken gefesselt. Was hatte man ihr angetan?

Die Ansprache des alten Meksi war unverständlich, doch Genc flüsterte mir simultan die Übersetzung zu: Daß großes Unglück über den Klan der Meksi hereingebrochen sei, daß seine, Meksis, Ehre beschmutzt worden sei, denn eine Tochter seines Klans – er deutete mit seinem Gewehr auf Tirana – sei gräßlich entehrt worden: Er, Shkodran Meksi, habe erfahren, daß Tirana, obwohl mittlerweile ein Mann, von einem Gast des Cakuli-Klans geschändet worden sei. Er blickte sich suchend um.

Dann sah er mich.

«Dieser Mann hat es getan», rief er. Und dafür gebe es einen Zeugen. Nur das Knistern und Fauchen der brennenden

Reifen war noch zu hören. Eine weitere Person trat in den Kreis. Bardhyl!

«Ich habe alles mit angesehen», rief er und deutete auf mich. «Dieser Deutsche hat eine geschworene Jungfrau entehrt und geschändet. Dort oben in den Bergen. Ich schwöre es bei meinem Leben.»

Allgemeines Gemurmel setzte ein. Cakuli, der etwas sagen wollte, wurde zurückgerissen. Irgend jemand schob mich in den Kreis, neben Tirana. Sie schaute mich an. Ich legte meinen Arm um sie.

Die Ehre seines Klans und auch des Cakuli-Klans müsse wiederhergestellt werden, behauptete nun das Männlein, und deshalb sollten beide sterben: Tirana und auch der Deutsche, der das Gastrecht mißbraucht habe. Meksi deutete mit dem Gewehrlauf auf einen weißen Mercedes und nickte. Bardhyl grinste uns böse an. «Der ist für eure Leichen.»

Cakuli bat um Aufschub und machte einen Vorschlag zur Güte: Zwar habe er keineswegs etwas dagegen, wenn ich als Gastrechtmißbraucher erschossen würde, über Tiranas Leben müsse man aber noch mal verhandeln. Sie sei schließlich auch als Mann die Mutter eines Kindes, und er, Cakuli, müsse als *dorëzanë* für ein intaktes Familienumfeld sorgen – er wolle sie freikaufen. Schon in wenigen Stunden sei er im Besitz ausländischer Millionensummen. Dann nämlich, wenn dieser andere Deutsche – er zerrte den dicken Hollenbach in den Kreis –, der bekanntlich weltberühmteste und reichste Schriftsteller aller Zeiten, wenn dieser Mann seine Geschichte abliefere – oder so ähnlich, ich verstand ja nichts und konnte mir das alles nur in etwa zusammenreimen.

Das Schnauzbartmännlein und der Quadratschädel steckten kurz die Köpfe zusammen, tuschelten, sie handelten wohl eine Geldsumme aus. Cakuli sagte etwas, dann mußte der alte

Meksi fürchterlich lachen. Er machte herrische Bewegungen mit seiner Knarre, daraufhin drückten seine Leute Cakulis Leute auf den Boden und setzten sich selbst dazu. Ein großer, vielhundertköpfiger Kreis entstand, ich wurde von Tirana getrennt, sie mußte neben dem Männlein Platz nehmen, ich zwischen Hollenbach und Cakuli.

Cakuli patschte mir vergnügt auf die Schulter. «Ich habe eben deinen Tod hinausgezögert, mein Freund. Erst wird gefeiert, wie es toskischer Brauch ist, und dann wirst du erschossen. So will es die Gegenkultur.»

Er grinste mich an, ich wurde fast ohnmächtig. Man hatte mir die Hände auf den Rücken gefesselt, die Schmerzen vermählten sich mit der Erinnerung an die Fesselschmerzen bei meiner Entführung. Und an die Wunden. Tirana hatte sie verbunden.

Die Aussicht auf eine gepflegte Erschießung sorgte für Hochstimmung unter den Albanern. Rraki kreiste in gelbgrünen, blaugrünen, graugelben und rotgrünen PET-Flaschen. Man fand Spaß daran, mir immer wieder aus neuen Gefäßen Schnaps in den Mund zu schütten. Egal, aus welchem Kanister man trank, er schmeckte scheußlich und hatte eine deutliche Petroleumnote. Als hätte man das Gesöff aus den hiesigen Bodenschätzen destilliert. Ich hatte keine Wahl, ich mußte Schluck um Schluck nehmen, sooft eine Plastikflasche vorbeikam.

«Genieß es!» prostete Cakuli mir zu und goß etwas in mich hinein. «Solange du noch kannst.»

Ich konnte längst nicht mehr. Alles war mir seltsam gleichgültig. Die Erinnerung an ein Leben vor dem Entleeren der PET-Pullen war verblaßt, weggeschwemmt. Es gab nur noch ein unmittelbares Jetzt, und direkt dahinter lauerte ein großes, voluminöses und rätselhaftes Wollen, das jeden Moment die

Membran zum Jetzt durchstoßen konnte. Jetzt? Nein. Prost. Gëzuar! Prost. Jetzt? Gëzuar! Jetzt? Nein. Ich war nicht allein, ich war doppelt, ich war zwei Rraki-Tanks. Dann wieder nur einer. Ich war im Transit, das eine Ich hatte das andere verdrängt, durch die Membran geblasen. Das neue, frischgeschlüpfte hatte ein brennendes Sprachzentrum in den Farben gelbgrün, blaugrün und graugelb und einen Mund. Ich öffnete ihn. Ge-Ge-Gëzuar! Auf die Tosken! Gegen die Gegen! Jetzt? Nein. Doch. Genau! Jetzt!

Ich holte tieeeeef, tief, tief Luft, mein Herz pumpte die Nacht aus, ich hatte Worte, Worte, nichts als Worte.

Als ich wieder aufwachte, blickte ich in zwei Sonnen. War ich auf einem Trip hängengeblieben? Hatte ich mich in zwei Teile zerlegt? Die Sonnen blinzelten mir zu, da wurde mir langsam klar: das waren die Augen meines Klienten. Alle beide. Er lächelte süß wie ein Kinderfriedhof, freute sich, daß ich endlich wieder «rezeptorisch dabei» war, und weil ich es nicht wußte und danach fragte, erzählte er, was während meiner Abwesenheit von mir selbst geschehen war.

«Meine Fresse, Respekt, Herr Präfekt. Du hast sie alle, du hast *uns* alle, denn ich beziehe mich ausdrücklich mit ein, du hast uns alle gefickt, Amigo! Du hast geredet wie ein Ungeerdeter, gesprochen wie ein Gott auf dem Schafott, du hast gepredigt wie ein Apostel, und irgendwann hast du aufgehört und bist sagenhaft zusammengebrochen. Wie ein gesprengtes Hochhaus. Du hattest deine letzten Worte gesagt – und dann war plötzlich alles anders. Als hätte jemand am Himmel über Albanien eine neue Birne reingedreht. Hut ab!»

Ich konnte mich absolut nicht erinnern, was ich gesagt hatte. Ich weiß nur noch, daß ich mein Maul weit aufgesperrt und geschrien hatte: «Hey, ich wünsche Ihnen allen einen wunderschönen guten Tag, ich heiße Mick Rademann und freue mich sehr, in dieser Runde sämtliche räudigen Wildschweine Albaniens kennenzulernen! So wahr ich hier stehe, denn ich stehe jetzt auf, und so wahr ihr hier im Kreis vor mir sitzt: Ich, Mick Rademann, Sohn des Heinz Rademann aus Berlin, Treptower Park, ich persönlich ficke den Wald des Scheitans, in dem eure Großväter die Bäume gefällt haben für die Schubladen der Schränke, in denen die Zeugnisse eurer Kuffnuckenschaft lagen, bevor ich darin die ausgelutschten Präser fand, welche die Mütter eurer Schwestern den Vätern eurer Brüder in den Mund getan haben, um ihnen endlich das Maul zu stopfen, aus dem dieses ständige, dumpfe, beschissene, vorsintflutliche Ehr- und Haßgerede kommt! Ihr seid doch alle Kuffnucken», hatte ich wohl gerufen, «wie könnt ihr da Ehre haben? Nicht mal ich hab eine, und ich bin kein Kuffnucke!» Ja, daran erinnerte ich mich noch, und daß ich dann völlig den Faden verlor. An mehr nicht.

Hollenbach jedoch war begeistert: «Mann, du hast sie erst auf das übelste beschimpft, und dann, als sie schon ihre Gewehre entsichert hatten, dann hast du original in freien Hexametern gesprochen! Rhythmisch und kryptisch, da ist Homer ein Mittelschichtknabe dagegen, mein Lieber. Du hast zu Tränen gerührt, den Haß genährt und die Menschen lachen gemacht! Du hast von Feindschaft und Freundschaft gesprochen, von den blauen Bergen Albaniens, vom Land der Skipetaren als Europas Bunker der Kultur, von Albanien als Wiege der Eigentumskreativität, von Albanien als aufstrebendem Wirtschaftsstandort mit ‹Löhnen, viel schöner als in China›. Du hast von ‹Aufbruch und Start-up› gesprochen, von ‹Verhöhnung und Versöhnung›, von neuen, goldenen Zeitaltern, du hast sogar das Wort ‹multikulti› verwendet, das weiß ich noch, weil ich es dir übelgenommen habe, aber bei dir ergab es komischerweise einen Sinn. Und als du fertig warst, waren die PET-Flaschen leer und die Albaner gerührt und einsichtig. Sie sagten: ‹Das ist kein Giaur, der ist einer wie wir. Er kann fluchen wie Satans verfickte Schwester und ist heroisch betrunken. Lang lebe der Gjermani!› Und dann fielen sich die beiden Klans weinend in die Arme. Das war Weltfrieden vom Feinsten, Amigo.»

Knirschend erhob er sich, er war das lange Knien vor meinem Bett nicht gewohnt. Von oben herab sprach er auf mich ein: «Rademann! Du bist ein Redemann! Du bist der Meister! Du bist das Genie! Du hast mit Worten Frieden geschaffen! Ich habe mit Worten nur eine Menge Umsatz gemacht. Aber du! Dein ‹Albanisches Epos›, wie ich es nenne, dein ‹Entschleunigungsstatement›, wie du es genannt hast – einmalig, Amigo, ganz, ganz großes Tennis! Und daran kannst du dich nicht erinnern? Alle haben gejubelt und gefeiert, die Feinde lagen sich in den Armen, der Jüngste Tag war zum Greifen nah! Dann trat eine fürchterliche und dramatische Stille ein, ich machte sogar meine Zigarette aus. Denn Tirana stand auf, wie in Zeitlupe, du lagst ja schon darnieder, trat neben dich und hat öffentlich, vor den Vertretern der Nord- und Südstaaten Albaniens, geschworen, fortan keine männliche, sondern nur noch eine weibliche Jungfrau zu sein – und dich, Rademann, zu heiraten. Das mußt du dir mal vorstellen! Um sechs Uhr morgens! Da kommt in Frankfurt die Müllabfuhr! Aber leck mich fett, der alte Meksi und der alte Cakuli, alle haben zugestimmt! Es gab nicht enden wollenden Applaus, dann feuerten die wie bekloppt aus ihren Knarren. Ich bin in Dekkung gegangen. Als die Munition verschossen war, sammelte man für eure Aussteuer, es sind insgesamt acht Mercedesse zusammengekommen. Und heute abend ist eure Hochzeit mit anschließendem *Get together* im Zeichen des Friedens!»

Schluß

Ich hatte mich mit einem Säckchen Spalttabletten frischgemacht, meinen Stoppelbart extra stehenlassen, mir von Hollenbach viel Glück wünschen und mich von Genc zum Brautbunker führen lassen. Er war festlich geschmückt, seidene Bänder zierten den Eingang. Kleine Mädchen in Trachten aus dem Fundus für sowjetische Heimatfilme fingen an zu jauchzen. Blütenblätter regneten auf mich herab.

Eine zahnlose Alte sagte: «Ich ficke alle Schlösser, die in Frauenillustrierten vorkommen, die von Kastellanen geölt werden, deren Stammbaum schon der Großvater gefällt hat, der im Wald Christi nach Holz Ausschau hielt, aus dem er die Schränke der Schubladen gezimmert hat, aus dem euer Nachbar den Präser genommen hat, der danach beim Ficken im Leib deiner Mutter geplatzt ist, wenn du nicht heut abend mein Paten-Schwiegerenkel wirst!»

Sie zog einen Vorhang zur Seite – und dann sah ich sie.

Tirana!

Ti! Ra! Na!

Ra, die Göttin des Lichts, in einem Traum aus Weiß. Ti, weil ich sie so liebte; Tirana, ti amo! Und Ra, weil ich so rattenscharf auf sie war.

Mit einer eleganten Handbewegung schickte sie ihre Schneiderinnen aus dem Betoniglu und verriegelte die Tür. Wir setzten uns aufs Bett. Beide waren wir aufgeregt, sprachen minutenlang kein Wort. Ich hielt ihre Hand.

«Mick», fragte sie leise, «willst du mich heiraten?»

«Aber natürlich, Tirana.»

«Würdest du alles dafür tun?»

«Absolut alles, Tirana.»

Mit einem Schwung, den ich bei ihr bislang nur beim Stutenbesteigen gesehen hatte, warf sie sich auf mich und begann mich zu küssen. Ich war verblüfft und machte alles mit. Doch als ich gerade den Reißverschluß des Hochzeitskleides öffnen wollte, löste sie sich aus meiner Umarmung.

«Höre, Deutscher. Ich bin dein und will es sein, wenn du eines für mich tust und damit beweist, daß es dir ernst mit mir ist.» Ihr Blick, unergründlich und tief wie eine doppelläufige Flinte, schoß mir in die Augen. «Ich kann dich nur heiraten, wenn ich meine Ehre mit in die Ehe bringe.»

«Du bist eine ehrbare Frau, wo ist das Problem?»

«Es gibt einen, der meine Ehre beschmutzt hat.»

«Halb so wild, ich sehe das eher locker.»

«Du verstehst nicht, Gjermani. Es gibt einen Mann, der immer zwischen uns stehen wird, so lange er lebt. Er ist das größte Schwein aller Zeiten, er hat mein Lebensglück ruiniert, denn er hielt mich als seine Mätresse. Er ist der biologische Vater meines Sohnes, er ist ein Schänder, der weder Schuld kennt noch Scham. Du mußt Filip Cakuli töten, sonst werden wir beide für immer ehrlos sein.»

«Cakuli? Das ist doch Wahnsinn! Man wird uns auf der Stelle erschießen.»

Sie lachte, rauh und tief, fast wie ein Mann. Obwohl das jetzt gar nicht mehr nötig war. «Nein, Deutscher. Cakuli hat unendlich viele Leichen im Keller. Jeder hier hat eine offene Rechnung mit ihm. Ich habe alles mit den Meksis klargemacht, das sind ja schließlich meine Leute. Sie können es nicht selbst tun, das wäre Mißbrauch des Gastrechts, der

Kanun ist dagegen. Aber du bist Gjermani, du stehst nur auf dem Boden des Grundgesetzes, du kannst es problemlos tun. Wenn du ihn erschossen hast, hast du meine Ehre gerettet, die geknechteten Cakuli-Leute sind frei, auch die ganzen Schriftsteller und Künstler, die noch im Wald leben. Wir alle haben freies Geleit und können in Deutschland glücklich und zufrieden leben, irgendwo in der Nähe von Saarbrücken.»

Ich sagte: «Okay!»

Sie nahm meine Hand und drückte etwas Warmes, Hartes hinein. Es war eine Waffe. Eine silberne Pistole. Hollenbachs Wumme.

Die Hochzeitszeremonie war in vollem Gange, wenn auch alles ein wenig improvisiert wirkte. Die ganze Siedlung war auf den Beinen. Am Nachmittag waren einige Schafe erschossen worden, die inzwischen über lodernden Lagerfeuern schmorten. Auf den umliegenden Feldern hatte man Ölpfützen in Brand gesetzt, was der trostlosen Hochebene in der Dämmerung etwas überraschend Festliches verlieh. Man hatte einen Mercedes mit rotem Damast verhüllt, die Motorhaube sollte als Altar dienen. Rechts und links davon standen brennende Ölfässer. Wir waren umringt von einer großen Menge albanischer Menschen, das Licht tanzte über ihre Gesichter

Die Braut in ihrem kostbaren Kleid war schön. Einfach nur schön. Massiv schön sogar. Viel schöner als der Bräutigam. Da niemand in der Lage war, einen Frack aufzutreiben, hatte mir Genc seinen, wie er betonte, «besten Jogginganzug» geliehen. Hollenbach lachte sich kaputt, als er mich in dem Ballonseidenteil sah. «Echte Schnellfickerhosen», geierte er, «du wirst sie brauchen, mein Lieber.»

Ausgerechnet der alte Meksi hatte sich eine Art Kutte übergeworfen, sein neuer, alter Freund Cakuli assistierte ihm als Ministrant. Er trug ein zu kurzes rotes Kleidchen mit weißem Überwurf und sah insgesamt ziemlich verboten aus, was ihn jedoch nicht im geringsten zu stören schien.

Meksis helle, dünne Stimme meckerte los, er las irgend etwas aus einem großen Buch vor, welches er verkehrt herum in Händen hielt. Nach einer Weile würgte sein Ministrant ihn ab und rief: «Tirana Meksi-Cakuli wird von uns in wenigen Sekunden zur Ehefrau von Mick Rademann erklärt werden. Wenn hier irgendeiner was dagegen hat, dann trete er jetzt vor, und ich bringe ihn für immer zum Schweigen!» Ich atmete durch.

Zur allgemeinen Verblüffung trat die Braut vor. Tirana war erregt, hob zu einer mir unverständlichen Rede auf Albanisch an, sie zitterte, deutete vorwurfsvoll auf verschiedene Leute. Hauptsächlich schien sie ihre Rede an den alten Meksi zu richten. Nur ihre letzten Worte verstand ich, sie hatte ins Deutsche gewechselt und zeigte mit dem Finger auf mich: «Nicht er hat mich geschändet ...» – ihr Finger wanderte weiter zu dem Ministranten –, «... sondern Filip Cakuli. Das ist die Wahrheit.»

Die Menge wurde unruhig, Rufe waren zu hören: «Sie lügt! Sie hat immer gelogen!»

«Sie ist gar keine Jungfrau!»

«Sie ist nicht mal ein Mann!»

«Sie hat aber recht, Cakuli hat uns immer nur betrogen!»

«Wir wollen die Freiheit!»

«Nieder mit Cakuli!»

«Wir sind das Volk!»

Tirana blickte wieder zu mir. Ich spürte, daß der Moment gekommen war. Ich griff in meinen Jogginganzug, zückte die Waffe und richtete sie auf den völlig verblüfften Cakuli.

«Töte ihn!» rief Tirana.

Und Meksi sagte mit ruhiger Stimme, als wäre es das normalste von der Welt: «Ja, töte ihn!»

«Nein, du kannst ihn nicht töten», schrie Hollenbach entsetzt. «Die ist doch nicht echt!»

Ein Mann stieß ihn zur Seite und trat ins Licht. Es war Bardhyl. Er hatte ein Gewehr und legte auf mich an: «Ey, du bist konkret an allem schuld, du deutsches Arschloch. Jetzt mach ich dir Streß!»

Plötzlich drückte mich ein Riese beiseite. Genc richtete seine Pistole auf Bardhyl und rief: «Wehe, hier schießt einer.»

Hollenbach entriß einem Jungen neben ihm das Gewehr und zog den Ladehebel durch. Es klickte. «Alle Mann Waffen runter, sonst knallt's!»

Cakuli brüllte: «Schieß endlich, Bardhyl!»

«Schieß endlich, Deutscher!» rief Tirana.

«Hey», schrie ich und schaute möglichst freundlich, «das ist keine gute Gesprächssituation! Wir sollten –»

Es machte:

Peng!

Peng!

Peng!

Drei Projektile flogen durch die Luft, ich konnte sie genau erkennen, sie kamen aus verschiedenen Richtungen. Ich will jetzt nicht wie ein Angeber klingen, aber die Dinger flogen geradezu lächerlich langsam. Oder war meine Wahrnehmung so schnell geworden? Ich hörte großartige Musik, Kula Shaker sangen ihr *Great Hossanah*: *«Well if there's nothing left to do / Just hold your breath and hope it's true / That we'll arise to a new world.»* Ich tanzte. Zwei Geschossen konnte ich problemlos ausweichen. Nur dem dritten nicht. Aber wenn Sie mich fragen: Irgendwie genoß ich den Eintritt. Es fühlte sich gut an, überwältigend, magisch und schön. Wie ein Kuß von Tirana. Wunderbar.

«Amigo!» schrie Hollenbach.

«Mik!» rief Genc.

«Mick!» rief Tirana.

Ich konnte leider gar nichts mehr rufen. Ich war selbst überrascht.

Der Autor ist folgenden Personen zu Dank verpflichtet: Dr. Katja Brunkhorst, Crispian Mills, Prof. Reinhard Pelz, Gunnar Schmidt, Ella Carina Werner, Hanz Zippert, Dr. Rica Zora und ganz besonders Filip Cakuli von «Hosteni 2000».

Außergewöhnliches Lob für Jo Hollenbachs «Jahrhundertdebüt»

«Dieses mitreissende Erstlingswerk ist nicht der beste Roman aller Zeiten. Auch nicht der zweitbeste. Jo Hollenbachs Buchpremiere ist viel mehr: eine absolute Weltsensation.»
Hamburger Rundschau

«Das Bücherjahr hat sein Top-Ereignis.»
Bücherreport

«Vor dem Hintergrund des Nationalsozialismus entwirft der Autor ein faszinierendes Bild unserer Zeit.»
Neue Zürcher Rundschau

«Kein Zweifel: Es ist das Buch der Bücher!»
China Today

«EIN BUCH WIE EIN RAUSCH: LANGSAM KOMMEND, SCHNELL STÄRKER WERDEND – UND LEIDER VIEL ZU FRÜH ZU ENDE.»
Le Soir Parisien

«Ein **Weltklasseautor** ist zu entdecken.»
The Bombay Times

«Hollenbach – er schreibt die klarste und schönste Prosa, die zur Zeit in deutscher Sprache geschaffen wird. Er blüht vor Phantastischem und Phantasie – doch fest und sachlich sind Sätze und Rhythmus gestaltet.»
Wiener Zeitung

«Und ganz nebenbei auch eine beißende Satire auf den Apothekenbetrieb. Ein irrlichterndes Spiel mit Wahn und Wirklichkeit, ein rezeptfreier Spaß für Alt und Jung, Mann und Frau, Kind und Kegel, Arzt und Patient.»
Apotheken-Report